BRIANNA LABUSKES

似曾相弒

布莉安娜・拉布奇斯 著

李雅玲 譯

A FAMILIAR SIGHT

獻給艾比・索爾

感謝她總是告訴我要寫一本自己真心想寫的書，
剩下的事情交給她擔心就好，
能夠擁有一個信心如此堅定的文學經紀人、
一個能同甘共苦的伙伴、
一個親愛的好友，我不勝感激。

序章

瑞德

陽光透過蕾絲窗簾灑落在瑞德．肯特的手背上，他將窗簾細緻的布料從窗戶拉開，距離剛好夠遠，可以清楚看見那台保時捷就停在路邊。

女人踏出那輛紅色的小跑車，抬頭直視著他，彷彿知道他就在那裡看著，彷彿就算他站在那棟聯排別墅的頂層，她也能夠與他目光相遇。

瑞德迅速退到陰影中讓窗簾落下，那層窗簾實在太薄。她盯著樓上看了許久，他仍看得見她，她點點頭表示會意，然後走向台階。

瑞德移動身體，他將背脊貼在牆上而後滑落在地，耳邊傳來敲門聲，一聲，又來一聲，再來一聲……

一個停頓。

瑞德懷裡小心翼翼捧著一把槍，他的手指在槍管上敲著節拍，發出迴聲，他頭一垂將前額緊貼在彎起的膝蓋上。

事情怎會演變至此？

他下方兩層樓的門打開了。

女人很聰明，她知道他已經不想再躲下去，所以沒必要把門鎖上，而且她也不是那種會在乎搜索令的人。

一開始是試探性的腳步聲，步伐快速又謹慎，高跟鞋踩在大理石面上傳來尖銳又斷續的聲音，彷彿敲打著他的下巴，他幾乎算得出她走到他身邊要花多少時間。

也許是四十秒？

他想到生命是如何讓他走到這一步，他感覺肺部彷彿塌陷般喘不過氣來，心臟在每一處脆弱的接縫處撕裂開來。

每一個錯誤。

每一次愛。

每一場悲劇，每處傷痕，每個笑聲，每次猶豫，每一次選擇左轉而不是右轉。

二十秒。

米洛有一隻絨毛玩具，那隻動物卡在塞巴斯汀的被褥裡，光滑透亮的眼珠直直盯著他看，兩個兒子堅持睡要上下鋪，瑞德無法拒絕，他們要求太少，忍受的卻太多。

瑞德的喉嚨發出一聲輕微的嗚咽，如果是在別的時刻發出這種聲音，他一定會非常尷尬，他伸手想拿那隻動物——兒子曾如此珍愛這隻熊，他把臉埋在熊腹部破舊的絨毛裡，說服自己還能聞到米洛的味道，甚至可能殘留著塞巴斯汀的氣味，他告訴自己還能聞見童年和純真、傻笑和激動到流淚的味道。

三秒。

他把絨毛玩具丟到地上，站起身來，他把槍抵在腿側，多麼令人害怕又深具威脅性的一把槍。

一秒。

瑞德深吸一口氣。

臥室的門打開。

第一章　葛蕾琴

三天前——

莉娜·布克毫無血色的手堆積出陰影，她蒼白的嘴唇，還有頭部癱靠在沙發抱枕上的樣子都讓葛蕾琴·懷特非常著迷，雖然她是葛蕾琴的朋友，她依然無法否認自己的感覺。

「為什麼我完全不意外會看到你站在一具屍體旁邊？」葛蕾琴身後傳來低沉的說話聲，帶有濃濃的波士頓口音。

「因為你覺得我是你逮不到的殺人兇手，」葛蕾琴回答，語氣一本正經，實話實說，她轉身發現派崔克·蕭內西警探就站在她肩膀後方，他身旁站著一名身材嬌小但曲線玲瓏的女人，留了一頭墨黑色頭髮，長著一雙像小鹿般的淡褐色大眼。

自葛蕾琴發現莉娜濕冷的屍體已經過去一小時，自這位朋友在葛蕾琴的手機留下絕望的語音信箱留言則已經過去兩小時——但葛蕾琴不想告訴蕭內西這件事。

「我搞砸了，葛蕾琴，」這是莉娜在留言中的自白。

「我逮不到的殺人兇手，」蕭內西重複道，他快速把褲子往上提，那條褲子總會滑到他的大肚腩下方，每天消耗好幾品脫的啤酒和油炸物，把他的肚子餵得鼓鼓的。「這難道不是事實嗎。」

那個眼睛像小鹿斑比的女人視線在他們之間掃視。「你們認識？」

葛蕾琴本來想反唇相譏但忍住了，她早就成為忍住第一反應的專家，有時也要學習忍住第二反應和第三反應，事實上她已經不記得自己能夠在誰的面前暢所欲言了，也許莉娜可以，那女人有時也很毒舌。「蕭內西，你說得好像你真的夠格當個警探。」

這句話也很毒，為社會所不容，但大多數人會原諒她的語氣，畢竟他們都站在葛蕾琴朋友的屍體旁邊。

蕭內西對她的話中帶刺嗤之以鼻。「蘿倫・馬可尼警探，這位是葛蕾琴・懷特。」

葛蕾琴瞄了他一眼，他故意略過她的頭銜只是為了故意刺激她。「博士。」

「葛蕾琴・懷特博士，」蕭內西故意強調那個詞，此舉非常惱人。「我們長期聘任的反社會人格者。」

最後一句話是跟馬可尼警探說的悄悄話，她揚起濃密無修整的雙眉，原本光滑的前額擠出幾條皺紋。葛蕾琴猜想那個女人可能會認為那句話只是他們之間的某種惡作劇——這年頭許多人把「反社會」這個標籤當成可以隨口講講的玩笑話，感覺起來輕描淡寫，但馬可尼很快就會知道蕭內西不是在開玩笑。

葛蕾琴花了點時間打量這個女人，原本以為她的年紀是二字頭後半，但她眼角和嘴角的皺紋顯示她已經三十出頭。

馬可尼在葛蕾琴的盯視下動也不動，只是抽動著嘴唇，她的穿著就像波士頓大多數的女警探——牛仔褲配靴子、西裝外套底下穿著正裝襯衫，彷彿這種特定的穿搭能顯得更加專業，同時還能投射出不好惹的表相。她的臉上脂粉未施，但葛蕾琴已經習慣了——在這座有害的老男人俱樂部裡生存必須排除女性氣質，而這座老男人俱樂部的名字就叫警察局。

這名警探對蕭內西表現出嚴肅、強硬又恭敬的態度——她稍微站在他左肩後方，即使付出所有努力，仍然無法掩蓋自己與生俱來的美麗，這種令人驚嘆的美麗通常會讓葛蕾琴想用有創意的方式傷害對方。

葛蕾琴瞇著眼睛將注意力轉移到蕭內西身上。

他歪歪嘴角。「我們單位常駐的反社會者……也是本部門最有貢獻的外部顧問，」他承認道，「她協助我們偵破數十起案件，專攻反社會人格障礙和暴力犯罪。」

「所謂的『顧問』就是『幫他們收爛攤』的簡稱，」葛蕾琴自己也跟馬可尼咬起耳朵，如果今天早上蕭內西想當個心胸狹窄的人，她也會毫不猶豫奉陪到底。「當這裡這些穿藍制服的男人自己走進死胡同又走不出來時，就會徵召我加入調查。」

「反正你本來就很閒，」蕭內西小聲地反唇相譏，沒有什麼攻擊性，這種老招數她早就習以為常，幾乎像是一種取笑，儘管葛蕾琴不確定外人看起來是否明顯，她從馬可尼面無表情的臉上看不出任何端倪。

「你的無能害我很忙，」葛蕾琴反駁，儘管這並不全然是實情，即便在波士頓這座偌大的城市裡，謀殺案也不過這麼多，雖然聯邦調查局曾多次徵召她，但並沒有將她派駐到麻薩諸塞州以外的地區。

但這樣的工作量也已足夠，她的巨額信託基金能支撐她的生活開銷，顧問工作更重要的是能提供她亟需的智力刺激，為了不要無聊她願意付出一切代價——無聊往往會導致自我毀滅的行為，她目前很享受自己的生活，而這種無聊與當前的生活並不相容。

案件剛好搔到癢處，屍體能撫慰她永遠無法擺脫的病態迷戀，其餘時間她都在幫學術期刊寫一些沒人會讀的文章，但這些文章在領域中為她贏得了尊敬，因此警方仍有理由徵召她。

葛蕾琴將注意力重新集中在屍體上，那具屍體躺在價值一萬美元的訂製沙發上，莉娜曾猶豫了整整兩個月，不知道要不要買下這套沙發。

「那你到底在這裡做什麼，葛蕾琴？」蕭內西靠得更近，想取得更清楚的視線，他的語氣變得嚴肅起來。許多穿著制服的警察進出公寓，就像深藍色的水流映襯在莉娜完美中性色調的牆面上，但葛蕾琴和蕭內西無視其他人。

「是我發現她的。」

蕭內西饒富興味地呼出一口氣。「對一個不是警察的人來說，你發現的屍體數量也太多了。」

這是個無法否認的事實。

葛蕾琴的目光轉向莉娜的屍體，想要尋找並記錄屍僵的最初症狀，還有她眼瞼、下巴和頸部上化學物質造成的紅暈，一小時前葛蕾琴衝進公寓時一度覺得莉娜看起來就像睡著了。現在看來，事實情況很明顯，不可能誤判。

「這是用藥過量，」葛蕾琴說。莉娜過去曾少量服用止痛藥，但她的錢總是多到可以買到好貨，葛蕾琴好奇這年頭是否連好貨都混入了芬太尼止痛藥，或者這一次莉娜可能不想再那麼小心用藥，根本不在乎會有什麼後果。

「單純用藥過量，不是自殺吧？」馬可尼她似乎接收到蕭內西的暗示，知道葛蕾琴雖然沒有警徽，卻獲准參與調查。「沒有遺言？」

這個蠢問題讓葛蕾琴有股衝動想對她大吼，這個反應讓她自己也嚇了一跳，所以她走開了，好久沒有這種發自內心深處的暴力悸動從內在築起的那道鐵壁偷偷越過，好久不曾像這樣好想感受一下骨頭斷裂和雙手濺滿鮮血的感覺。

「你為什麼出現在這裡？」葛蕾琴問蕭內西，沒有回答馬可尼，因為她發現抵抗內在暴力衝動的最佳策略是強迫自己脫離情境並重新轉移注意力。「用藥過量不是你的領域。」

蕭內西掃視現場，醫護人員已經離開，留下完好無缺的現場。

「我正在偵辦薇奧拉．肯特案，」他最後說。

葛蕾琴沒有翻白眼，但她轉身背對著他。「我知道。」

「莉娜．布克是幫薇奧拉．肯特辯護的律師，」蕭內西繼續說道，說得彷彿該案的細節沒有登上全市每一份報紙頭版，彷彿莉娜．布克不是葛蕾琴的密友。

「信不信由你，不過我有注意到這件事，」葛蕾琴拖長聲音說，她知道自己的表情沒有洩露任何端倪，她沒有透露莉娜死前不久留下最後一則語音信箱留言，也沒有透露急救人員到達前，葛蕾琴發現莉娜屍體旁放了一份檔案夾，且檔案夾上還標示著「薇奧拉．肯特」。「這就是還沒有人移動屍體的原因嗎？」

蕭內西聳起半邊肩膀。「市長和局長都想確定我們會對這個案子謹慎以對，如果有一絲犯罪的跡象，你就知道有什麼熱鬧可看了。」

近期最引人注目的謀殺案偵辦期間竟發生這起死亡事件？用「看熱鬧」來形容可能還太輕描淡寫。

肯特案連最荒謬的細節都被分析過，葛蕾琴猜想觀眾已經厭倦老調重彈了。

差不多六個月前，十三歲的薇奧拉．肯特持刀刺殺了熟睡的母親克萊兒．肯特，偵訊時她父親瑞德．肯特坦承薇奧拉有暴力傾向，經常看精神科醫生。沒過多久八卦媒體就披露曾在他們家找到動物骸骨，還挖出她兩個弟弟傷痕累累的照片，他們身上到處是傷痕和疤痕組織，沒過多久薇奧拉同學的父母就站出來宣稱薇奧拉喜歡凌虐和操縱他人。

所有人很快就了解薇奧拉．肯特是個兒童精神病態者，包括波士頓警方，即便技術上她年紀還太小，無法正式診斷。

關於這起謀殺案的一切都按劇本演出——正如她父母一直擔心的那樣，薇奧拉．肯特愈來愈嗜血。

儘管公眾非常迷戀這個案件，但這個案子顯然不太好辦，城裡每個人——應該說全國人民都知道被告有罪。莉娜還活著的時候，如果有人問她為什麼要接這個客戶，她一律拒絕回答。現在莉娜已死，她的死與肯特一家是否有關其實無關緊要；因為討論她的死肯定能幫助電視台維持收視率，更別提警方也有壓力，必須將辦案過程公諸於世。

在即將進行審判之前只要涉及醜聞，就可能把他們全都拖垮。

葛蕾琴的胸膛中迴盪著莉娜低聲啜泣的聲音，還有她說出那句死亡自白前可怕的抽噎聲。

我搞砸了，葛蕾琴。

第二章 —— 瑞德

克萊兒・肯特死後三個月——

安絲莉把電視關上，螢幕暗下，瑞德仍盯著電視螢幕。

「你不能再看電視了，」他妹妹說。她把遙控器丟到咖啡桌上，然後坐在他身旁。

安絲莉說得對——瑞德知道她是對的，但發現自己忍不住一直看新聞報導，看克萊兒謀殺案早期的現場報導，這些報導後冒出更多八卦新聞，因為新聞持續了好幾週，卻沒有出現任何最新進展能讓觀眾大飽眼福。

「塞巴斯汀和米洛呢？」瑞德問道。他愈來愈神經質，不斷詢問孩子們在哪裡，孩子們在做什麼，不到二十分鐘前他才向兩個兒子道過晚安，但他無法平息內心的恐懼，擔心他們在這麼短的時間內會發生什麼事，他覺得自己永遠無法安心。

「兩個人都秒睡了，」安絲莉用肩膀輕推他的肩膀，「你也該上樓了。」

瑞德搔抓自己的指根關節，帶有淡淡傷疤的關節在隆起的骨頭上縱橫交錯，他不該對安絲莉的嘮叨表現得那麼不耐煩——在薇奧拉的審判進行期間，他妹妹拋下生命中的一切來幫她照顧小孩，但安絲莉從來不懂什麼時候該讓他自己靜一靜，現在她的行為讓他覺得很煩躁，她一直想要指揮他，當然是為了他好。

「還不累。」他不知何以很努力想讓語氣放軟一點，不要顯露出不滿，畢竟瑞德除了感謝她的支援外，沒有抱怨的權利。

儘管如此他還是抓住遙控器重新打開新聞，安絲莉嘆了口氣，沒有再多說什麼，克萊兒精緻美麗的臉龐出現在左上角，停留在主播上方，主播的表情看起來很嚴肅，與所有記者談起克萊兒時的表情一樣嚴肅。瑞德把新聞調成靜音，所以不知那女人在說什麼，但無所謂，因為他全聽過了。

「真不敢相信他們還在報導這件事，」安絲莉在他旁邊咕噥道，「克萊兒已經過世三個月了，這世界上總有更重要的事情在發生吧。」

克萊兒是遭人謀殺，瑞德在心中默默糾正了安絲莉的用詞，安絲莉經常把克萊兒的死說成像是出車禍或者得了慢性病，而不是遭到殘忍謀殺。

無論如何，媒體和輿論會持續關注此案，瑞德並不驚訝，這個案子就像Lifetime頻道上的熱門電影，具備轟動一時的所有條件：富裕家庭、找麻煩的精神病女兒、身陷悲傷之中但仍年輕有魅力的鰥夫。

試想一下，如果有個記者把所有內幕全都公諸於世，會發生什麼後果。

他曾在幾週前說出自己的擔憂，當時他一直幻想所有內情都會遭人揭穿，而莉娜回答，「不會的，沒人懷疑我們之前就認識。」

她說的是實話，是有幾個名嘴在揣測莉娜．布克接手薇奧拉．肯特案件的原因，但沒人有能力從他們的背景中抽絲剝繭，找出兩人命運交織的交會點，沒人知道瑞德．肯特和莉娜．布克只是兩個來自波士頓南區的可憐孩子，他們是克服了重重困難才走到這一步。

「因為看來你不太想承認自己的出身，」莉娜這句話就像一記曾經落在他肋骨上的肘擊。

瑞德在十八歲時認識克萊兒，她出身自這座城市最富有的傳統家族，還是家裡的獨生女，她不知何以會認為他有資格跟她約會，跟她上床，跟她結婚。

他至今仍不知原因。

但當時他並沒有質疑，他從出生起就一直困在波士頓南區，克萊兒願意給他一條出路，所以他沒有回頭看一眼。

現在主播上方克萊兒的照片消失了，薇奧拉的照片取而代之。

在他身邊的安絲莉動也不動，已經有心理準備要安撫這隻受驚的動物，最近這種反應很常見，沒有什麼好大驚小怪。

瑞德看著記者的嘴巴在動，一邊抓著指關節上的傷疤。

那個女人是否正在詳細說明薇奧拉的所有暴行？最近新聞傳出男孩臥室的門上有一把掛鎖，這個趣聞簡直讓媒體樂不可支。

也許那個女人是在談論克萊兒的刀傷，也許她很想知道究竟是什麼原因讓薇奧拉最終殺害了自己的母親，雖然她知道這個問題不會有答案。

接下來出現他自己的照片，主播用一種悲傷憐憫的方式歪著頭說話，最近每個人談起瑞德．肯特時都是這個模樣。

安絲莉試圖再次拿走遙控器卻失敗了，他把遙控器從她身邊拿開。

那些人，那些人看他的目光帶著憐憫和毫不掩飾的好奇，如果他們知道真相會說什麼呢？

安絲莉嘆了口氣，用不穩的手拍拍瑞德的大腿。「別再折磨自己了，好嗎？」

瑞德哼了一聲，不像認同，而像承認。

他轉遍一個又一個頻道，直到再次找到克萊兒的臉。

如果安絲莉真的以為他看新聞只是為了折磨自己，她並不如自己想像中那麼了解他。

第三章　葛蕾琴

現在——

蕭內西雙臂交疊站在莉娜的屍體旁，抬起頭對上葛蕾琴的目光。「如果不是因為動機太明顯，我會認為是你幹的。」

葛蕾琴咬緊牙關，直到感覺到下巴傳來一陣疼痛，她在心中從一數到十，好讓自己的語氣不會流於緊繃，好讓自己顯得輕鬆而不是劍拔弩張，這是一場精心設計出來的表演，就像她人生的其他時刻一樣。「真抱歉，我做事才不會這麼輕率。」

「我是說『如果』，」蕭內西嘴角掩藏著一絲興味。

馬可尼看看他又看看她。「我真看不懂你們是不是在開玩笑。」

「警察都沒幽默感，」葛蕾琴告訴她，「所以我們從來不開玩笑。」

「好吧，」馬可尼雖然參與對話，但理解力卻逐漸流失，葛蕾琴走開了，她覺得既無聊又煩躁，這是迄今為止她遇過最糟糕的組合，她感覺自己完全無法掌控，她這一生一直在暴力與非暴力之間拉扯，她在當中學到一件事：一旦她覺得自己有必要擺脫當下的情況，就必須注意這個警告，這是她對自己反社會診斷的認知，她知道自己必須保持警惕，避免做出可能帶來危險的行為。

「所以……她是顧問？真的顧問？」馬可尼背著葛蕾琴問蕭內西。葛蕾琴知道蕭內西的官腔回答，但完全不想理會，他們相識這些年來他被迫解釋太多次，所以兩人都已記住這些台詞。

葛蕾琴．懷特博士擁有心理學、統計學和犯罪學高等學位，蕭內西在十多年前聘請她擔任調查顧問，原因是有一名嫌犯讓他想起了葛蕾琴。第一次順利合作調查之後，蕭內西持續徵召她，一開始的頻率不常但後來愈來愈頻繁，之後其他警探也群起效尤，直到葛蕾琴在波士頓警察總局成為廣為人知的人物——即便不算很受歡迎。她在這十年協助偵破多起重大案件，因此她自身備受質疑的過往經常逃過檢視。

早在她成為今日葛蕾琴之前，她是派崔克．蕭內西警探第一起謀殺案的主要嫌疑人，事情發生在九零年代早期，她當年還是個孩子，他的肚腩也還沒有大到攤在腰帶上，當年的他還有一頭金髮而不是頂上無毛，左手無名指上還戴著金戒。

受害者是葛蕾琴的姑姑羅雯．懷特，在蕭內西的心目中，兇手一直是葛蕾琴。

只是他永遠無法真正把罪名加諸在她身上。

這也不能怪蕭內西——雖然她不會經常這麼想——因為警方發現葛蕾琴時，她趴在屍體身上，手裡拿著那把鮮血淋漓的刀，後來證實是殺人凶器，她的手按在裂開的傷口上，看起來不像其他孩子那樣害怕，因為手指底下感覺到撕裂的血肉讓她感覺非常新奇。

當年還有傳言她很怪異，附近的人在過馬路時總會迴避她的目光，這對證實她的清白沒有任何幫助，儘管她只是個小女孩。

她的年齡或外表從來不重要，普通人幫她貼上「反社會者」的標籤後，她也開始稱普通人為「共感人」，她從很年輕的時候就知道普通人天生有辨認出局外人和冒牌者的能力，他們可以看出她是個內在空虛的人，只是戴著文明社會要求她戴上的面具。

至於羅雯的死，從來沒出現另一個可能的嫌疑犯，雖然蕭內西現在看起來已經成為一個體面的警察，但當年他的目光狹隘，一直堅信葛蕾琴就是兇手，因而蒙蔽了自己的雙眼，他的腦子不夠靈活，不願相信也許能夠找到其他答案。

其實葛蕾琴已經不記得那個晚上發生的事，但蕭內西還是不相信她，他只知道對那些不曾懷疑過她邪惡內在的人來說，她是個很有說服力的騙子。

蕭內西從一開始就看出她內在的空虛，而且他要葛蕾琴一直知道這件事。

即便案子已成懸案，蕭內西仍舊無法釋懷，葛蕾琴發現他的執念令人不安，如果她不是那麼了解過度固戀是一種多麼殘酷的心理，她可能會覺得很有趣。

由於蕭內西無法逮捕她，所以從那時起他就以監視葛蕾琴為己任，無論她向他解釋過多少次有部分的反社會人格障礙患者並不暴力，但對他而言她永遠是當年那個眼神空洞，無法從姑姑殘缺屍體上移開目光的小女孩。

薇奧拉．肯特的案件躍上頭條新聞時，葛蕾琴酗酒糜爛了三天，這起謀殺案眼熟到令她震驚：一個鮮血淋漓的受害者，一把刀，還有一個明顯是嫌犯的年輕女孩。兩起案件當然有差異，但彼此間的相似點足以讓她纏著莉娜想了解案件的細節，但莉娜一直拒絕透露細節。

她和你一樣。

莉娜來電的時間是凌晨四點，葛蕾琴沒被電話吵醒，當語音信箱傳來嗶聲時她才醒來。訊息一開始除了安靜的沉默之外什麼聲音都沒有，如果是其他人的留言葛蕾琴不會繼續聽下去，只會把手機丟到房間另一頭埋頭繼續睡。

莉娜說話的時候聲音又小又破碎。「我搞砸了，葛蕾琴。」

她說話時字詞含糊，連葛蕾琴的名字都是輕聲說出，葛蕾琴猜測是某種酒精或藥物所致。

「她和你一樣，」莉娜喃喃，「她……她和你一樣。」

「誰，親愛的？」葛蕾琴問道，但她刻意把聲音放小，以免聽漏任何一個字。

「我搞砸了，」莉娜又說了一遍，她的聲音是那麼空洞，那麼虛弱，那麼不像莉娜。「你得……你得幫我完成，好嗎？」

葛蕾琴的嘴唇抿成一條細線，莉娜的聲音顫抖，呼吸變淺。

莉娜服了什麼藥？

沉默蔓延，葛蕾琴好奇莉娜是不是已經昏倒，只是電話沒掛斷，但接著她說……「你什麼事情都能處理好。」

「你要我處理什麼事？」葛蕾琴明知發問毫無意義。

「薇奧拉．肯特，」莉娜彷彿聽見葛蕾琴的問題，「葛蕾琴……薇奧拉．肯特是無辜的。」

就這樣，莉娜的留言結束。

莉娜說話的聲音聽起來氣若游絲，葛蕾琴考慮要撥打九一一求救，但如果只是虛驚一場，此舉會讓莉娜想殺了她——因為關於此事的報導會出現在每家報紙上，沒有人有辦法阻止，尤其當每家報紙頭版上都是肯特案的報導。所以葛蕾琴沒有這麼做，她拿了莉娜給她的備用鑰匙開車前往莉娜家。

葛蕾琴在波士頓近乎空蕩的街道上疾馳而過，她告訴自己莉娜剛剛只是喝醉了不是服了藥，這就是為她聽起來如此不正常的原因。

但在整段車程，還有她飛奔穿越大廳、等待那台永遠等不到的電梯時，葛蕾琴一直無法遏止自己想起一個月前在莉娜浴室櫥櫃裡找到的那個小袋子，那個袋子塞在一個快用完的衛生棉條盒裡。

如果莉娜的目的只是想從高壓工作中尋求一點解脫，那些藥並不關葛蕾琴的事，所以她當下沒說什麼，只是把盒子放回原處。

葛蕾琴真希望自己當時就將那個小袋子拿走，希望自己早就把那些藥錠沖掉，如果莉娜質問她，她就佯裝不知就好，葛蕾琴不是那種對說謊有罪惡感的人。

葛蕾琴跨過門檻走進莉娜的臥室，牆面的一大部分佔據了一座書架，上面的書多到快滿出來，除了書架之外，臥室幾乎和公寓裡的其他空間一樣簡約。

莉娜的個性很豐富鮮明，但她從來不會將自己的個性表現在私人空間裡，葛蕾琴認為這對共感人來說是種奇怪的行為，她自己的公寓裡總有種欲蓋彌彰的感覺，她會刻意用一些自己不在乎的物品來填滿室內空間，讓所有訪客都認為她擁有豐富的內在生活，這些障眼法只是為了掩飾內心的空虛。

葛蕾琴看見莉娜梳妝台上擺著一張照片——那是莉娜和奶奶在莉娜法學院畢業時拍下的合照——她用指尖輕輕撫摸莉娜的臉。

「我一直在想一件事——想到快要發瘋，」蕭內西站在門口說道，他從客廳走到臥室途中似乎將他的搭檔甩掉了。

葛蕾琴等著他說下去，她知道無論她有沒有開口問，他都會說。

「莉娜為什麼要接這個案子？」

他的問題與她的想法非常吻合，所以葛蕾琴轉身面對他，歪著頭思考，「大家都認為是因為我的緣故。」

「因為薇奧拉．肯特顯然是個……」他朝她大概的方向揮揮手。

「精神病態，」葛蕾琴回答，他的猶豫讓她覺得有些好笑，「你可以直說，說出口不會把她召喚過來。」

蕭內西對此言嗤之以鼻，「這不是莉娜接下案子的原因嗎？」

「不是，」葛蕾琴說，無視莉娜那冤魂般的聲音：她和你一樣。「你的推測忽略了一個關鍵事實。」

「什麼？」

「薇奧拉．肯特是一個暴力的精神病態者，」葛蕾琴說。

「是，這點我們早就確定了。」這句話的措辭看似很不耐煩，但蕭內西的語氣還好，大部分的情況下他很難被激怒，就像她很容易被激怒一樣，他們兩人的個性可能很互補，但她不想承認。

「我是一個非暴力的反社會者，」葛蕾琴說，「雖然你似乎無法理解這兩種人其實不一樣，但莉娜知道。」

「有什麼不同？」這句話出自馬可尼之口，她繞過蕭內西時這麼問。

葛蕾琴瞄了她一眼，想要確定這個女人是否會一直留任，是否需要費心回答她的問題，蕭內西的搭檔來來去去，除了她的名字之外，知道其餘資訊都沒有意義，但有些人比其他人更在乎禮貌，她懷疑馬可尼是否值得自己耗費心力，但蕭內西現在也盯著葛蕾琴看，她希望他能保持原本良好的態度。

「就好比泰德・邦迪[1]和……」葛蕾琴皺著鼻子停頓一下，被逼著說出如此荒謬的話讓她心中燃起一股無名火。「華爾街騙徒吧。」

馬可尼點點頭，「懂了。」

蕭內西輕哼一聲，雖然他經常聽到這個回答，她也經常聽他描述那個沒配戴警徽在犯罪現場四處遊蕩的女士是誰，兩者的次數可能一樣多。

「你在想什麼，葛蕾琴？」蕭內西問道。

我搞砸了。

「這不是謀殺，」葛蕾琴緩慢說出。

認識一個人將近三十年，表示你可以輕易讀出對方嘴裡有弦外之音，只是沒有說出口。

「好吧，」蕭內西斷然同意，「但你有什麼事瞞著我？」

她的目光掃視臥室後又落到蕭內西身上，他背著光倚靠在明亮的走廊上，表情無法解讀。

葛蕾琴對實情抱持模稜兩可的態度，甚至還隱瞞了知情不報的謊言，蕭內西不需要知道那天晚上的所有細節，他也無需把莉娜的留言播給他聽，但她必須引起他的興趣，他才會允許她進一步調查下去。

並不是莉娜的留言才讓葛蕾琴突然相信薇奧拉是無辜的，因為任何有資格拿到學位的辯護律師都會堅持立場，在這個案子他們一定會辯護到底，並不是因為莉娜的留言，是因為她輕聲的那句我搞砸了，加上放在那裡的肯特案件資料才讓葛蕾琴產生興趣，迫切想得到答案，但在她查出莉娜做了什麼——或沒有做什麼之前——她不會告訴蕭內西所有前因後果。

但她得放出夠多誘餌讓他上鉤，畢竟他是薇奧拉・肯特案的首席偵辦警探，如果她暗示他沒有想到此案可能有其他嫌疑人，等於是在舊傷口上灑鹽，等於是在提醒他誤判了過去那個案子，因為當年的他在走進房間的那一刻就認定她有罪了。

說服對方跟自己站在同一陣線對葛蕾琴來說往往是種挑戰，但當下這個情況，她喜歡掌控對方的感覺，了解一個人，了解對方所有的弱點，了解對方所有美妙的不安全感和脆弱，以及所有操控對方的所有方法——這讓她感覺非常興奮，再好的藥物也沒辦法帶來這種興奮感。

她知道蕭內西身上的每一個地雷。

「莉娜先打了電話給我，」葛蕾琴說的時候雙手在胸前交叉，彷彿在安慰自己。

蕭內西濃密的眉毛揚起，她總覺得他的濃眉與光滑閃亮的腦袋形成驚人的對比，「什麼？」

蕭內西明明知道這是葛蕾琴最不喜歡聽到的詞，她討厭這種不精確的發問，討厭這個詞經常讓問者重複問一些明明已經完美傳達的話，她也討厭這個詞的發音，所以她等他繼續說下去，一語不發。

「她說了什麼？」蕭內西修正自己的用詞，因為他太好奇了，沉不住氣。

「她告訴我她為什麼要接手這個案子，」葛蕾琴看著他的眼睛輕鬆說謊，編劇本是很重要的事，這樣她要揭露的真相才會更震撼人心。

她知道蕭內西極度想聽見答案，因為莉娜．布克沒有理由要替薇奧拉．肯特辯護。

這個十三歲的女孩謀殺了自己的親生母親，在她母親死亡前幾個月裡苦苦折磨她的家人，她被控告以來沒有表現出一絲悔意，連假裝一下都不願意。如果不是莉娜而是別人接下這個案子，

1 Ted Bundy，美國連續殺人魔。

葛蕾琴會說他們是為了爭名逐利，即便最後輸了官司，薇奧拉被判有罪，這案子對他們的職業生涯來說也算一種步步高升。

但莉娜迴避媒體，回絕所有可靠的記者，也不接受沒那麼可靠的垃圾電視主持人邀約，他們乞討垃圾新聞只是為了滿足貪婪的觀眾。

最重要的是莉娜只承接兩種案件，這是眾所周知的事實，她主要的客戶是犯罪集團，這些人讓她有能力買下價值一萬美元的沙發，並躺在上面優雅地死去。

第二種客戶是出身波士頓南區的可憐孩子，否則這些孩子無法擺脫那些公設辯護人，公設辯護人案子太多，總是疲於奔命。即便如此，能讓莉娜感興趣的案子也很少，而且通常出於某個特定原因。

薇奧拉．肯特——是瑞德和克萊兒．肯特的女兒，他們家非常有錢——並不符合上述任一條件。

蕭內西和馬可尼都傾身向前，空氣中瀰漫著緊張的氣氛，他們的反應正如葛蕾琴所願，這劇本不過是為了表演，都是為了讓蕭內西放任葛蕾琴調查，但即便她說了這些話，她還是感覺到這些話底下可能潛伏著真相。

「莉娜認為薇奧拉．肯特是無辜的，」葛蕾琴終於說了，她可以看見蕭內西醞釀著要皺眉否認，她也能從馬可尼刺耳的吸氣中聽出她並不認同。「也就是說，警探，你又抓錯人了。」

第四章　瑞德

克萊兒死後一個月——

瑞德花了一個月的時間規劃葬禮，但安絲莉還是承擔了大量工作。一個月時間久到瀕臨極限，但瑞德發現這陣子所有人都對他異常寬容，只是因為他太太死了，還有個精神病態的女兒，再加上兩個受虐的兒子，每個人都告訴瑞德他很努力把兩個孩子保護得很好，現在可能不會因為謀殺案遭到起訴。

尷尬的笑聲卡在他喉嚨，理查神父聽見這聲音時畏縮了一下，他只好假裝咳嗽。瑞德藉故離開神父身旁，在家裡聚集的人群中迂迴前進，他走過時所有人都伸長脖子，努力假裝自己不是在圍觀車禍現場。

他走過時安絲莉遞給他一盤廉價的雜貨店蛋糕，看起來心不在焉，她甚至沒看他是否有端好盤子。他們意識到所有跟肯特家族八竿子打不著的笨蛋和熟人都會來參加守靈，才在急忙之下買下這個蛋糕，克萊兒會很生氣，因為這不是有品味的設計師蛋糕，蛋糕上只抹上厚厚一層過甜的糖霜，表面用顫抖又匆忙的潦草字跡寫下哀悼這兩個字。

為死去的妻子表示哀悼，她的死正是女兒因謀殺案入獄的主因。

他心中一股恐慌發作，在胸骨下方盤旋不去，他用手掌根部摩擦那個部位，試圖抵擋這陣恐慌。

他的恐慌症已經發作多年，很容易辨識出脈搏、呼吸和視力的變化，嘈雜的聲音追著他走上階梯，走過走廊，聲音穿透地板填滿了空曠的空間，填滿了他身上的每一部分，直到他除了別人口中那個人之外什麼都不是。

他再次眨眼時發現自己蜷縮在薇奧拉房間的角落裡，一隻手摟著一隻瓷製的獨角獸，獨角獸的角在他手掌的生命線上壓出一處凹痕，克萊兒在薇奧拉最近一次生日那天為買下這隻獨角獸，他們都知道這些想要讓一切正常化的舉動終究會失敗。

「至少我還在努力，」克萊兒說話的時候下巴抬起，她的聲音挑釁、固執又破碎。「你只會……放棄。」

她的指責不僅像是打了他一記耳光，也像他皮膚底下的一根芒刺，這項罪名揮之不去，讓他無法釋懷，每次他看著薇奧拉，彷彿她會毀了全家時，都知道這項罪名存在。

當你生出一個怪物，不會有人在她出生時給你一本操作手冊，不會有任何教養指南，只有一個接著一個精神科醫生揉著山根，只會吐出無謂空話和陳腔濫調。

薇奧拉無藥可救。

唯一能做的只有等待——等到她終於做出什麼令人髮指的罪行，然後被關入大牢。

門開了又關上，瑞德強忍著衝動，忍住不將獨角獸朝著任何膽敢踏入她房間的人扔去，薇奧拉也許非常可恨，但她仍是他的女兒，沒有誰有權利走進她的房間。

但蹲在他面前的人是莉娜，她將雙手輕輕擺在他的膝蓋上。

「所以，」她的口氣輕描淡寫，彷彿過去幾個月什麼事都沒發生，彷彿他倆心裡有數的祕密沒有沉重到足以滅頂，彷彿她不曾在二十年的人間蒸發之後突然間回到他的生命之中，然後從每一處裂縫將他的生活扯得四分五裂。「聽說你在找律師。」

第五章　葛蕾琴

現在——

「你得裁定莉娜的死因不明，」葛蕾琴告訴蕭內西，他們站在莉娜的廚房裡，其餘大部分的警察早已離開。

莉娜喜歡時髦現代的風格，所以空間裡所有物件都是明亮又冷冰冰的鍍鉻材質，這種材質能捕捉頂燈的光線，再將扭曲變形的光反射回去。

蕭內西用粗壯的手撫過疲憊的臉龐。「雖然其實不是。」

「這我們都心知肚明。」這段談判很需要靈活的手段，葛蕾琴並非隨時隨地擁有這種能力，但這裡有很多工作要做，她把下巴往客廳的方向一抬，想起蕭內西之前說過的話，他說過自己當初為什麼會過來這間公寓。「但他們不是希望你好好檢視每一處細節嗎？」

「是。」蕭內西不由自主表示同意，彷彿明知他正在踏入一個陷阱，卻又沒辦法阻止自己。

政治遊戲並不困難，一切都關乎於權力，跟大多數事情比起來，葛蕾琴更了解政治，她未必熱衷於政治，但這個遊戲她總是會贏。

「那你就告訴他們，你正在做這件事，」葛蕾琴燦笑道，「而且你還有最頂尖的專家參與此案。」

他斜眼看了她一眼。「那這幾天要做什麼？你知道我們有的線索就這麼多。」

「我不知道，」葛蕾琴承認，她好奇自己是不是該直接懇求他，如果有用的話她會願意這麼做，這麼做還有一項附加價值，就是能讓蕭內西尷尬到難以忍受，為了達到目的她願意不擇手段，也可以拋棄尊嚴。

這個要求很強人所難，他們兩人都心知肚明，在系統的運作方式上，要邀請葛蕾琴為任何警探提供諮詢，案件必須是公開執行中，一個用藥過量的內部調查案件很難有外人介入，此外如果她無法與波士頓警局官方正式合作，那麼她一扇門都撬不開，連撬開一絲細縫都很困難。「你知道如果你不拉我進來，我會變成你的絆腳石。」

「有什麼差別嗎？」他問道，問題的背景音是粗魯的笑聲，他靜靜地打量她片刻。「你真的覺得莉娜發現了什麼蛛絲馬跡嗎？」

我搞砸了，葛蕾琴。

「不，但……」葛蕾琴迅速眨眼，移開了視線。有時蕭內西會忘記她是哪種人，會忘記她哭是為了逼他屈服，而不是因為她真的悲痛欲絕。

她聳聳肩，差點敗下陣來。「她跟我說的最後一句話是：薇奧拉．肯特是無辜的。」

說得煞有其事。

一個聲音從門口傳來。「你無權參與肯特案，雖然我們會讓這個案件維持公開。」

是那個新搭檔，馬可尼警探。

葛蕾琴很想知道怎樣才能把這個人趕走，她還沒摸清那女人的底細，但看來也不需要了，當葛蕾琴不喜歡蕭內西的搭檔時，通常那個人也不會待太久。

「誰說我需要參與肯特案的偵辦？」

葛蕾琴知道自己的眼神冷酷又精明，但馬可尼並沒有在她的盯視下退縮，她曾在鏡中練習過這種表情，還有各種她無法自然流露的表情。

「因為你認為肯特案就是她用藥過量的原因，」馬可尼漫不經心地聳聳肩說。

她直接的評論讓葛蕾琴措手不及，也讓她刮目相看，也許這沒有必要，畢竟這裡是波士頓，大部分的人都會直截了當指出錯誤，葛蕾琴覺得自己出生在對的地方，這裡恰好適合她誠實到殘酷的個性。

「我不需要真正參與那個案子，」她說，「看起來合法就好。」

「你與波士頓警局的附屬關係形式上的合法性？」馬可尼問，這些令人厭煩的問題讓葛蕾琴嘆了口氣，為什麼要刻意換句話說呢？

葛蕾琴轉身背對馬可尼，將注意力轉移到蕭內西身上。「幾天就好。」

他先是打量著她，然後目光越過她肩膀，落在馬可尼身上。「好吧。」

勝利的感覺如潮水般湧來，如此甜蜜又令人上癮，但他馬上用一根粗短的手指指著她的方向，讓她的勝利感轉瞬即逝。「但要派個保姆跟著你。」

馬可尼小聲哼了一聲，葛蕾琴心中也暗叫不妙，但表面上至少還能表現得不露痕跡。「那是在浪費資源，」葛蕾琴試圖反駁，即便她知道掙扎也沒有意義。

蕭內西一笑，看她緊張讓他覺得非常得意。「對，因為你一直過度關心」——他在嘴裡盤算恰當的用詞——「我們超出預算的事。」

葛蕾琴的肩膀一挺。「你怎麼知道我不會殺了她？」

這句話如預期般抹去蕭內西臉上那愚蠢又自滿的笑容。「馬可尼可以帶著你。」葛蕾琴經過一番深思熟慮，目光在馬可尼的身上上下打量，然後她聳聳肩。「如果她夠格，我會很樂意跟著她。」

馬可尼揚起眉毛但沒有反駁，真令人失望，葛蕾琴最喜歡開玩笑了。

「你只有幾天時間，葛蕾琴，」蕭內西在她身後說，她幾乎可以從他話中察覺出一絲吃驚和非常近乎憐憫的冷淡。「然後我們就會接手，繼續偵辦。」

「時間綽綽有餘，」葛蕾琴話接得很順，目光仍然盯著馬可尼看，馬可尼自剛剛哼了一聲之後，對自己手頭上接到的新任務沒有顯露出任何情緒。

「上帝保佑大家，」蕭內西喃喃自語，莫名其妙朝著她們兩人彈彈手指，彷彿代表某種警告——葛蕾琴可能一輩子也猜不透他這句話是針對誰，然後他一句話也沒說就離開了房間。

「這太戲劇化了，」葛蕾琴慢吞吞地說，馬可尼哼了一聲。

「這也是蕭內西對你的評價，對吧？」馬可尼說。

真是太有趣了，這是一種裝熟的方式嗎？葛蕾琴發現如果兩人擁有共同的敵人，或至少經歷過相同的挫敗感，就能讓彼此感覺站在同一陣線，她自己也曾多次採用這種策略。「我們需要肯特案的案件檔案。」

馬可尼用腳跟站立往後一倒。「我剛剛說過——」

「你是說了，」葛蕾琴說著朝客廳走去，「我們還得跟瑞德・肯特談談。」

葛蕾琴的目光停留在莉娜沒有氣息的屍體上，暴力行為從來無法引起她的興趣；她更喜歡情感和理智上的破壞，但她很有自覺，知道自己會被這種罪行的結果所吸引，那些扭曲的四肢、空洞的雙眼、撕裂的血肉、折斷的骨頭。

「他剛剛說的不是在開玩笑吧？」馬可尼在她身後停步輕聲說道，「你是反社會人格。」

葛蕾琴將注意力從莉娜張開的手臂移開，繼續朝門口走去。「你不懂那個詞，也對我一無所知。」

「那你告訴我啊，」馬可尼不願作罷，一直跟著她。

「我沒有義務要告訴你。」她已經浪費太多時間教育馬可尼了，再繼續下去，葛蕾琴一定會無聊到做出一些愚蠢又不合理的事情，人的感覺很容易預測，透過預測就能避免，只可惜沒人真正懂她的自制，她是非暴力反社會者並不表示她沒有衝動，她面對毫無戒心的人時，很容易釋放出這些衝動。

蕭內西是少數了解她的人，她一直很欣賞他這一點。

「肯特案的案件檔案上有什麼你還不知道的事嗎？」她倆走進大樓電梯時馬可尼問道，「有線電視新聞鋪天蓋地報導案件的所有細節，而且你的……朋友……又剛好擔任辯護律師。」

「反社會者也有朋友，」葛蕾琴對馬可尼話中的停頓半覺得好笑，半感到生氣，她們迅速穿越大廳走到街上，在黃色的犯罪現場封鎖線之外，閃爍的光線突然帶來無來由的緊張感，媒體宛若禿鷹嗥叫著乞求回應，甚至朝她們的方向看了一眼，葛蕾琴和馬可尼都視而不見。

「怎麼會？」這個問題不是話中帶刺，只是脫口而出，表示好奇。

葛蕾琴停頓一下打量馬可尼的表情，但據她觀察，在她不算太虛偽的面具下沒有掩藏著任何敵意。

葛蕾琴想要試探一個剛認識的人時通常會偽裝自己，謊言可適用於所有情境且容易控制，必要時也容易脫身，但她認為這次說實話效果可能更好，她在其他認識的人身上測試過各種形式的回答，結果非常成功。

「我們的生命中需要有一種人，他們不會期望我們成為別人，只要我們做自己就好，」葛蕾琴說，她看得出來馬可尼喜歡那種詩意的措辭，這種措辭可以美化這種多愁善感的情緒。「我從這種關係中得到的好處，值得我繼續維持友誼。」

馬可尼眼裡的正面反應在一眨眼的同時也消逝無蹤，葛蕾琴嘆了口氣，希望自己此生不要再無端吐露真心話。

「開你的車還是我的車？」葛蕾琴發問，目的是拋下這個話題，與普通人互動的第一條規則是：永遠都要準備退場策略。

「是蕭內西負責開車。」馬可尼讓原來的話題自然結束，沒有再多說什麼，葛蕾琴對此表示感激，這世上最可怕的就是同理心太氾濫的人。

葛蕾琴在街角轉彎，直直走進她停車的小巷——她的紅色保時捷紅得像一台消防車。

「你不鎖門嗎？」這是馬可尼坐上副駕駛座唯一說出的話。

「我喜歡危險的生活方式，」葛蕾琴一派輕鬆吐出一個了無新意的答案，危險的生活方式之所以存在，因為這是每個人都能理解和欣賞的捷徑，尤其是她，她想要激發自己對車子失竊的恐懼，但她的內在卻像一口空井一樣空無一物，如果能測試看看是否真的有人膽敢偷走她的車，應該會更有趣。

馬可尼哼了一聲，嘴邊發出稍早在廚房發出的聲音，葛蕾琴記住這是馬可尼表達幽默感的方式。

「你對肯特案有什麼了解？」馬可尼的語氣一派輕鬆，即便葛蕾琴高速衝出小巷，完全無懼迎面而來的車流。

據葛蕾琴所知，馬可尼其實並沒有跟蕭內西一起偵辦過這起案件，但並不表示她不了解細節，過去六個月以來，無論聽了多少遍，案件驚悚駭人的細節還是讓這座城市裡的每個人無法自拔。

馬可尼的用意是想引誘葛蕾琴說出她對謀殺案的看法，這是個不錯的策略。

「大約六個月前，瑞德和克萊兒．肯特的女兒薇奧拉．肯特，在她父親外出的一個晚上用刀刺殺了自己的母親，」葛蕾琴回想道。

「動機呢？」馬可尼追問。

「薇奧拉是一個施虐型精神病態者。」理論上這個女孩的年紀還太小，無法獲得正式診斷，但任何對人類行為有初步了解的人都清楚此一事實，葛蕾琴認為沒有必要否認。「她不需要動機，嗯，除了想看看她母親的血長什麼樣子之外，也許她也想看看她的器官。」

葛蕾琴已經查看過案件檔案，儘管馬可尼放話不能讓她拿到警方掌握到的證據，但葛蕾琴認為自己仍舊掌握了大部分的資訊，如果觀眾的心臟沒有她強，犯罪現場的照片可能會讓他們毛骨悚然。

馬可尼對葛蕾琴隨口說說的診斷沒有反應，只是問，「凶器？」

「廚房裡的切肉刀，」葛蕾琴說著闖過紅燈，喇叭聲隨之而來，但那些憤怒的駕駛人除了用拳頭猛擊方向盤外也別無他法。「薇奧拉殺害母親後將凶刀藏在放襪子的抽屜裡，這個行為不合邏輯。」

「不合邏輯？」

「沒有人會認為刺殺克萊兒的真兇，除了施虐型精神病患者之外還另有其人，」葛蕾琴說。即便到了現在，莉娜的自白還在她的腦海揮之不去，葛蕾琴也無法理解她的朋友怎會認為這個女孩無罪，精神病患者殺人再自然不過了，畢竟折磨、致殘、殺戮是他們的本性。

「這種偏見會讓你不高興嗎？」

葛蕾琴笑了，其實她覺得這個問題很好笑。「第一，我之前說過，我是反社會者，第二——我沒在故意酸人，請相信我——刺殺克萊兒的兇手當然是薇奧拉。」葛蕾琴停頓一下，把每個字清清楚楚說出來：「因為她是一個施虐型精神病態者。」

「那你對蕭內西說的呢？」馬可尼追問，「你說他抓錯人了。」

面對眼下這個狀況，意圖耍弄一個很認真的人，那個人可能會反咬你一口，因此葛蕾琴緊抓事實不放。

「莉娜出於某種愚蠢爛好人的原因，可能認為薇奧拉無罪，但這並不表示她真的無罪，」葛蕾琴說。莉娜有理由相信自己想相信的事，但並不表示她相信的是事實。

對精神病態者來說，問題不是要不要殺人，而是什麼時候殺人。

「她不是完美的代罪羔羊嗎？」馬可尼問道，「如果有人想殺克萊兒．肯特？真兇只要把凶刀塞到這個女孩的抽屜裡，噹啷，不會有人覺得兇手另有其人。」

雖然馬可尼表達的方式不夠認真又加油添醋，但葛蕾琴還是忍不住回應，「你這是在幫薇奧拉辯護嗎？」

「我只是想釐清莉娜．布克生前為什麼會這麼認為，這不就是我們偵辦的動機嗎？」馬可尼反駁道。

葛蕾琴偷瞄馬可尼一眼，想看出她這個問題背後是否隱藏著什麼心機，她是否起疑，是否懷疑葛蕾琴沒有完全吐實，但從她的表情讀不出任何蛛絲馬跡。

也許到了某個時機點，葛蕾琴會告訴馬可尼更多莉娜的遺言，但就目前而言，葛蕾琴想讓馬可尼相信她只是莉娜悲傷的好友，只是因為人脈夠廣，一時興起就來這裡浪費調查資源。

馬可尼用手指敲著牛仔褲，看起來不以為意，「莉娜絕對不是反社會者對嗎？」

葛蕾琴真的笑了出來。「事實上恰好相反。」

「但是為什麼——」馬可尼歪歪嘴，沒說出口的問題嘎然而止。

「為什麼她要和我做朋友？」葛蕾琴猜到她的問題，因為太好猜了。「就像我剛剛說的，她是個爛好人，這種人會像磁鐵一樣吸引我們。」

「你們這些反社會者。」馬可尼輕聲說，幾乎像是自言自語，接著她用正常的音量持續追問下去。「那她丈夫呢？你說他不在家？」

「他的不在場證明無懈可擊。」葛蕾琴對著身後一輛破舊迷你廂型車上的男人豎起中指，他似乎認為她故意超車。「他整個晚上都待在波士頓港的安可賭場。」

這表示有大量的監視器畫面捕捉到他的一舉一動，每一家賭場都仰賴這些攝影鏡頭。

這似乎引起馬可尼的興趣。「他好賭嗎？」

「沒有。」

「什麼？」馬可尼說話的聲音尖銳起來，葛蕾琴才注意到她剛剛說話時子音有多不明顯，所以她不是波士頓人，這沒什麼好值得注意，但她確定下一個案件不會有馬可尼出現。

「沒有跡象證明他好賭，」葛蕾琴用精準的措辭說，因為馬可尼的肢體語言開始表現出緊張，所以她重複自己說的話。

「那他為什麼出現在安可賭場？」

葛蕾琴不得不暫停一下，她用打量的眼神看了馬可尼一眼，她對這位警探的分數略有上升。

「去看拳擊比賽，不過沒有人問他為什麼選那天晚上去。」

馬可尼呼出一口氣。「為什麼不問？丈夫通常都有問題。」

葛蕾琴在優雅的聯排別墅前踩下煞車，她只消看一眼莉娜的檔案就知道了，她轉向馬可尼，露出前齒咧嘴一笑。

「你沒聽過嗎？施虐型精神態病青少年永遠比丈夫有更高機率殺人。」

第六章 ——瑞德——

克萊兒死前三週——

「嗨，爸。」

薇奧拉坐在廚房桌旁背對著門，但她知道瑞德人就在那裡，正在走廊上徘徊，她一定是在把玩那把切肉刀時在刀鋒上捕捉到他的倒影，他意識到這件事時手臂上的汗毛直豎。

「弟弟呢？」瑞德的問題盡量不流露出任何情緒，對薇奧拉來說，恐懼的惡臭也可能化為水中的鮮血。

薇奧拉不如瑞德預料中那樣爆發，只是聳聳肩放手，讓刀尖落在桌面上。「媽媽在檢查弟弟。」瑞德沒有問檢查什麼？受傷或瘀傷之類的吧，即便他時時保持警惕，這些痛楚還是強加在他們小小的身體上。

他走到廚房檯面前，剩下的咖啡剛好夠倒到杯裡，喝不喝不是重點；他只是想讓雙手有事可忙。

「醫生看得怎麼樣？」瑞德一邊問，一邊把薇奧拉對面的椅子拉過來，她抬頭看了他一眼聳起半邊肩膀，她的心情處於一個很奇怪的狀態，至少比平時更加溫柔，在正常情況下她面對這樣的問題會暴跳如雷。

「我不喜歡他，」薇奧拉的態度不是任性幼稚，而是漫不經心，因為這不算什麼新鮮事，薇奧拉不喜歡她的精神科醫生，這些醫生唯一的用途就是給她玩弄成年人的機會，雖然這個成年人知道思路的運作方式，但他們的能力似乎還不足以阻止一個青春期前的女孩滲透他們的思想。「媽媽說我不必再去看醫生了。」

瑞德壓抑下所有反應，克萊兒打從一開始就不願意將薇奧拉交給專業人士。

薇奧拉五歲時她就抱持反對態度，當年她的小玩伴因皮膚燒燙傷就醫，她拒絕解釋，她說再等等，一直等到薇奧拉一靠近塞巴斯汀他就嚎啕大哭。薇奧拉會用那雙無辜的大眼睛抬眼凝視著他們，辯稱自己從未碰過他。

後來接連不斷有老師表示擔憂，稱薇奧拉會操弄其他同學，克萊兒仍堅信這個女孩是天生的領導者，是其他同學無法接受她大膽的性格。

能說服克萊兒是因為發生了第一起嚴重事件——有天瑞德走進浴室，發現薇奧拉把米洛壓在浴缸裡，米洛的四肢癱軟，表情渙散，瑞德的心臟猛然跳了一拍，他驚嚇到無法動彈，大腦無法理解發生了什麼事。

他用力推了薇奧拉一把，她的頭撞到水槽下方的櫃體邊緣，一道細細的血絲順著太陽穴流淌下來，瑞德把米洛從水裡拖出來時她還不停笑著。

「你為什麼要這麼做？」他後來問。

薇奧拉噘起嘴說。「我想看看他的皮膚會不會變藍。」

當時她八歲。

回想起來，瑞德其實很驚訝更嚴重的事件沒有更早發生，他一直偷偷懷疑，他陷在自己的問題當中，因此錯過了這些跡象，他一直頑固地相信薇奧拉只是個孩子，孩童通常很殘忍；孩童的本質就是如此。

這就是為什麼精神科醫生無法診斷年紀這麼小的人，但這並不表示瑞德和克萊兒能夠放任薇奧拉，讓她用恐怖統治，將他們的房子當作人質。

她喜歡傷害人，克萊兒。

克萊兒不希望朋友和熟人知道這件事，他們社交圈裡的人會發現薇奧拉每週都有「醫生約診」，也會開始追問，對克萊兒來說，沒有什麼比維護她辛辛苦苦精心打造的門面更重要的事。她滿心只想控制別人的看法，蒙蔽了自己的雙眼，所以沒注意到朋友和熟人其實早已退避三舍，因為不想看見薇奧拉空洞的眼神。

很長一段日子以來，瑞德完全沒有責怪克萊兒的百般抗拒，他欺騙著自己而活，相信完美家庭和完美生活的假象，即使拍照時他總讓米洛和塞巴斯汀在他右手邊，薇奧拉在他左手邊，夾在他與克萊兒之間。

*「我們要一直讓她吃藥，吃到變成殭屍嗎？」*克萊兒問道。

瑞德沒有回答，因為這個選擇聽起來還不錯，他明知道這不是對的答案。

父母應該無條件愛著自己的孩子，那是不變的真理，他從沒想過自己必須挑戰這個真理，但如果當你看著自己的孩子，卻看見她的靈魂只剩黑暗，就算她乞求釋放，又怎能將她釋放出來？

他已經接受，如果薇奧拉想放火燒掉這個家，他會讓薇奧拉把自己和克萊兒燒成灰燼，但他必須努力保護米洛和塞巴斯汀。

「你必須去看診，薇奧拉，」瑞德說，無論他有多努力掩飾，聲音裡還是流露出心力交瘁。

「如果你不喜歡這個醫生，我們可以幫你找別的醫生。」

那就會是她的第十六個醫生了。

薇奧拉眼睛瞇起。「但是媽媽說——」

這是必要策略，薇奧拉玩弄他和克萊兒就像小提琴大師隨意演奏樂器一樣輕鬆，這個招數只是兒童等級，別說薇奧拉了，所有孩子都會想方設法利用自己父母在紀律和同情上的不同調。

「你們今天聊了什麼？」瑞德不等她真正把話題帶偏，就先打斷她。

薇奧拉先歪歪嘴，臉色才緩和下來，瑞德當下就知道自己不會喜歡她接下來要說的話，她還沒有學會掩飾自己的反應，就是因為這樣她才鬥不贏他。

「聊媽媽。」

瑞德的手指握住杯柄，薇奧拉一直在操弄醫生，這是至今為止最成功的策略，她絕對不會放棄操弄醫生，瑞德不知道自己在不在乎，他知道她打算說什麼，但他還是先問了，因為忍不住想問，「他問你關於她的什麼事？」

「如果我想傷害她，」薇奧拉的聲音聽起來很隨性，他知道她是故意這麼說，她喜歡不帶感情說出離譜的話看對方反應，然後以此為樂。「因為我把她的事告訴他了。」

「你跟他說了什麼？」

薇奧拉將注意力轉移到手邊在桌上旋轉的刀。「你知道有很高比例的連環殺手在孩童時期時就遭到虐待嗎？」

他確實知道，其實家裡每個人都知道他仔細研究過暴力反社會人格障礙，確有此事，基因負責裝膛，成長環境則是扣動扳機的那隻手。

但這也是她擺脫至少四名精神科醫生的方式，因為每當克萊兒坐在候診室時，醫院的人總會對她嚴加監視，逼得克萊兒只好取消之後約診並尋找新的精神科醫生。瑞德從來沒有告訴過她薇奧拉的策略，也從來沒有告訴過她，她的舉止在薇奧拉眼中就像傀儡一樣，他選擇這麼做沒有什麼好驕傲，但也許他只是不想再被當成眾矢之的。「你告訴他你想傷害媽媽？」

這是最重要的一點，瑞德知道薇奧拉的真心話，但很好奇她是否會向陌生人承認，她選擇說真話或說謊的方式就像試穿鞋子一樣——總會選擇當下最有利的方式，但真正重要的是對方知道什麼，對方相信什麼。

薇奧拉點點頭。「我說過，用我的方式描述。」

瑞德吞吞口水移開視線。「那他怎麼說？」

「你很好奇我想怎麼傷害她吧，」薇奧拉奚落他，他回頭的時候看見她兩眼盯視著他，雙眼彷彿將房裡的光全吞噬。「你知道嗎？我在學校圖書館查過一本解剖書。」

她說這句話的方式彷彿他們很希望她多去學一些傷害他人的方法，她露出詭異的笑容，彷彿聽見他的心聲。

「有很多方法可以用刀刺傷一個人，讓她緩慢失血，」薇奧拉說著將刀尖抵在指腹上，仔細盯著皮膚與刀鋒接觸的位置慢慢匯聚出紅寶石般的血滴。

有時薇奧拉可以完美偽裝自己，可以假裝自己是個普通的孩子，雖然有點刻薄，但這也不意外，畢竟她家裡有錢又被爸媽寵壞，她可以臉不紅氣不喘地說謊，可以像小聲打嗝一樣假哭，彷彿在努力藏起眼淚，彷彿羞於讓別人看見自己的眼淚。

薇奧拉現在的行為也是一種表演，這個人格可能更接近真正的薇奧拉，如果她知道自己的行為不會帶來任何後果，她就會放手做自己，她不在乎受到懲罰，但她知道如果受到懲罰，父母會剝奪某些她不想失去的權利，例如她的弟弟，外面的世界，還有學校，這些人和地點彷彿她的遊樂場，被關在房裡就像失去所有可能性。

瑞德經常想到一件事，如果有一天，當他們再也無法控制她的人身自由時，會發生什麼事，萬一她意識到自己其實可以蹺家好幾天，隨便把家裡的一兩件古董拿去變賣就足以維生，那該怎麼辦。她目前尚未完全理解自己有能力做到，但離那天已經不遠。

孩子還小時看著自己的家，看著父母，彷彿這座牢籠本來就難以擺脫，當孩子長成青少年時會意識到這個家就像海市蜃樓，打開大門就可以離開。

「說來聽聽，」瑞德沒有轉移話題，有時他會說一些話故意嚇嚇薇奧拉，他要讓她知道，不是只有她會玩這種把戲。

她露出殘酷的笑容，他好一陣子沒見過她這麼高興。

她詳細描述怎麼活剝人皮的恐怖細節，一邊把刀子插到桌上，刀身搖晃著但保持直立，他們兩人都盯著刀看，彷彿在比誰比較有膽量，然後薇奧拉向前一靠，露出一抹得意的笑容，比她剛剛侵略性的勝利笑容更加可怖。

「別擔心，」她說，「我沒告訴他你也幻想過這件事。」

她說完起身離開，他聽見樓梯上快速的腳步聲，知道薇奧拉很快就會成為克萊兒的心頭大患。

他許久無法動彈，只是盯著她留下的那張空蕩蕩的椅子。

他的心中只感覺到麻木，他站起身繞過桌子，把刀從原來嵌入的地方拔出，小心翼翼只讓手接觸到刀刃的部分，接著把刀拿到水槽，傾斜刀身小心讓刀柄避開水流，同時洗去血跡。

第七章　葛蕾琴

現在——

馬可尼上車後第一次從保時捷的車窗向外張望，對著肯特家氣勢磅礡的燈塔山聯排別墅低聲吹著口哨。

「你打算通知肯特先生莉娜的死訊嗎？」馬可尼把訊息拼湊起來之後猜到她的意圖。

「不是我，」葛蕾琴否認，她收斂太過燦爛的笑容，她心情其實不錯，但發現莉娜的屍體才不過幾小時，表現出好心情很不人道。「是你。」

馬可尼的表現值得讚許，因為她只是聳聳肩，就從副駕駛座的桶形座椅走下車。「有希望我特別說什麼嗎？」

葛蕾琴看著她的背影，目光跟隨她走上壯觀宏偉的樓梯。「你不需要我教你怎麼講吧？」

這座城市的電視螢幕出現瑞德．肯特的面孔已經連續好幾個月，但電視上像素化的面孔無法真正展現他的魅力，他帥得像電影明星，葛蕾琴不會隨便這樣形容人，因為她對美的標準很高——包括大自然的美、人的美、事物的美、她自己的美——都借鑑了黃金比例的理論。

當然肯特完美分布又對稱的五官使他的面孔成為魅力的同義詞，他的金髮、鬍渣、藍眼，一身肌肉發達卻精瘦的胴體，也符合現代社會的喜好。

除此之外他還有一種魅力超出美的標準範疇，葛蕾琴在反社會人士身上經常能發現這種特質。

「有什麼我幫得上忙的嗎？」瑞德．肯特問道。

馬可尼盡責地亮出警察徽章。「肯特先生？我是波士頓警察局的警探蘿倫．馬可尼，這位是葛蕾琴．懷特博士，她目前擔任調查顧問。」

「調查顧問？是我女兒的案子嗎？」他表現出的迷惑當中帶有些許的擔憂，細膩卻不過度矯揉造作——至少目前不會，他很會拿捏自己的表演，如果瑞德的職業是演員，他演得惟妙惟肖。

「我們可以進來嗎？」馬可尼問道，這是警察的老招數，因為她的身軀早已擠進門口，此舉逼得瑞德在無意識間後退了一步。

下一秒她們已經進門，瑞德在身後關上門，這個小技巧執行得不露痕跡。

「我可以，呃……」瑞德閉上雙眼，似乎擺脫了猶豫。「要喝什麼？我可以幫你們倒杯水嗎？」

「不必了，謝謝。」馬可尼已經從玄關走進客廳，葛蕾琴和瑞德跟在她身後，整個場面由馬可尼掌控，但她的方法非常微妙，大多數人可能都不會注意到。「肯特先生，你可能想坐下談。」

「說吧，發生了什麼事。」瑞德雙手叉腰，目光在她們之間掃視。「是我女兒嗎？她發生什麼事了嗎？」

葛蕾琴渴望深入了解這個男人，揣摩他的想法，摸索他的情感，讓它們在她的手指間滑動。如果薇奧拉出了什麼事，他真的會在意嗎？這只是在演戲，還是他的父愛本能比他對死去的妻子的愛更加強烈？如果真是如此，薇奧拉的名字他為何說不出口？為什麼只能說「我女兒」？葛蕾琴曾看過受害者和連環殺手使用這種典型的抽離策略。

他希望馬可尼說什麼？他準備好要面對什麼可怕的消息？是薇奧拉想方設法自殺了？還是關在監獄裡的另一個女孩？他已經撫養她十三年，聽到這消息會令他驚訝嗎？

「你女兒沒事，」馬可尼這麼說等於陷入他的說話模式，她沒有把那個不能說的名字說出口，葛蕾琴覺得這可能是因為馬可尼覺得肯特很有魅力又討人喜歡，因此在潛意識裡避免說出薇奧拉的名字來模仿他的行為，這是共感人常見的做法。「肯特先生，請你坐下。」

瑞德開始踱步，「直接告訴我吧。」

馬可尼快速掃視葛蕾琴一眼後直接脫口而出。「警方發現莉娜．布克今天死在公寓裡。」

有些人聽聞死訊的反應就像大爆炸——手臂亂揮，眼神狂亂，詛咒連連。

但有些人卻像一場內爆，一切情緒都往內心收斂，闃寂無聲。

瑞德屬於後者。

這點很明顯看得出來，因為她們進來後他一直躁動難安，他的雙手握緊又鬆開，不斷在身旁晃動，他用手指捏著鼻樑，抓著自己臀部，雙腳在閃亮的硬木地板上踩出精疲力盡的步伐，但聽見莉娜的死訊時卻安靜了下來。

葛蕾琴看得出來，他的目的是不想在她們面前表現出絲毫情緒，但正是因為他的木然，讓她看出他對剛剛得知的消息有多在意。

「發現她死了？」瑞德終於問道，他的聲音控制得很好，她看過他上電視，此時他說話的語氣就像上電視時一樣小心謹慎。「什麼意思？」

馬可尼說話的方式很聰明，葛蕾琴再一次不由自主對她刮目相看，現在瑞德上鉤了，他很好奇，而且……可能很害怕？

葛蕾琴的指甲深深嵌進掌心，她只想一把抓下他那張薄如蟬翼的面具，窺視底下繚繞的烏煙瘴氣。

馬可尼停頓的時間長到不合理，最後才終於回答，「用藥過量。」

瑞德呼出一口氣，用平靜的方式將緊張感釋放。「我……這太可怕了，但是……」他輪流看著她們，「這是正常程序嗎？由警方來通知她的客戶？」

「你現在是她唯一的客戶，」葛蕾琴插話，瑞德一眼也不眨盯著她看，葛蕾琴一派輕鬆迎上他的目光，她總是互瞪比賽的贏家，她不會因為那種一時的眼神接觸就感覺尷尬，而一般人覺得尷尬就會別開目光。

正如她所料，是瑞德先低下頭，他用手撫過頭髮。「還是……」

「我們不希望你從新聞上得知這個消息，」馬可尼不著痕跡插話，這說法並不合理，但她說得斬釘截鐵又不容辯駁，至少所有遵守社交禮儀的人都不會反駁，瑞德．肯特似乎也按照她們的劇本走了。

他點點頭，目光有些渙散，似乎游離在自己的思緒當中。馬可尼的目光看過來，葛蕾琴別開頭看向門口，她的觀察到此為止，至少目前的資訊量已經足夠。

她們離開時瑞德幾乎沒有什麼表示，他帶著僵硬的笑容接過馬可尼的名片，送她們離開時只是簡單道別。

馬可尼和葛蕾琴走在人行道上，馬可尼在她身旁停步，兩人都抬頭看著那棟聯排別墅。

「得到你想要的答案了嗎？」馬可尼問道。

「當然，」葛蕾琴一笑，看起來沾沾自喜，「我知道莉娜接手這個案子的真正原因了。」

馬可尼用腳跟站立往後一倒，葛蕾琴把她的反應下歸類為「大吃一驚」。

「什麼？」馬可尼問了之後又改口，似乎想起葛蕾琴不喜歡聽到這個詞。「為什麼？」

三樓的窗簾閃動一下，但葛蕾琴看不清那個人的臉。

「她接手這個案子是因為瑞德．肯特愛她，」葛蕾琴對自己的評論充滿自信，她此生花了很多時間觀看影片、節目、採訪——看過所有可供大眾觀看的影像——這樣她才能辨識出自己在本質上無法掌握的複雜情緒，葛蕾琴知道得知深愛之人去世時的悲傷看起來是什麼模樣。「現在有趣的部分來了。」

「什麼？」

葛蕾琴走向她的車。「我們要弄清楚她是否也愛他。」

第八章 瑞德

克萊兒死前一個月——

有錢到一定程度的波士頓人喜歡聚會，瑞德認為這個習性可能適用於美國各地的上流社會，但在波士頓，這幾乎是場遊戲。

白手起家的人、多金家族的人，還有累世富貴的有錢人——歸類為哪一種有錢人非常重要。這可能是瑞德在莉娜．布克事業成功後的五年間沒有偶遇她的原因，因為她銀行帳戶裡的錢是賺來的，不是繼承而來，所以瑞德和克萊兒參加的所有活動，賓客名單上都不會出現她的名字。

但今晚克萊兒拉著他參加的活動是格羅根公司的拍賣會，這場私人聚會上準備了價值三百美元的葡萄酒，和尺寸小到太刻意的開胃小點，這座城市只有少少幾家公司會把法界新貴列入賓客名單，而這是其中一家，所以……機會來了。

莉娜可能躋身上流的機會。

克萊兒用力捏他的手臂，力道有點太大才把他的注意力拉回她身上，身處這種場合，微笑就像一種反射，他知道如何扮演自己該扮演的角色，他沒有別種長才，但這一點他訓練有素。

「對，現在我們家年紀最小的孩子上學了，瑞德一直很苦惱，不知空閒時間該做些什麼。」

克萊兒對聚在他們周圍的朋友說，一邊用手拍拍他的手臂，彷彿他是五零年代一個不知該如何照顧自己的家庭主婦，其中兩個女人心領神會地點點頭，而這群人當中的另外三個男人則用一種綜合了同情、厭惡和厭煩的眼神看著他。

大家都知道他是上流社會的局外人，當他置身於這種場合，當他遇到這些人，除了覺得自己是欺騙富家女下嫁的南方窮小孩之外沒有其他感覺，瑞德早就放棄改變自己的刻板印象了。

他撫摸克萊兒的腰部後方，假裝沒感覺到她身體在他手指下僵硬的姿勢，他俯身想用嘴唇親吻她的耳廓，他在他們剛結婚前幾年總會這麼做，但還來不及碰觸到她就自行放棄了。「我去幫你倒酒。」

她的杯子幾乎半空，她點點頭鬆了一口氣，現在的他們只求能逃離彼此就好。

他朝吧台走去但沒有排隊，而是快速向左邁開一步，走入大廳昏暗燈光籠罩的黑暗之中。

他轉錯幾個彎之後找到一個側出口離開此處，然後走進小巷，一扇門在他身後開啟，莉娜手夾著菸走了出來，他見到她時竟然毫不驚訝。「有打火機嗎？」

瑞德雙手插在夾克口袋裡，背靠著磚牆搖搖頭。「我很早就放棄那個壞習慣了。」

「沒有放棄所有壞習慣對吧？」莉娜問道，手上虛晃一招菸就不見了，就像魔術一樣，就像過去的莉娜。

他不敢看她。「沒有。」

莉娜沒有回應，而是更靠近了，她穿著一件寬褲套裝搭配一件緊貼皮膚的緊身背心，深紫梅色的背心不知何以讓她的頭髮看起來更濃密，臉龐也更蒼白。

她——一直以來——都與克萊兒很不一樣，克萊兒穿著一件適合她年齡的雞尾酒會禮服，腳底踩著紅底鞋，鞋子的名字很時髦，足以吸引她朋友渴望的目光，克萊兒絕對不會穿著男性化套裝現身格羅根公司的拍賣會。

但她們兩人又這麼相像，如此風趣、聰明、冷血、精明、堅強、忠實，兩人都披著惡毒的外衣，卻只為自己所愛之人而溫柔，當年克萊兒在上大學前的那個夏天偶然踏入他們的生命，瑞德一直很好奇她倆為何沒有成為好友。

還有莉娜最好的朋友泰絲．墨菲，同時也是瑞德的女友，她離奇失蹤讓一切都毀了，瑞德早忘了自己打從一開始就覺得莉娜和克萊兒是同一種人。

瑞德一直告訴自己，他和莉娜是自然而然疏遠，兩個兒時玩伴走向不同的人生方向是再普通不過的故事，一個很可信的故事。

但過去六個月證明了一件事——莉娜是故意將他從人生中剔除，她是個殘酷無情的女人。

他怨克萊兒，他現在什麼都怪罪克萊兒，因為她毫不留情斬斷他與過去的所有牽連，就像莉娜選擇把他甩了一樣。

不過就這件事上，他知道他和莉娜的友誼不再，自己也難辭其咎，瑞德在泰絲失蹤兩週後就開始和克萊兒約會，他還記得當他告訴莉娜他交上新女友的時候，莉娜是怎麼看他的，他還記得她先是困惑，然後浮現憤怒和厭惡的表情，最後一臉懷疑。

瑞德當年沒有意識到正是在那一刻，因為那次談話，莉娜開始懷疑瑞德與泰絲的失蹤有關。

他現在終於懂了，莉娜在過去六個月意圖滲透他的生活，唯一的目的就是找到證據證明瑞德涉及泰絲的失蹤。

但經過六個月的心理遊戲，他還是無法理解為什麼莉娜要挖掘他們倆都遠遠拋在身後的過去。

雖然瑞德已經徹底抹去自己的出身背景——這在很大程度上要歸功於克萊兒有權有勢的家族——但莉娜卻將自己的出身背景當成她專業形象的一環，目的是展現自己白手起家的成就，但她與他們出身的社區已經斷了聯絡，與一起長大的同伴也已經失聯。

如果泰絲．墨菲是二十年前就被這世界遺忘的幽魂，為何要無事惹塵埃呢？

除非……事情的真相並不單純。大家都知道泰絲．墨菲這號人物，知道她是現任國會議員德克蘭．墨菲叛逆的姊姊，是個長期流浪的逃家少女，德克蘭把這女孩的故事刊登在自己的競選廣告上，包裝成幫貧困地區的年輕人提供社會服務的政策。

但沒有人知道泰絲．墨菲怎麼會跟瑞德．肯特扯上關係，大家以為他根本連波士頓南區在哪都不知道。

沒有人知道莉娜．布克認為他殺害那個女孩，然後把整件事包裝成一個逃家青少女的可憐故事。

除了他自己之外，沒有人知道二十年前究竟發生了什麼事。

他不知道這個現況還能維持多久，畢竟莉娜是個心狠手辣的女人。

現在莉娜伸出手指，拇指輕輕撫過快要淡去的紫綠色斑痕，他知道斑痕在顴骨上看不太出來，大多數人不會注意到——瑞德．肯特怎可能被打到鼻青臉腫？——他們看的是自己想看的：一個身心俱疲的男人，帶著三個孩子和一個美麗的妻子。

莉娜總能看穿內情。

「薇奧拉弄的嗎？」她輕聲問道，聲音裡帶有幾分真心的關切，表現得彷彿她沒打算撕毀他人生的全部。

他在那一刻想起他們年輕時的模樣，想起他們曾經情同兄妹，瑞德猛然把頭往後一縮，避開她溫柔的撫觸，他害怕自己如果沉迷於這種幸福，會太習慣她的溫柔。

「沒事。」這句話是在暗示她不要踩線，即使他沒有說出口。

她突然從他身邊退開一步，也築起了心牆，「當然。」

「你倒底想怎麼樣？」他知道自己的聲音太粗暴了，他厭倦她玩的這場遊戲，也厭倦她的謊言和操弄，也許她什麼都不欠他，畢竟二十年前他才是那個選擇離開的人，畢竟他們的友情早在泰絲失蹤和克萊兒介入後瓦解了，但他知道他不該承受莉娜在過去六個月讓他經歷的一切，她一直在尋找鬼魂和祕密，挖掘本該埋葬的過去。

莉娜抿著嘴唇，盯著他們腳邊坑洞裡積的一灘油，然後抬起頭來。「你愛她嗎？」

他的思緒糾結成一團支離破碎，瑞德一時半刻弄不清莉娜問的是誰。

她。

是指泰絲嗎？她和瑞德在那個夏天開始交往，她也在那個夏天失蹤，但他們之間的愛情微弱而虛無，只是因為近水樓台，沒有任何意義。

但莉娜說的是「愛」，而不是「愛過」，如果她指的是泰絲，她會說「愛過」，因為在莉娜的心目中泰絲已經死了，而兇手是瑞德。

所以她指的是薇奧拉嗎？他愛她是天經地義的事，但他愛自己的女兒嗎？對他的女兒來說，愛的所在只有一片跳動的黑暗，他認為無論他如何努力掩飾，莉娜都猜得到，畢竟她回到他生命中已經有好幾個月，她已經猜到他的瘀傷可能是那個女孩造成的，那她問的還會有誰……

「我指克萊兒，」莉娜直接點明，「你愛她嗎？」

他的嘴已經太習慣說謊，失去說實話的能力。「她是我太太，我怎麼可能不愛她？」

莉娜再次移開視線，他只感覺到她後退，離他更遠了，退到門口，退到大廳，退回街上，遠離這個地方也遠離他。

莉娜的下巴微微一震，看起來像點了個頭，也彷彿在自言自語，彷彿在說服自己相信他，當她的眼神再次對上他的眼睛，她的職業微笑已經到位，她已成為一個陌生人，再也無法觸及。

「是我問錯問題了，」她輕聲說完便離開了。

就像莉娜的行事風格，就像魔法一樣。

第九章　葛蕾琴

現在——

馬可尼對著那個逮到葛蕾琴超速的警察亮出警徽，再重新收好。

「謝了，美女，」葛蕾琴低聲說，大力一踩催動引擎，想嚇嚇那個把他們從路邊攔下的壯碩警官，他驚跳一下滿臉通紅，嘴裡結結巴巴地道歉，他受到了應有的懲罰。

「你通常都怎麼處理？」針對葛蕾琴的鬧劇，馬可尼翻了個白眼問她，「靠跟警察調情來規避罰單嗎？」

「或者哭，」葛蕾琴聳聳肩，「通常我還算有魅力，大多數情況下都能僥倖逃過一劫，說到這個……」

「瑞德·肯特？」馬可尼說出她腦裡想的，葛蕾琴讚許地看了她一眼，馬可尼一本正經回答道，「你知道的，我畢竟是個警探。」

「是，但有時你會問很蠢的問題，」葛蕾琴就事論事。

馬可尼哼了一聲，「你不懂我為什麼要問，不表示那就是個蠢問題。」

葛蕾琴聞言停頓了一下，這句話與她過去的想法很接近，所以她輕輕點點頭，她不喜歡這句話隱含的侮辱意味，但她可以佯裝沒聽出來，也許馬可尼可以比蕭內西過去合作過的搭檔撐得更久。「總而言之，回到瑞德．肯特的話題。」

「他跟莉娜睡過嗎？」馬可尼問道。

莉娜沒對葛蕾琴透露過什麼，但葛蕾琴不知何以不想承認，以防最後發現莉娜一直以來都隨便跟男人上床。馬可尼認為反社會人士交不到朋友，葛蕾琴不想提供更多證據來支持她的假設，即便後來證實她的成見大錯特錯，理性的做法是盡可能誠實回答，「沒有。」

馬可尼似乎還是在她的回答中讀出某種猶豫。「她是那種人嗎？」

葛蕾琴聞言嘖了一聲。「誰都可能是那種人。」

「什麼意思？」

「你們共感人都會有刻板印象，」葛蕾琴的語氣帶點責備，「你認為有嚴格的道德準則——通常這種道德準則圍繞著你自己的信仰體系，如果有人遵循，那個人對你來說就是『好人』，如果她不遵循，那個人對你來說就是『壞人』，彷彿這真的有什麼意義，彷彿人類可以用二分法分成兩種固定又毫無寬容餘地的類別。」

「嘿，我沒打算評判任何人，」馬可尼抗議道，但她的反駁虛弱無力，至少在葛蕾琴聽起來是這樣。「我完全支持道德相對主義。」

「『她是那種人嗎？』」葛蕾琴學她講話時朝她瞄了她一眼，馬可尼至少還懂得臉紅，羞愧是種強大的力量，很容易遭人利用來逼出對方想要的反應。

但馬可尼沒有完全退卻。「做我這種工作必須採取這種捷徑，懷特博士，你明明就懂，也會利用這種以偏概全的方式，例如……」馬可尼揮揮手示意保時捷的內部，她們現在正以每小時六十五英里的速度在城市的車陣中穿梭。「反社會者傾向尋求刺激的行為，完全不顧後果。」

「噢，」葛蕾琴高興地喊道，「說吧，警探，你什麼時候找出時間研究過我？」

「我自有我的辦法，」馬可尼回答，露出得意洋洋的笑容，「好了，別自以為是了，莉娜——」

「是破壞別人家庭的人嗎？」葛蕾琴的語氣中透露出刻意的禮貌。「不是，她沒跟什麼人約會，沒什麼有趣的對象，更不可能跟已婚男人亂搞。」

「為什麼？」

「因為工作，」葛蕾琴順口回答，然後停下來思考了一下。「其實過去一年左右這段期間可能發生了什麼事，我不知道，因為她顯得比平時更心煩意亂。」

難以捉摸可能是更恰當的形容詞，但葛蕾琴知道馬可尼會想到什麼地方去。

還有葛蕾琴找到的那個小藥袋，她早該沖掉那些藥物。

「不是因為審判的壓力？」馬可尼問道。

葛蕾琴列出她所知莉娜的所有案件日期，在那段期間有三個備受矚目的案件，但除了肯特案之外，沒有一個案子感覺起來有絲毫相關。「不是，我覺得是私事。」

「你沒問她？」

「你是指刺探她的隱私嗎？」葛蕾琴反唇相譏，她不是刻意要劍拔弩張，即便她的語氣意有所指，她很快就會厭倦解釋反社會者也會有朋友，儘管可能不符合他人眼中閨蜜的嚴格標準。

「好吧，」馬可尼同意了，葛蕾琴看得出來對方打算跟她和解，這讓葛蕾琴把方向盤抓得更緊，過彎的角度開得更寬，一個轉向直接闖入迎面而來的車流當中，馬可尼連眼都不敢眨。「不管這所謂的『私事』是什麼事，會與瑞德・肯特有關嗎？」

「如果我這麼認為，我早就告訴你了，」葛蕾琴厲聲說，對話顯得生硬起來，她有時會這樣，這是個警告信號，表示她本來就不太能控制的脾氣快要爆發了。她想起蕭內西冷酷的凝視，想起他酸溜溜的幽默，想起他堅信她無法在正常社會中運作，她想像自己用手掌壓扁馬可尼的氣管，想像她的瞳孔因恐懼而放大。

她總是這樣，還是想證明蕭內西看錯她了。

有個普遍的迷思已經根深蒂固，人們認為像她這樣的人無法完全控制自己的衝動，但其實很大比例的反社會者都融入了正常社會，這些人可能不懂為什麼自己永遠不能完全融入，他們可能生活在郊區，可能比同輩人更經常遭到解僱，可能跟一般人比起來更常面臨失敗的人際關係，但對這些人來說，把所有跡象匯總起來，最後診斷出自己是反社會者，基本上是異想天開，畢竟他們可能從來沒有謀殺過任何人。

有一個人甚至在偶然發現自己腦部掃描結果時聲名大噪，他以為這明顯是反社會者的腦部掃描結果，下一刻才意識到這是自己的腦子。

因此反社會者不全是無差別殺人的兇手，這是事實，但這些人往往需要一個錨定住他們，或者一條畫在沙灘上的線擋住他們，總會需要靠外力將他們束縛在適當的行為標準中，這樣他們才能在社會中正常運作。

某些人要靠宗教——一套明確的指導方針已證實非常有效，對另外一種人可能需要仰賴刑法——輕罪可免，但重罪難逃。

經過幾年的反複試錯，還有經歷過的那段日子——她現在知道那是邪教——葛蕾琴發現自己一直回歸到原點。

蕭內西。

她對這個男人沒有愛，頂多只能做到尊重，也許有天她會承認他們可以互相利用，但當葛蕾琴的衝動猛烈爆發，難以熄滅，在那一刻她總會看見蕭內西的臉，那張隨便羅織一條罪名逮捕她的臉，那張沾沾自喜的臉。

葛蕾琴漫無目的地想像，如果有一天蕭內西對她的判斷不再如影隨形，不再能抵制她的暴力衝動，會有什麼結果。

她這一生只要一想到他就會誘發暴力傾向，很少有例外，最糟糕的一次發生她在哥倫比亞大學念研究所時，她拿到全額獎學金，即便她並不需要。

有一天學院的院長把她叫到辦公室，指責她作弊，他向後靠坐在椅子上，張開雙腿，目光垂落在胯部，嘴裡一邊在說教。她把手指伸進錢包，在底部找到一把鋒利的剪刀就塞在提把附近，她真想拿刀刺進他的腹股溝，看著他的心臟因恐懼而跳動，鮮血噴湧而出，葛蕾琴甚至站起身來走近他一步，院長舔舔嘴唇，自以為贏了這場小遊戲，但隨後他的秘書卻敲了門。

這就像當場潑了葛蕾琴一盆冷水，她強迫自己把剪刀放回包包裡，低著頭繞過秘書，重新融入辦公室外走廊的人群中。

兩週後院長離職，他遭校方解僱的謠言四起，沒有人知道其實葛蕾琴暗地裡進行了一項小調查，之後再將結果提交給大學董事會，沒有人知道她差那麼一步就要殺死院長，沒有片刻的猶豫，如果她真的做了，就連蕭內西也不會知道。

三個街區都陷入了沉寂，馬可尼開始用手指敲打大腿，她說話時聲音中沒有任何要承認緊張的意思，或許她真的不以為意，也許她認為如果真的走到那個地步，她可以制伏葛蕾琴。「你的目的是什麼？」

葛蕾琴沒有佯裝聽不懂。

她不在乎薇奧拉可能陷入冤獄——如果她真的被冤枉。因為這個女孩本就該被關進監獄，不管那些愚蠢的人權倡導者會怎麼說，單是從葛蕾琴從媒體報導觀察到的情況來看，薇奧拉總有一天會殺人，她「還沒有」殺人只是說法的問題。

葛蕾琴也不在乎克萊兒．肯特的死，儘管她很努力要假裝在乎，如果必要的話，葛蕾琴會裝出一副在意的樣子，但馬可尼似乎不需要她假裝。

既然莉娜是死於意外用藥過量，就沒有必要進行任何形式的報復。

但她並沒有根據正義、復仇、悲傷或愛來做出決定；她根本不做決定，因為她相信的是法律。

「因為我很好奇，」葛蕾琴聳聳肩說，她是真的很好奇，真相確實就在咫尺，莉娜可能是希望她「找出真相」，但如果不是因為葛蕾琴自己本來就很想解開謎團的話，她根本不會想要參與其中。

「好奇，」馬可尼微微一笑說，「好吧。」

隨後兩人陷入沉默，葛蕾琴想知道馬可尼是否會繼續逼問，但她似乎對這個答案很滿意。

「我們要去哪？」馬可尼問道。

葛蕾琴咬著臉頰內側的肉，她知道臉頰內側有多年自殘留下的傷痕，這至少比在別人身上留下傷疤要好。「莉娜的辦公室。」

「她和你聊過肯特案嗎？」馬可尼的聲音裡沒有任何指責之意，方才兩人言語間的激烈交鋒彷彿不曾發生，她不是個會記仇的人，葛蕾琴對此表示讚賞，因為她也不會記仇，記仇需要投注情緒，老實說她發現自己沒有情緒。

其實她只是不夠在意。

「很少，」葛蕾琴說，這個問題老實回答比較妥當，這樣對方才不會懷疑她們之間的友誼。莉娜是個專業人士，所有人都知道她會對案件的細節保密。「她發現薇奧拉是個令人害怕的人。」

馬可尼打了個哆嗦，這是刻意誇張的表現。「那個女孩的眼神很詭異。」

「你跟她說過話了？」葛蕾琴非常好奇，她一直想跟薇奧拉談話，但一直不得其門而入，直到現在她才找到可乘之機，也許她能請馬可尼說服蕭內西，告訴他她們必須偵訊這個孩子。

「只有一次，」馬可尼說，「我加入之前調查就開始進行了，但我們進行過一些後續偵訊。」

她停頓一下，「看著她，就像面對邪惡。」

「邪惡，」葛蕾琴喃喃道，心中又覺得有趣，大眾肆無忌憚使用這個詞，卻很少有人能定義邪惡。「我沒有親自面診過她，但據我判斷，她在精神病光譜系中的分數相當高，我指的是黑爾[2]量表。」

「有達到精神病態的程度嗎？」馬可尼問道。

「所有人都是用光譜內的分數來判斷，」葛蕾琴回答道，「但你們這些人只想相信非黑即白。」

「我們這些人？」

「共感人，」葛蕾琴知道這個詞代表了喜怒哀樂，還有她根本無法理解的數千種情感。

---

2 Robert D. Hare，加拿大的法醫學心理學家，以其在犯罪心理學領域的研究而聞名，他是哥倫比亞大學的名譽教授，專門研究精神病理學和心理生理學。

馬可尼又哼了一聲，不過比她覺得好笑時發出的聲音還要輕，葛蕾琴把她的反應在心中歸檔。「你把我們說得像是什麼超級英雄還是突變體之類的。」

「有時對我來說，」葛蕾琴說，「你們看起來確實很像。」

她坦承時馬可尼兩眼牢牢盯著她看，讓她感覺渾身緊繃，她不想理會她，所以切換到演講模式繼續說道：「黑爾量表是一份選項清單，包含二十項指標，最高分是四十，泰德．邦迪是三十九分。」

神經正常的人很喜歡討論泰德．邦迪，葛蕾琴知道這個事實所以經常使用這個例子，即便她其實不太了解背後的原因，泰德．邦迪折磨並謀殺了這麼多女性，但每個人都認識老好人泰德；每個人都很迷戀他，他應該會因此沾沾自喜。

「一個清單，」馬可尼沉思道，「你所謂的指標，是像……很想殺死動物這種嗎？像這種性質的指標。」

「在特定的評估標準上，不單是這些指標，」葛蕾琴糾正道。這是常見的誤解，整體上她不會怪馬可尼。「你想到的事情是所謂的『殺人三要素』，」她豎起手指列數，「虐待動物、放火和尿床。」

「是的，」馬可尼一邊說，一邊用手掌敲打她的大腿，「是的，尿床是一個重要指標，沒錯。」

「進一步的研究尚未證實上述特徵是成人暴力行為的可預測因素，」葛蕾琴斬釘截鐵地說，然後她瞄了馬可尼一眼，「但老實說，殺傷動物至少算是一種指標。」

「那麼黑爾量表上還有什麼指標？」

「缺乏自責或內疚感、病態說謊、行為控制不良，」葛蕾琴一一細數，「無法對自己的行為承擔責任。」

馬可尼沉默片刻，然後清清嗓子。「那跟你有什麼不同？」

葛蕾琴聳聳肩，因為這個發問合情合理。「也沒什麼不同。」她的得分處於低標，幾乎沒有臨床表現，只是剛好足以診斷出來。「這些人都患有反社會人格障礙，精神病態只是更危險的版本，而且這也不算非常專業的術語。」

但對外行人來說很容易理解——比診斷中實際的細微差別更容易理解許多，所以雖然葛蕾琴受過專業訓練，但很久以前她就發現自己只能用口語化的詞彙來表達，否則那些警察的眼神很快就會陷入呆滯。

「你說薇奧拉也是虐待狂，」馬可尼這句話的目的是旁敲側擊。

「這是刻板印象，但這兩種診斷密切相關，」葛蕾琴想打開天窗說亮話，「不是所有反社會人格的人都是虐待狂。」

「好吧，但薇奧拉……？」

「她是，至少我是這麼認為，」葛蕾琴說，「客觀來說她不是我的病患，我只是研究過她的訪談。」

「我暫且相信你的看法，」馬可尼的嘴角揚起，看似饒富興味，但葛蕾琴讀不懂她的表情，只能從表面上理解這句話，她難以理解正常談話的複雜性，總是只能取其片面。「跟我解釋一下虐待狂吧。」

葛蕾琴有一種本能的衝動想針對這個主題高談闊論，但她知道這是在浪費時間。「簡而言之，虐待狂藉由傷害他人來獲得快樂。」

「等同虐戀[3]當中的『施虐』？」馬可尼說話的聲音有點緊繃，有點高亢，葛蕾琴腦中某個遙遠的部分意識到她尷尬了，每次有人一談到與性相關的話題就感覺不自在，都會讓她幸災樂禍。

「是的，但有很多理智安全、經雙方同意，只為追求刺激體驗的虐待狂，」葛蕾琴忍俊不禁，她從馬可尼的不安中得到很多樂趣，也許葛蕾琴某部分也算是情感上的虐待狂。

馬可尼放鬆地笑了，同時舉起雙手。

「嘿，《格雷的五十道陰影》看太多了喔，」馬可尼停頓一下，似乎在收拾自己的緊張情緒。

「所以並不是所有的虐待狂都是精神病態者，你的意思是這樣嗎。」

「兩者是不同的疾病，『性虐待狂』是當中更具體的標籤，」葛蕾琴說，「但有些人既是虐待狂，也是精神病態，像是薇奧拉．肯特。」

「我看過照片，」馬可尼平靜地說。

他們都看過，兩兄弟身上的瘀傷、割傷、疤痕組織、憔悴的身軀，連葛蕾琴都看得出來他們的眼神非常沮喪，克萊兒．肯特一遭到謀殺，這些照片就不斷輪播，這還不包括警方在後院發現了狗和其他動物的屍骸。

克萊兒．肯特去世前，薇奧拉一直在恐嚇全家。

幸運之神突然駕臨，葛蕾琴似乎老是走運，他們剛要停車，莉娜的辦公室前就出現一個停車位。

她沒有費心把車門上鎖，她們下車後輕而易舉進入大樓，葛蕾琴從前廳桌前一名衣著筆挺的男人面前晃過。「不用理我們，亨特。」她注意到馬可尼把手伸進夾克口袋，顯然是想伸手去掏警徽，她喃喃道，「不必了，他不想看。」

亭特本來在閱讀一本彩色雜誌，當下剛好翻了一頁，彷彿是為了證實葛蕾琴的看法。

走過大廳後走進電梯，走出電梯後迎面而來的是一面光可鑑人的玻璃，玻璃上用優雅低調的銀色字體印上莉娜的名字，葛蕾琴一度懷疑辦公室可能上了鎖，但門卻壓一下就打開。

「她有一個合夥人，」葛蕾琴告訴跟在她身後的馬可尼，「不知道他是不是看到新聞就跑了。」

這地方確實有一種廢墟感，彷彿是那些世界末日殭屍電影中的場景，焙果吃了一半，電子郵件讀了一半，末日後的印表機仍在持續運轉。

這就是莉娜之死對這些人的意義嗎？宛如世界末日？

葛蕾琴對這個地方瞭若指掌，她踏過白色地毯走到莉娜的辦公室，毫不猶豫推門進去。

現代風格的桌面和門一樣是玻璃製品；配上鴿子灰的植絨椅子；牆上的照片是冷冰冰的黑白風景照，空間裡的一切都呈現出時尚、專業又可靠的氛圍，莉娜．布克賺錢是為了讓你免受牢獄之災，這是辦公室裡每一寸拋光線條訴說的承諾。

正是因為這股自信的氛圍，讓葛蕾琴認識了莉娜．布克，當時葛蕾琴開始在波士頓警察局擔任顧問，葛蕾琴進步很快，研究也很出色，但她也有弱點，她自己也承認，其中一個弱點是她不全然了解法律制度的細微差異，尤其當法律涉及未成年人。

莉娜為她提供諮詢服務，並且收取了一筆可觀的費用，葛蕾琴立即接受了，並不是因為她喜歡莉娜——她不會喜歡誰，葛蕾琴不是這樣的人，當年的感覺她還記得非常清楚，即使如今身處

3 BDSM，綁縛與調教（Bondage&Discipline，即B/D），支配與臣服（Dominance&Submission，即D/S），施虐與受虐（Sadism&Masochism，即S/M）。

在悲傷的玫瑰色迷霧之中，悲傷總是會美化友情。

但葛蕾琴一直很欣賞那種知道自己價值、知道自己可以向別人索取多少，同時能等值回饋的人，那正是莉娜的表現，葛蕾琴不該覺得驚訝。莉娜因為幫黑幫老大辯護在這座城市聲名狼藉，所以幫一名非暴力的反社會者提供諮詢，對她而言可能不痛不癢。

莉娜不是葛蕾琴在案件上唯一尋求諮詢的專業人士，如果要問葛蕾琴，她永遠不會在專業能力之外與莉娜產生互動。

葛蕾琴第一次找莉娜提供諮詢大約六個月後，某個晚上她拿一個新案子來到她辦公室，她發現莉娜眼皮腫起，睫毛膏污跡斑斑，嘴角卻帶著一抹堅定的表情。

「我喝醉了，你來陪我喝，」莉娜要求。

葛蕾琴向莉娜揮揮手，表示莉娜顯然情緒不穩。「這……不是我的強項。」

莉娜因這句話笑了很久。「好了，不要講廢話。」然後她幫兩人倒酒，是貴到離譜的威士忌。「你不必講話，不需要你當聽眾，你只要坐在那裡喝酒就好。」

「嗯，這就是我習慣的夜晚。」葛蕾琴用自己的酒杯邊緣輕敲莉娜的酒杯。

「我們生命中需要的人是不期望我們改變，只要做自己就好。」馬可尼曾問葛蕾琴反社會者怎麼會有朋友，她就是她的答案。那天晚上葛蕾琴和莉娜坐著默默相對好幾小時，慢慢把剩下的酒喝光，葛蕾琴後來才意識到，也許莉娜需要的也是一個能讓她做自己的人。

「莉娜會把檔案放在哪？」馬可尼的問題打斷了葛蕾琴的思緒，警探看起來明顯心神不安，她把手插在牛仔褲口袋裡，這個動作彷彿是在參觀博物館或者瓷器店，也像中產或下層階級的人。

位於房間另一側有一落淡玫瑰金色的檔案櫃，顏色與裝飾融為一體，一眼看過去時很容易忽略，葛蕾琴朝著檔案櫃走去。

「我們很幸運，」她邊說邊把抽屜拉開，內部的文件頓時暴露在光天化日之下。「櫃子沒有上鎖。」

「你到底在找什麼？」馬可尼問，她現在在葛蕾琴的肩膀上方徘徊。

「我還不知道，」葛蕾琴說著快速翻閱檔案，把不相關的文件丟到一邊，翻過所有文件後，她的注意力轉移到最下面的抽屜，還有她知道置於外框內的隱藏面板。

她用手指在光滑的金屬上撫摸，直到摸到觸感突兀的小栓子，葛蕾琴一推，發出微弱但仍聽得見的聲音，這聲音對正常人來說可能跟性愛的滿足感一樣。「這個。」

馬可尼發熱的鼻息吹在葛蕾琴裸露的脖子上，葛蕾琴用手肘把馬可尼向後推了一步，馬可尼迫不及待問道，「這是什麼？」

「她的財務檔案，」葛蕾琴回答，手邊已經在翻著厚厚一本冊子，尋找莉娜開始表現得怪里怪氣的時間範圍，如果莉娜還活著，如果她知道葛蕾琴在翻閱她的筆記一定非常生氣，但這麼想沒有任何意義。有筆交易引起她的注意。「啊。」

馬可尼緊緊擠在她身後，似乎對葛蕾琴的猛烈肘擊免疫，她低聲吹了口哨，然後用腳跟站立往後一倒，葛蕾琴腦裡的情緒目錄有效辨別出這個動作表示大吃一驚。「同一筆存款匯入金額超過六個月的薪水。」

「對，這就是為什麼我發出『啊』一聲，」葛蕾琴厲聲道，「可以跟上節奏嗎？這是一筆付款。」

馬可尼沒空反駁，「總共要付兩筆，這是其中一筆。」

葛蕾琴噘著嘴研究數字，很不高興馬可尼看出葛蕾琴沒考慮到的可能性，最後她很不情願地讓步了。「你為什麼這麼判斷？」

一隻沒塗指甲油的光禿指甲敲著頁面，頁面上有一處葛蕾琴看不清楚的筆跡。「這是速記，家族會計師常常會這樣記錄。」

家族，犯罪集團，莉娜經常和這些人打交道，所以她染上他們的習慣合情合理。

但有趣的是馬可尼發現了速記，她是從掃黃緝毒組晉升到兇案組嗎？如果是，調職一定是件好事，葛蕾琴曾默默懷疑在掃黃緝毒組工作的警探至少有一部分會落入黑爾量表的某個象限，而另外一小部分人可能自己也涉及非法交易。

就算當葛蕾琴的保姆，也可能比處理那種事情要好。

葛蕾琴的目光掃到莉娜財務記錄上的存款日期，這筆款項發生在一年多以前，早在瑞德・肯特聘請莉娜擔任薇奧拉的辯護律師之前。

也許與本案並不相關。

她百無聊賴地向前翻了一頁，沒有看見什麼值得注意的線索。

「嗯，」馬可尼發出一個聲音，還是靠她太近。

葛蕾琴壓抑怒火，忍住不問她「什麼？」只是等她繼續說下去，雖然葛蕾琴不願承認，但她開始欣賞這個該死的詞了。

「只是……」馬可尼開始說了又停頓一下，她變換姿勢身體前傾，鼻子幾乎要碰到紙頁，然後她坐直對上葛蕾琴的眼神。「沒有兩筆，只有兩筆的其中一筆。」

葛蕾琴不必翻閱日期就知道她的說法正確，「所以無論支付的是什麼費用……」

馬可尼幫她把沒說出口的話說完，「莉娜的命沒有撐到交易結束。」

第十章 ——瑞德——

克萊兒死前兩個月——

聯排別墅的門敲響，瑞德前去應門時迎來一記老拳，拳頭像攻城衝車一樣擊中他，他一個踉蹌跌在走廊上。

他很習慣有人對他拳打腳踢，他看見站在門外的是德克蘭·墨菲，直覺告訴他要抬起下巴，所以這一擊擦過瑞德右眼下方的顴骨，他很震驚，因為一開始並沒有感覺到疼痛，疼痛到來時的感覺是如此熟悉，就像久別重逢的老友。

德克蘭氣喘吁吁，但原因是憤怒，而不是因為用力。

瑞德沒有心理準備會遇到這種場面，但從莉娜懷疑瑞德與泰絲失蹤脫不了干係的那一刻起，他就應該要有心理準備，莉娜和德克蘭沒有繼續聯絡，但這麼小一座城市，她怎麼可能沒跟他說過她正在調查泰絲失蹤案？

尤其瑞德也知道德克蘭利用泰絲失蹤的故事來宣傳自己的國會競選，每次德克蘭在公開場合談到泰絲時，都堅信姊姊已經在某處落地生根，過著嶄新的人生，他從來沒有暗示這其中可能涉及犯行。

瑞德和他從來不熟，所以沒問過他為什麼從沒想過泰絲為何一直沒有跟他聯絡。

「你殺了她，對嗎？」德克蘭的指控幾乎像是抽泣，這證實了瑞德的猜測。「你這個變態的混蛋。」

噢，莉娜，你做了什麼好事？為什麼要無事惹塵埃？

為什麼，為什麼要挖掘過去？這些傷口？這些祕密？

瑞德用力吞吞口水，儘管他們站在那裡直挺挺地一動也不動，但他感覺自己彷彿癱平在地上，全身都是瘀青。

他想說我沒有殺泰絲卻沒說出口，而是說，「你不是覺得她還活著。」

這次衝突不知何以讓他失去平衡，他早該看見第二拳揮過來卻沒有，這次他終於撞上邊桌，桌子的邊緣卡在他的肋骨底部。

「你少自以為是了——」德克蘭上前推了他一把，這股蠻力最終將瑞德推倒在地。「我要殺了你。」

德克蘭收回他的腳，他想在瑞德滾動的軌跡上朝他身側的弱點給予致命一擊，瑞德整個人蜷縮成一顆顫抖的球。

保護腹部，腎臟可以承受這一腳，保護……

這一腳把他踹飛，他在光滑的大理石上滑行。

「起來，」德克蘭吼道，他迴盪的聲音墜落在瑞德身上，他覺得自己可能會淹死在裡面。「起，來。」

瑞德沒有動彈，也沒呼吸。

「像男子漢一樣站起來戰鬥。」德克蘭又踢了他一腳，這次沒那麼狠了，像是一個警告，一個驚嘆號。

瑞德沒有動彈，也沒呼吸。

「起來。」他又命令一次，他的語氣喑啞而野蠻，爬進瑞德空洞的身體然後向外擠壓，直到他的皮膚、骨頭和脊椎都痛得只能屈服。

瑞德沒有動彈，也沒呼吸。

「垃圾，」德克蘭喃喃道，接著傳來粗魯的聲音，是在喉嚨上拖曳舌頭發出的聲音，唾沫落在瑞德的側臉，熱熱的唾沫滑過他顴骨上綻放的青紫瘀斑。

瑞德想擦去皮膚上的唾液，但他知道自己永遠擦不去，這是他永遠抹不去的污點。

德克蘭蹲下靠向他。「如果罪證確鑿證實你殺了我姊，你連自殺都不必想。」

然後他站起身，把靴子踩在他踹了瑞德兩次的位置，那個部位已經因為撞到邊桌而瘀傷，德克蘭重重踩下。「因為我會先殺了你。」

瑞德沒有動彈，也沒呼吸。

疼痛很容易承受、吸納、忽視。

預期中的沉默重壓在瑞德身上，就像德克蘭踩在他身上的腳一樣，德克蘭的輕蔑像鉗子一樣碾碎他的肺，德克蘭以為瑞德隨時都會甩開罪名，站起來反擊或抗議自己的清白，他不知道瑞德的靈魂在很久以前就已破碎。

也許對沒有每天生活在攻擊之下的人來說，他們無法體會苟延殘喘所需要的勇氣，只懂得反擊的勇氣，但瑞德是他兒子與死亡、折磨和無休止的虐待之間唯一一道防火牆，他願以為此付出一切，包括面對一個比臉上那口唾沫還沒價值的人，同時假裝自己是個懦夫。

瑞德趴在地上，德克蘭用直白的譴責語氣繼續咒罵。

然後他離開了，門在他身後砰一聲關上。

突如其來的寂靜充斥瑞德的耳朵，他緊緊蜷縮成一團，等待德克蘭回來終結他的生命，瑞德不知道等了多久，但沒有冰冷的槍管頂著他的太陽穴，也沒有鋼頭靴子正好抵住他的下巴，沒有人朝著他的頭骨揮出致命一擊。

瑞德的肌肉一個部位一個部位慢慢放鬆，先把握成拳頭的雙手放開，接著是靠近頭部的手肘，然後是為了保護身體柔軟脆弱腹部而彎曲的脊椎。

最後他呼出一口氣，變換姿勢平躺在地板上，眼睛盯著頭頂的天花板，專注於自己身上的新傷。

這時他聽見。

一聲嗚咽。

不。

哭聲很慢，如此緩慢，他轉頭尋找哭聲的來源。

塞巴斯汀用一雙淚眼看著他，他坐在地板上，蹲在書房入口處幾乎看不見的地方，膝蓋靠在胸前，下唇顫抖著努力不發出哭聲。

塞巴斯汀近乎無聲的痛苦卡在瑞德腹部，就像一根魚鉤狠狠拽著肚子裡的肉，比德克蘭加諸在他身體上的傷害要痛苦許多。

瑞德曾在生命的某個時刻意識到自己應該做個好人，要堅強，不要再過打打殺殺的生活，有時這表示你得伏低做小，這樣之後才能振作起來，保護那些比你更脆弱的人。

至少他是這樣告訴自己的，因為他努力在一個暴力的家庭中保護米洛和塞巴斯汀。

但也許德克蘭對他的看法正確，也許他真的很軟弱。

他曾經是個堅強的人嗎？曾是個有信念和毅力的人？也許他曾經有這種潛力但已經被榨乾了？他是不是太看得起自己了？他看著薇奧拉的雙眼時只看見黑暗，但他看著米洛和塞巴斯汀的眼睛時，卻看見生命中的每一次失敗。

「你為什麼不反擊？」塞巴斯汀在駭人的沉默中問道。

瑞德閉上眼睛，這樣就不必再看著兒子的臉，他的臉上沒有痛苦，只有厭惡，和德克蘭看他的方式一樣。

「我不知道，兄弟，」他最後這麼說。他的下巴很痛，一定是因為撞到大理石，「也許該反擊的時候到了。」

第十一章 葛蕾琴

現在——

馬可尼站起來用手擦擦牛仔褲，葛蕾琴坐在莉娜的散落文件堆中抬起頭來。

「好吧，我要走了，」馬可尼說著伸了個懶腰，她的後背發出嘎吱聲，就像那道隱藏面板一樣，葛蕾琴一想到這差點笑了出來，她好奇怎樣才能讓馬可尼像檔案櫃一樣打開，她就能把她的內在一覽無遺。

「這就是為什麼當我發誓波士頓警局並非每個人都是大眾認定的懶惰警察時，沒有人相信我，」葛蕾琴說，但馬可尼笑著吐了一口氣，共感人總會認為葛蕾琴每次說話都是在開玩笑，這是共感人多年磨練出的絕妙技巧，能恰到好處扭曲她的話，讓這些話像是輕鬆說笑，而非惡毒諷刺。

她也樂的對自己笑了笑，然後回頭研究文件。

「是啊，是啊，」馬可尼嘟嚷道，但她猶豫了一下，沒有立即離開。「有什麼發現嗎？」

「沒什麼值得注意的。」葛蕾琴說。

此時出現了不確定的停頓。「如果你發現什麼，會告訴我嗎？」

此時葛蕾琴決定抬起頭來，大多數人在警察團隊工作的人都會假定自己搭檔最關切的是案件的最大利益，葛蕾琴雖然不會做出這種承諾，但她卻經常仰賴這種假設性的信任，除了蕭內西不甘不願的試探之外，很少有人會這樣問她，所以她誠實回答，「如果告訴你對我有好處的話。」

馬可尼噘起嘴點點頭，彷彿同意她的說法，「有道理。」

然後她朝著葛蕾琴兩指敬禮，二話不說朝門口走去，葛蕾琴忍不住目送馬可尼離開，直到消失在視線中。

儘管葛蕾琴研究過人類行為、人類心理學、社會學和其他各式各樣的領域，儘管她曾在警局工作多年，為縱火案到謀殺案等所有案件提供諮詢，儘管她耗費畢生之力讓自己通過正常人的標準，葛蕾琴仍然不了解馬可尼。

她喜歡這個女人。

她認為馬可尼並沒有真心投入這個案子，大家都認為莉娜的死除了用藥過量之外沒有別的原因，大家都認為葛蕾琴的存在只是蕭內西這個老鳥警探縱容一名重要顧問胡思亂想，似乎也沒有人認真看待莉娜對薇奧拉無罪的宣告。

如果把馬可尼想像成保姆，那她也是個很散漫的保姆，但有什麼好認真？她不會有什麼損失，也可以從中得到好處。

即便如此，葛蕾琴還是喜歡研究她的反應，她是怎麼跟葛蕾琴打交道，她是如何處理所有狀況，實情讓葛蕾琴大吃一驚，她本來並不看好這個女人，卻發現她是可造之材，願意改變想法。正常人對一個人最初的直覺反應經常依賴本能，在這個由共感人構成的世界中，第一印象可能很重要，但仰賴第一印象絕對是愚蠢的策略。

葛蕾琴的注意力回到腿上的案件檔案夾，莉娜把這個檔案夾與財務文件一起藏起來，這行為有點不太對勁，但每次她太認真查看時，那種感覺卻又轉瞬即逝。

這個案子的主角是一個離家出走的女孩，來自波士頓的貧困社區，隨後是一場平淡無奇的調查，所有人都覺得這女孩是不想被找到。

莉娜習慣保存警方檔案和自己的筆記，但這個案子莉娜卻沒有附上審判檔案夾，葛蕾琴不知道此舉是否代表這案子不是她的真實客戶，或者莉娜是否有充分的理由藏起或銷毀了這些文件。

葛蕾琴撫摸女孩的照片，照片中的女孩也盯著她看。

泰絲．墨菲。

她是個漂亮的女孩，看起來大約十七歲，當年很流行那種青少年肥皂劇，她就像從這種肥皂劇走出來的角色一樣。

為什麼莉娜要藏起她的檔案？莉娜一開始為什麼要留下她的檔案？

為什麼那麼重要？

只是枯坐在莉娜的辦公室地板上不會找到這個問題的答案，葛蕾琴站起身把檔案塞進包包裡，把她翻找的其他文件丟在絨毛地毯上，反正終究會有人來收拾乾淨。

她朝著電梯走去時心不在焉地撥了蕭內西的電話，她的思緒仍然停留在泰絲．墨菲檔案的細節。

蕭內西接聽，話筒傳來他粗啞的聲音：「你殺了馬可尼嗎？」

葛蕾琴翻了個白眼，儘管對方看不見，但她知道蕭內西無論如何都聽得出來。「總有一天你可以成功傷害到我的感情。」

他笑了，「對，因為你是個冷血動物。」

「我認罪，」她慢吞吞地說。他此言差矣，她有感情，只是不像共感人那樣，要她動用感情就像把頻道調到一個很難找到的廣播電台，她的感情不像大多數人一樣像是無法控制的洪水。儘管如此她還是故意讓蕭內西得逞，因為諷刺她能為他們帶來活力，她努力保持這種活力。「你的小保姆已經回家睡了。」

「回家睡的人不該是她吧？」蕭內西脫口而出，但她聽得出來他無心說話，如果要她從周遭的噪音中猜測的話，他應該正在辦公桌前收拾東西，準備下班。「怎樣，葛蕾琴？」

她懶得拐彎抹角，「我想約談薇奧拉。」

這句話引起他的注意，「不行。」

「你明明很好奇我們會激盪出什麼火花，你無法否認。」葛蕾琴嘗試說服他，「讓我面對一個精神病患者？拜託。」

「換個辦法說服我吧，」蕭內西說，但沒有否認。葛蕾琴笑了，他寧死也不會承認的，但葛蕾琴知道蕭內西執念很深，否則不會耗了大半輩子的時間與她周旋。

「不要，你想個辦法說服自己吧，」葛蕾琴反駁道，假裝打了個大哈欠。「整天幫你做你該做的工作，我實在是太累了。」

他惱怒地吐出一口氣。「我的工作在莉娜．布克的公寓裡就已經完成了。」

葛蕾琴向莉娜辦公室的警衛揮揮手後踏入涼爽的夜風中，她的保時捷還停在原地，從來都不會被偷，她的手滑到方向盤後面。

「你心知肚明，明明腦中早就同意了，」她這句話不是在虛張聲勢，因為葛蕾琴很了解他。

「乖乖想個辦法說服自己吧？我得回去睡美容覺，明天早上就要安排好讓我跟她見面。」

葛蕾琴不等對方回應就掛斷了電話，這種行為通常會遭到報應，她不能這樣對待蕭內西，因為他只要逮到機會就會刁難她，但她知道他想看她和薇奧拉．肯特面談，知道他無法抗拒。

共感人喜歡裝模作樣，但總歸一切都要衡量成本效益，安排見面對蕭內西不費吹灰之力，所以他會乖乖照辦。

他雖抱怨，但會照辦。

葛蕾琴開啟自動駕駛，卻發現自己回到莉娜的公寓，警車和救護車早已不見蹤影；唯一提醒它們曾經存在的只有一條亮黃色的犯罪現場封鎖線，就夾在台階附近的樹叢中，她經過時把封鎖線扯了下來。

即便葛蕾琴喜歡的是凌亂的死亡現場，但她仍很欣賞莉娜的整潔有序，葛蕾琴走進公寓時感覺莉娜彷彿才離家一天，外觀幾乎看不出什麼端倪，看不出幾小時前那裡才擺著一具屍體的事實。

葛蕾琴走到客廳角落的小吧台，拿出一只玻璃杯，扭開莉娜前一天晚上開的梅洛紅酒，黑櫻桃色的酒液是目見所及最接近鮮血的物質。

葛蕾琴把一大杯紅酒擱著，走向那座發現莉娜屍體的沙發，她坐在微微的凹陷當中，彷彿還能感覺到她的體溫，儘管她知道不可能。

夜色漸深，葛蕾琴調出莉娜留言的語音信箱，點下播放。

留言播放完畢，她又點擊一次，一次、一次，再一次，直到葛蕾琴體會留言當中每一處細微差別，每一次停頓，每一次吸氣和結巴。

她和你一樣。

從那幾句輕聲呢喃中可以明顯聽出薇奧拉和葛蕾琴一樣是無辜遭人陷害，莉娜一直認為葛蕾琴無罪。

這個世界是靠假設性在運轉，因為假設不必負責任，簡單、危險卻又必不可少，很容易在這個社會中運作，因為大家都以為自己天生就能掌握人類的複雜性。

葛蕾琴讓柔滑的酒液緊貼在舌上細細品味，就像她細細品味積聚在莉娜身上空洞的暗影一樣，她想知道自己是不是與常人無異，一聽到她這個詞就假設她指的是薇奧拉，這女孩引發全世界的關注，怎麼可能不是指她？

但藏在莉娜檔案櫃裡的並不是薇奧拉的案件夾，這顯然是莉娜在心中隱藏的祕密，關於泰絲・墨菲，一個來自波士頓貧民區的逃家少女，一個乏人問津好幾十年的案子。

她和你一樣。

萬一葛蕾琴徹底誤會了該怎麼辦？如果這個她，指的根本不是薇奧拉呢？

第十二章　瑞德

克萊兒死前三個月——

瑞德不是故意要跟著德克蘭．墨菲，是他自找的。畢竟他正在競選公職，所以行程安排都張貼在他的網站上，募款活動、見面會、市政廳等行程。

德克蘭邀請瑞德參加第一場活動，一切就是這樣開始的，德克蘭握著他的手，隨口說之後要找天去喝酒聊聊泰絲的事，就這樣。

瑞德本來沒打算參加德克蘭三天後的競選造勢大會，當時他正在外面買一些管家忘記買的日用品，剛好看見宣傳看板，耳邊聽見轟隆作響的聲音，他認出是他，那感覺彷彿藤蔓般纏繞著他，拉扯著他，讓他不由自主靠近，他選擇不走進那群支持者，在外圍停留就已足夠，這樣就算有出席了。

接下來那個週末，他的慢跑路線剛好行經德克蘭居住的社區，之後那個星期三，他剛好得去德克蘭辦公室對面的書店。

到了第三週這已經成為一種習慣：確認德克蘭的行程，就算沒有公開行程，還是很容易找到他。

畢竟薇奧拉和兒子們都去上學了，克萊兒說得沒錯，瑞德現在其實沒太多事情好做，因為多年以前她父親的公司早已請他走路，其實這也算是一種解脫，畢竟他一開始就不想要這個職位。

這幾天瑞德不想對自己的行為想太多——鑽牛角尖只會導致他的恐慌不斷累積——但他知道自己無法對追蹤德克蘭這個行為提出合理的解釋，老實說他是在跟蹤德克蘭。

他告訴自己，如果莉娜想把泰絲失蹤的原因歸咎於他，他只好追蹤所有相關人士，以免出了什麼事情時措手不及。

但這個邏輯聽起來不太合理，因為如果他的目的是這樣，他該跟監……追蹤……跟蹤的人應該是莉娜。

薇奧拉剛開始表現出暴力傾向時，他研究過心理學，也從研究中學到一些知識，他覺得他對自己太仁慈，應該要控制自己的人生。

他對自己的人生可說是毫無控制力，很多時候他覺得自己只能對周遭的混亂和暴力做出被動反應，同時祈禱這些事情不會在過程中讓他萬劫不復，這樣的生活會磨損一個人，讓他脆弱到命懸一線的程度，而莉娜卻拿出一把剪刀，冷酷無情地剪斷那條線，完全不在乎瑞德的精神狀態。

後來是德克蘭給了瑞德一個目標，給他一些事情去做，用某種方式讓他感覺再度掌握自己的人生，無論這種感覺多麼貧弱，也許只是出於自身的想像。

如果他跟蹤的目標是莉娜，她馬上就會發現他，如果他想跟蹤克萊兒又被她逮到，她會讓他為此付出代價。

所以德克蘭成為他的目標。

瑞德的手機終於載入德克蘭的網站，今天沒有公開行程，很好，非常好。

他無論如何都得去檢查自己訂的一副手套，那家店位在德克蘭家路上的轉角。

德克蘭家聯排別墅的側門打開，瑞德將手機放回大衣口袋，剛好來得及躲到一輛汽車後面。德克蘭邁出大門，身上穿著合身的褲子和緊身的白色排扣襯衫，呈現出他胸肌和二頭肌的肉感曲線，他看了手腕上厚重的手錶一眼，然後關上身後的大門。

他用一種自信的態度邁開大步，可能因為太習慣被跟拍，可能對這種感覺太過麻木，所以無論瑞德靠他多近，他都未曾注意到。

他們走了大約十個街區，周邊慢慢從住宅區變成商業區。

德克蘭最後一次右轉，瑞德知道他要去哪裡，那是克萊兒最喜歡的地方：自由飯店。

也許只是巧合。

瑞德在環狀車道附近停下腳步，失去了聯排別墅附近的人流掩護，他發現自己很難很難融入周遭環境，但他現在並不擔心跟丟德克蘭，除非德克蘭在飯店訂房過夜——考量到飯店沒什麼隱私，他不太可能這麼做——接著德克蘭朝著酒吧走去。

瑞德等待了幾分鐘輕鬆跟上，他很擅長跟蹤，但並不希望自己擅長做這種事。

才四點多，酒吧人雖不多但也不算空蕩無人，這個地方對跟蹤和偷窺等行為沒有任何幫助；因為酒吧共有四層樓，寬敞的空間配上雄偉的天花板，還有橫跨到遠端的大片牆壁，一樓的廣闊空間排列許多不同尺寸的奢華座椅，吧台位在空間的單側，整體以深黑色木頭打造出現代風格，不知何以引發瑞德的怒氣。

酒吧的風格應該是陳舊世故，而不是為富人服務的時尚空間。

但德克蘭卻在這個空間裡如魚得水，他側身走到一張高凳前，他點的酒非常貴，足以讓那個幫他裝酒的女人購買一整週的食品雜貨，真好笑，如果德克蘭靠結婚混入克萊兒的家族，他永遠不需面對瑞德和克萊兒一起露面時要承受的那種眼光，因為他們有相同的背景，來自相同的社區，德克蘭看起來就像是個渾然天成的富二代，瑞德卻從未覺得自己適合這種生活方式。

瑞德在靠近吧台的地方找到一張深紅色的天鵝絨座椅，距離近到足以聽見克蘭的低語聲，但分辨不出他確切說了什麼。

他完全不意外克萊兒會走進來。

琥珀色的光芒掠過她豔絕的五官，讓表情變得溫柔起來——面容像是微醺而不是冷若冰霜。她穿著一件簡約的綠寶石色洋裝，但不知何以創造出凹凸有致的曲線，瑞德明知這些凹凸根本不存在，她走進時擺出獵豹般的撩人姿態。

瑞德的胸口、腹部和腹股溝都在隱隱作痛，因為她的裙襬抬高時露出一條精緻的吊襪帶，吊襪帶一直深深吸引他，它混合了階級和世故，還代表了純潔和不變的慾望，青少年時期的他會因這種穿著而失控腦弱，即便過了這麼多年，他知道自己對這種吸引力還是無法免疫。

克萊兒走到吧台前，一隻熟悉的手順著德克蘭肩膀的直線撫過，臉上露出瑞德很久沒見過的笑容，她在德克蘭耳邊低語說了些什麼，嘴唇擦過他的耳廓，兩人的距離近到瑞德可以保證這絕對不只是老友見面，聊聊政治和政策。

也許德克蘭其實真的在自由飯店開了一個房間。

瑞德想探索自己當下有什麼感受，就像探查缺牙留下的血腥窟窿一樣，但他發現這畫面並沒有擊中他的敏感神經，那個窟窿裡只有癒合的皮膚，如果他和克萊兒曾經相愛過，那份愛早已面目全非，現在他只關心兩人是否要討論泰絲的事。

因為克萊兒知道莉娜正在調查泰絲的失蹤事件，剩下唯一的問題是她是否會告訴她的情夫：泰絲的弟弟。

幸運之神眷顧瑞德，克萊兒一拿到她的酒，兩人就離開吧台找了椅子坐下，目的是背對空間裡的其他人。

他想要謹慎一點，所以等了幾秒鐘沒有輕舉妄動，然後他低下頭站起，不是突然站起，而是將動作放得很慢，他繞了一圈之後坐在他們身後的座位上，他坐定後意識到自己根本不必那麼小心，因為他倆完全陶醉於彼此。

「我覺得我只是……」克萊兒的聲音微弱而顫抖，他似乎從未聽過她那樣說話。「我已經束手無策了，德克蘭。」

德克蘭低沉的安慰聲音聽得很清楚，瑞德即使背對他們，也能猜到他可能把手放在克萊兒手上。「他有沒有……他有傷害你嗎？」

克萊兒笑了，無疑是笑中帶淚，瑞德強迫自己鬆開握在扶手上的拳頭。

「他會用拳頭搥牆，」克萊兒很小聲說，聽起來似乎很害怕卻又不想承認。

瑞德看著三個指關節上那道粉色皺起的疤痕，感覺自己無力澄清事實。

德克蘭倒抽一口涼氣，滿臉憤慨。「克萊兒……」

「不，不，」克萊兒說，揮去他明顯的擔憂。「沒關係，我只是想讓這一切結束。」

「你的律師怎麼說？」

「說婚前協議保證了瑞德的財產權，因為我們結婚已經很久，」克萊兒承認道。

他討厭在他在二十歲時因與克萊兒陷入熱戀而簽下的那份文件，他想對著這份文件吐口水，然後丟到火裡燒了，這種認定他們不會天長地久的概念很令人厭惡，但他還是簽下文件，因為這是他能和克萊兒在一起唯一的方式。

「這樣會讓我很緊張，」德克蘭說，「畢竟你和他住在一起。」

「他也不是那麼一無可取，」克萊兒用溫柔的口吻說。

「你人太好了，」德克蘭用沙啞的聲音斷然說。

「我不想……我們可以……我們可以不要談他嗎？」克萊兒問道，卻又立刻推翻了自己的要求，「我擔心他會帶著小孩離開。」

德克蘭發出輕微受驚的聲音。「他不會的。」

「他知道只要走到上法庭這一步，我就會拿到監護權，」克萊兒慢條斯理地說，瑞德知道這確實是實話，他對眼下的生活沒剩多少留戀，兩個兒子是其中之一，克萊兒畢竟是兒子的母親，在法庭上這代表她更有能力好好撫養小孩。

「如果他想要共同監護……」德克蘭提議道，彷彿想試探她，彷彿不想惹她生氣。

「不，」克萊兒的語氣變得冷硬，他還知道別的事，克萊兒這個人不走中間路線，如果他自己決定離開她，她絕不會讓他再見到孩子們，不過克萊兒說話時的語氣已經軟化下來。「不，不，我……德克蘭，他是會拿拳頭搥牆的那種人。」

瑞德的喉嚨後端在燃燒，她的言下之意是他會把憤怒發洩到兒子身上，她明知他寧死也不會傷害他們。

但現實如何並不重要，重要的是冰冷的事實在法庭上聽起來如何，瑞德知道所有專擅家事法的人都聽過這種一再被打破的承諾，對他們而言許下承諾的人幾乎就等同承認自己有罪。

「好吧，」德克蘭說，「好吧，你說得對，會做出這種事的人就像顆不定時炸彈，但我們也得警覺一點。」

我們，瑞德差點笑出來，噢，人真的好容易陷入愛情。

「我正在努力，」克萊兒說，「他只是……他近期很不穩定，跑出門又不告訴我他要去哪，他也經常傳訊息，我認為他……我認為他一直在跟莉娜．布克聯絡。」傳來沉重的停頓，「她現在是個律師，很厲害的律師。」

他們都聽得出克萊兒的意思，她意思是瑞德企圖在分居之前先下手為強，先建立自己的法律團隊。

克萊兒幾乎發出一聲啜泣，彷彿拚命想讓自己冷靜下來，卻無法遏止自己淚眼婆娑的哭泣聲。

「噢，甜心，」德克蘭低聲說，瑞德想知道他是不是握住她的手，或甚至移動身體用一隻手臂摟住她的肩膀。「他不會帶走你的孩子。」

「他已經不是你認識的瑞德了，」克萊兒熟練地發出顫抖的語調，「他會扭曲事實，讓小孩對我……有很可怕的成見。」

「聽著，你知道他現在有什麼企圖，」德克蘭說，「你知道他正在為戰鬥做準備，所以你也要準備好。」

克萊兒喃喃道，「我會的。」她的話語是如此溫柔，瑞德差點聽不見。

兩人逗留在原地一會兒，聊一些共同認識的朋友、社會事件、政策和德克蘭的競選活動，他們之間相處融洽，他和克萊兒已經很久沒有這樣。

他們起身走向大廳，瑞德目睹兩人的指關節相互摩擦，他很清楚這兩個人現在要去哪裡。

他們離開後瑞德忘記過了多久，他只是盯著他身旁壁爐裡那閃爍的假火。

如果他飾演的是故事裡的反派，自己看得出來嗎？瑞德不認為自己是壞人，但如果他周圍的所有人都逼他演壞人，他還能否認多久？

如果他要接受這個事實，如果他決定開始相信這些人的說法，他不確定誰能阻止他壞到骨子裡。

第十三章

葛蕾琴

現在——

薇奥拉．肯特看起來一點也不像什麼殺人狂魔。

葛蕾琴覺得本來就是這樣——共感人才會認為內心的邪惡會顯現在外表，她不這麼認為，她比一般人更懂。

「看起來只是個孩子，」蕭內西在葛蕾琴旁邊咕噥道，他的聲音沙啞，彷彿徹夜都在安排這場小小的會面，葛蕾琴才不在乎，她也不會出口感謝他，但她比較喜歡他用正常的聲音講話，所以她遞給他一顆潤喉糖，他沒說什麼就吞下。

「只是個捅她母親十三刀的孩子。」葛蕾琴無情地提醒他。他竟然想相信薇奥拉沒那麼壞，只是個孩子，但他卻從來沒想過要相信葛蕾琴？這很重要嗎？並不重要。

他把喉糖塞進嘴裡，嘴唇抽動著彷彿知道她在想什麼，彷彿想笑，她怒目瞪他，但他的目光牢牢盯著雙向鏡另一端的薇奥拉，她的惱怒從他身上消失。

「你這是在浪費時間。」

「好吧，幸好浪費的是我的時間，」葛蕾琴說，但隨後她停頓一下，因為她知道當蒙受他人幫助時，積極感謝通常比裝傻白目更好。「謝謝你安排這場會面。」

蕭內西環顧四周。「你對我這麼好，是因為我快死了嗎？」

葛蕾琴瞪大眼睛。

「直接宣判我死期吧，醫生。」蕭內西企圖保持嚴肅的表情，但他顯然對自己的妙言妙語喜不自勝，所以沒辦法板著臉孔。「你對我這麼有禮貌，我想不到還有其他原因。」

「我到底幫你偵破了多少案子？」

「你也拿到了應得的薪水啊，」蕭內西像往常一樣回擊，「但你對我說過多少次謝謝？」

因為她對他道謝的次數可能一隻手就數得出來，所以她決定裝作沒聽到。

「總有一天你會承認自己喜歡跟我共事，」葛蕾琴不給他機會反駁，說出大膽的預言後就衝出房間，蕭內西以為自己說的話很幽默，但她只覺得很煩。

下一刻葛蕾琴跨進偵訊室的門，完全把蕭內西拋諸腦後。

薇奧拉．肯特身上沒什麼特別之處。

下巴長了兩顆粉刺，油膩的瀏海和一頭雜金色直髮，一張瘦削的圓型臉，肩膀寬闊，身型卻很纖細，日光燈無法為她的外表加分，但即使在最好的環境和光線下她的外表也不會太突出，最引人注目的是她的眼睛，與其說是淡藍色，不如說更偏銀色，但即使眼珠顏色特別，也沒辦法持續吸引目光。

薇奧拉看起來就是個十三歲少女，與其他女孩無異。

對於這點，葛蕾琴再高興不過。

她知道自己的外貌，她完美柔順的金髮剪成鮑伯頭，不一定是時下名人偏愛的波浪長髮，但在波士頓的場合中更容易被接受，她的皮膚完美無瑕，光滑白皙，紅潤的膚色就像玫瑰牛奶色。

她曲線玲瓏，但並不招搖；身高不高，但修飾得很好；穿著得體，但並不刻意。女人都想和她一樣，男人則想和她上床，十三歲的女孩會夢想成為她。

葛蕾琴從薇奧拉的眼裡看出這一點，儘管她深知這個女孩會因為自己表現得太明顯而發怒，她在那一刻很慶幸自己穿著剪裁完美的鴿灰色西裝和高跟鞋，當她在薇奧拉對面的座位坐定，這套裝束讓她感覺更有力量。

葛蕾琴沒有自我介紹或開場白，嘴巴一開就命中紅心。「刀插進去的感覺如何？」

薇奧拉眨眨眼，連眨三下，睫毛顫動得又快又驚，然後她似乎鎮定下來，「像切奶油。」她的聲音又高又輕，像小女孩的聲音，她只是個女孩。

「沒卡住？」葛蕾琴問的方式彷彿自己對此一無所知，但當下她展現的是自己的暴力本性，彷彿用一把刀刺進對方的心靈，她渴望深入就像薇奧拉渴望鮮血一樣。

「卡在她的下肋骨，」薇奧拉輕鬆說道，她在短時間內就釐清狀況了，葛蕾琴不是普通的警探或社工，無法輕易被操弄。「但那把刀很鋒利。」

多年前曾有一位精神科醫生接手葛蕾琴的案子，他說話有鼻音，認定葛蕾琴之所以選擇一把刀當凶器，是因為刀比較私人，比較親密，她想感受姑姑的靈魂離開她身體。

他是個庸醫，葛蕾琴八歲時就很清楚這一點，但她仍然記得蕭內西聽到那理論時臉上的表情，這兩個人如果遇到現在的葛蕾琴，一定會被她玩弄於鼓掌之中，但當年的葛蕾琴卻認為自己就要鋃鐺入獄。

她不會問薇奧拉為什麼要選擇用刀，因為刀很可能是她一直以來可以拿得到的凶器，並非一切都與佛洛伊德的理論有關。

「你為什麼要把凶刀藏起來？」葛蕾琴問道，這是她一直很想知道的問題。

薇奧拉的嘴唇微啟又閉上，她的視線從葛蕾琴肩膀右邊掃過後又回到她臉上，葛蕾琴猜想無論她的回答是什麼，都只會是謊言。

「我想看看他們是不是蠢到會被騙。」

葛蕾琴忍俊不禁，因為她確定蕭內西一定露出憤怒的表情，不過這是個好答案，非常可信。

「你指的是誰？」

「警方，」薇奧拉的目光掃過葛蕾琴。「你。」

「你知道我是誰？」她的知名度離名人還很遠，但她在波士頓也不算沒沒無聞，如果莉娜負責案子期間薇奧拉可以使用電腦，她可能看過葛蕾琴的相關資訊。

「不知道。」她的手一個抽搐，她在說謊。

「你查過我。」

「我沒有，」薇奧拉抗議道，女孩可能沒有意識到自己說話時聽起來年紀有多小，她吞吞口水，當下就推翻了自己剛剛說的話。「這裡有網路，你知道的，」她停頓一下，「他們認為你很特別。」

先否認自己知道葛蕾琴是誰，其後隨即一股腦地洩露內心的苦澀，她的說話方式真是太孩子氣了，葛蕾琴浮現一種很複雜的感覺，如果她願意的話，可能會稱之為「同情」。

「現在換你成為最特別的人了，」葛蕾琴反唇相譏。薇奧拉受到稱讚，得意得像一朵對著太陽綻放的花朵，葛蕾琴不經意注意到她很自戀，「你殺了自己的母親。」

薇奧拉的身體轉向葛蕾琴，顯得又急又高興，「大家都會討論我。」

她陳述事實，而非發問，總之葛蕾琴發現自己在點頭。「你是如何對待自己的弟弟？」

她又眨眼了，薇奧拉一直很小心控制自己的表情，卻無法控制眨眼，一道道睫毛在她蒼白的皮膚上閃逝而過。

「他們太懦弱了，」薇奧拉說得煞有其事，「像是不堪一擊的獵物。」

「那天晚上他們在嗎？」葛蕾琴問道，「你刺殺你母親的時候？」

「鎖起來了。」薇奧拉喃喃道。

「什麼？」葛蕾琴討厭這個詞，但還是忍不住說了出來。

「小羊們關在他們的房間裡很安全，」薇奧拉每一個音節都充滿了嘲笑，她張開嘴欲言又止，然後看向別處。這個地方有跡可循，雖然精神病患者對人沒有任何感情，但仍然會有反應。

葛蕾琴進一步逼問，「他們被關在房裡是因為你嗎？」

葛蕾琴可以想像那兩張傷痕累累又憔悴沮喪的面孔，新聞上鋪天蓋地都是那兩張面孔。

「有一把鑰匙，」薇奧拉說。

「上鎖才能防止你傷害他們，」葛蕾琴重複道。

薇奧拉的臉上閃過一絲笑意。「你覺得呢？」

「你會殺了他們嗎？」葛蕾琴確保自己說出來的聲音平淡無情，這並不難，她不是希望弟弟死，只是不在乎他們活著。

薇奧拉舔舔嘴唇。「塞巴斯汀，我早該活活把他的內臟慢慢掏出來。」

「你大弟？」葛蕾琴不由自主感到很好奇，「為什麼是塞巴斯汀？不是米洛？」

「就像彼得森先生的狗一樣，」薇奧拉略過上述問題，她的眼神呆滯下來，然後又對上葛蕾琴的眼睛。「你認為塞巴斯汀會像狗一樣嗚咽嗎？」

葛蕾琴沒有退縮。「你母親有嗎？」

薇奧拉歪歪嘴，打破空間裡的緊張氣氛。「我媽永遠不會求饒的。」

「你有要她求饒嗎？」

薇奧拉歪歪頭。「我是在她睡夢中殺了她。」

沒錯，葛蕾琴知道，只是還沒有辦法用線索拼出全貌。「你為什麼不先叫醒她？」葛蕾琴問道，「我會想聽她尖叫。」

薇奧拉驚訝地倒抽一口氣，葛蕾琴知道薇奧拉不希望她聽出她的心事。

「我當時很生氣，」薇奧拉說，但她的聲音裡透露出些許自信，她是個孩子，只是個小女孩，「所以沒想那麼多。」

葛蕾琴向後靠在椅子上，確定自己的所有肢體語言薇奧拉都能輕易解讀為：不為所動。「她在這期間完全沒有醒來？」

「應該是當場死亡，」薇奧拉聳聳肩，「對我來說這並不重要，因為我只想繼續刺她。」

「第一刀刺哪裡？」

薇奧拉瞇起眼睛。「你覺得我在說謊。」

「你一開口就很明顯，我非常確定，」葛蕾琴反擊。

「錯了，」薇奧拉說，「你以為我沒有殺我媽。」這裡出現長時間的停頓，葛蕾琴可以看出薇奧拉聰明的小腦袋在嗡嗡運轉。

「你來這裡，是來救我出去的嗎？」薇奧拉傾身向前，看起來似乎很雀躍。「那就拜託你了，好心的女士，告訴我，我其實不是真的那麼壞。」

「你知道我不是什麼好心的女士，」葛蕾琴說。

薇奧拉又坐回去。「我知道你可以看出誰的本性邪惡，像照妖鏡一樣？」

葛蕾琴哼了一聲。「如果你認為我相信非黑即白的善惡二分法，我想你沒有看起來那麼聰明，你沒有回答剛剛的問題。」

「她那顆冷漠黑暗的心，」薇奧拉脫口而出，不知何以態度頓時變得既憤怒又刻意。「我就把刀對準那裡。」

「真是詩情畫意，」葛蕾琴拖長聲調說，這個答案也錯了，但葛蕾琴沒有費心提醒她，因為薇奧拉可以輕易狡辯說自己因為被激怒，所以故意說謊來得到反應。「壓垮你的最後一根稻草是什麼？」

「一定要有嗎？」薇奧拉問道。

「不一定，」葛蕾琴同意道，「但在我看來，你沒有先叫醒你媽然後折磨她。」

薇奧拉再次屏住呼吸，但沒有退縮。「所以？」

「所以……」葛蕾琴重複這個詞，讓這兩個字懸在她倆之間。「這表示你行凶時太生氣了，所以沒有好好考慮就做出反應。」

「你是唯一這樣問我的人，」薇奧拉說，「連那位律師小姐都沒有。」

葛蕾琴暫且擱置她提到莉娜的事。

「你不想回答嗎？」葛蕾琴個人想聊的是大家為什麼會冤枉她，這是她想談的其中一個話題，但薇奧拉現在是在拖時間，沒打算宣洩她對母親的怨恨，如果葛蕾琴要猜，她覺得薇奧拉還沒準備好一個有說服力的謊言。「你不想讓全世界知道她怎麼對待你嗎？」

她嘴角微微抽動，幾乎是一笑。

「問得好，」薇奧拉說著低下頭。「因為她不讓我養兔子。」

「你怎麼會認為她會答應？」葛蕾琴問，雖然她問的當下就意識到這是個無用的問題，因為精神病態者不會這樣思考。

「我朋友生日收到一隻兔子，」薇奧拉說，「我也想要一隻。」

「你媽不會讓你養。」葛蕾琴判定自己對追問這個特殊的願望沒什麼興趣，因為這個空間裡每個人，還有監看訪談的人都知道薇奧拉想對這隻動物做什麼事。「所以你就捅了她一刀。」

「對。」

葛蕾琴仔細端詳她，試圖解讀每一次面部抽搐，每一條非語言的線索，研究她放鬆的方式，她坐立難安和靜坐不動的方式。葛蕾琴這輩子都在解讀他人的肢體語言，就像動物學家研究狼呲牙咧嘴的模樣，研究獅子玩耍的方式，她從來沒辦法像一般人那樣能夠自然而然理解肢體語言，但這並不重要，因為她終究掌握了這項技能。

薇奧拉比大部分人還狡猾，葛蕾琴慶幸這次談話錄了影，可以後續重複觀看。

「他們是怎麼找到彼得森先生的狗？」葛蕾琴沉默許久，終於開口問道。

這個問題真的讓薇奧拉傻了——她又開始像之前那樣快速眨眼。「因為地下室淹水。」

葛蕾琴發出嘖聲。「所以你運氣不佳，那隻鳥呢？」每個人都聽說過那隻鳥的事。

「有輛車不小心撞到我們後院的石牆，」薇奧拉沒有顯得很心急，但饒富興味，非常投入，她想知道她葫蘆裡在賣什麼藥，「牆鬆動了，那隻鳥就藏在裡面。」

「所以如果不是出了兩次離奇的意外，不會有人發現，」葛蕾琴說出結論。薇奧拉的視線往上移到一旁，彷彿企圖用自己的思維方式打敗葛蕾琴，然後她的視線又回到葛蕾琴身上，嘴巴張開彷彿想說些什麼。當葛蕾琴繼續說「但你卻把凶刀藏在自己的襪子抽屜裡」時，可以確定薇奧拉笑不出來了。

這次葛蕾琴不想掩飾自己的笑容了。「我知道你有能力成為連環殺手，你知道如果你長大成為連環殺手，他們會怎麼形容你嗎？」

「邪惡。」薇奧拉試圖回答，但答案虛軟無力，方才那股頑劣的惡毒已經盡失。

葛蕾琴搖搖頭。「計畫縝密。」

說完她站了起來，雖然到目前為止，她覺得與薇奧拉的談話很有趣，但最好還是以佔上風結束這回合。

「我殺了她，」薇奧拉喊道，她完全知道葛蕾琴的意思，如果薇奧拉真的是兇手，不會讓警方這麼迅速找到證據。

葛蕾琴將手掌放在桌子上傾身，靠得離薇奧拉很近，下巴幾乎擦過薇奧拉的下巴。「不，你沒有，」她在薇奧拉耳邊低語，「不過我不會告訴別人的。」

第十四章　瑞德

克萊兒死前四個月——

克萊兒已經很久沒有送棒球票給他驚喜了，這一直都是他們的默契，甚至在早年，生活中還充滿了神奇的彩虹和蝴蝶時就是這樣。

瑞德不記得他們是從什麼時候不再去看比賽，這比什麼都更令他難過。

克萊兒把球票放在咖啡壺旁邊的廚房檯面上時瑞德又喜又驚，同時有點難過，因為如今只要回憶起過去美好的時光，似乎總會有難過遺憾的感覺。

克萊兒為了看比賽空出下午的時間，而瑞德有些瑣碎的事情要做，只好把米洛和塞巴斯汀從學校接去上補習班，這很容易解決。

所以瑞德和克萊兒在一個異常晴朗的日子，攜手出門度過兩人時光。

等待熱狗和啤酒時他的指關節碰觸到她的手背，她低垂下巴自顧自微笑起來，瑞德想牽她的手，但克萊兒難得好心情，他不想驚嚇到她。

他們兩人不約而同一整天都沒提到孩子們，第四局時克萊兒對著一顆全壘打歡呼，聽起來就像回到十八歲，他們都雀躍跳起，她轉身對著他一笑，瑞德忍不住靠向她，她聞起來有啤酒、芥末和克萊兒的味道，他肚子裡跳動的不是慾望而是渴望，渴望回到那段愛情就這麼簡單的日子。

他們又坐回位置上，儘管他們兩個人都出了手汗，克萊兒還是伸手牽起他的手，他知道她討厭手汗。

第七局時她終於問了。

「你最近……一直不知道在忙什麼，」克萊兒隨口說道，他差點沒聽見，那時他已經喝下三杯精釀啤酒，四肢、舌頭和思想都有些放鬆，第一杯喝完之後克萊兒就改喝水了。

瑞德哼了一聲，眼睛盯著打擊者，兩出局滿壘，球場因觀眾的期待而震動。

「我該擔心嗎？」克萊兒用手肘輕戳瑞德的肋骨，這是挑逗——那個手勢有挑逗的含義——瑞德心知肚明。

他的注意力從球賽離開，轉身想好好看著她，克萊兒光滑的金髮上戴著一頂平邊的可愛棒球帽，所以他看不見她的表情，如果這是她的心機，那也太天衣無縫了。他想騙誰？現在他看清楚了，他發現這天的每一個環節都出於她的算計，排隊時的害羞，她轉身看著他的方式幾乎是在引誘他吻她，她像隻小貓般舔著冰淇淋，目的是分散他的注意力和解除防備。

克萊兒從不吃冰淇淋，瑞德早該發現。

曾幾何時，面對一個簡單的問題，他會因為直接聯想到最壞的情況而覺得自己瘋了，他也曾經年輕而愚蠢。

他一言不發，大腦掙扎著要從自我滿足中掙脫，克萊兒低下頭，他可以看見她正直直盯著他看。「我在韋瑟斯頓的晚宴上看到的那個人是莉娜．布克嗎？」

他差點發出一聲咕噥，但忍了下來，這個問題的表面看起來可能很無害，但他太了解克萊兒，她知道他又和莉娜聯絡了。

從兩個月前第一次見面開始她就知道了嗎？是莉娜在星巴克接近他，完全沒提到泰絲那次就知道了嗎？還是最近見面才知道的？

他為什麼會覺得克萊兒不會發現？就算她大多數的時候都不想待在他身邊，但這不代表她沒在注意。

「你看到誰？」瑞德問道，徹底否認可能不是最聰明的策略，但顯然這是他的自然反應。

「她現在非常有名，」克萊兒一邊說，一邊用餐巾紙擦手。

「她在當……律師，對吧？」瑞德幾乎退縮了，他在胡說八道——他知道自己在胡說八道——卻有無法阻止自己胡說八道。

他們認識這座城市上流社會中的每一個成員——至少知道名字和職業，瑞德不可能不知道莉娜的職業，尤其這兩個人曾經那麼熟識。

「買咖啡的時候遇到她，」瑞德承認，他已經意識到自己無法全身而退，但說實話更難，他沒告訴她，他懷疑第一次與莉娜不期而遇其實是莉娜設計的。

「噢真的嗎？」克萊兒說，但聽起來並不驚訝。「莉娜最近怎麼樣？」

「很忙。」瑞德回頭看球賽，幸好除了克萊兒盯視的目光以外，他的視線還有其他地方可以停留。「我們沒有機會多聊幾句。」

「這就怪了，」克萊兒說。隨之而來的沉默停在他的肩膀上，伸出爪子輕輕撫摸他的皮膚，只要一聲令下就會挖穿他的表皮。「有人說不久前才在費歐娜・墨菲家看到你和莉娜。」

一股熱氣爬上他後頸，莉娜假裝讓他參與泰絲失蹤案的調查，他猜想此舉是為了攻其不備，也許是為了在他放鬆警戒時抓到他在說謊。

她甚至提議他與泰絲的姑姑費歐娜談談。

那是他意識到她在玩弄他之前。

瑞德支支吾吾解釋。「莉娜有說過她打算去拜訪她——」

「是你們在咖啡店『撞見對方』時提到的嗎？」克萊兒插話，想要問個清楚。

他故意不和她在口頭上爭鋒。「對，我可能幾十年沒有見到費歐娜了，天啊，你還記得她嗎？泰絲．墨菲的姑姑。」

「依稀有印象，」克萊兒優雅地聳聳肩說，「你們只是……聊聊往事吧？」

他一語不發，克萊兒自己略過這個問題。「對不起，」她笑著說，「聽我說，我的口氣聽起來像是興師問罪，對不起，我毀了這美好的一天。」

瑞德呼出一口氣，她又牽住他的手，兩人手指輕鬆交握，他們的身體雖然還記得美好的時光，但心卻已經死了。「很抱歉我沒有告訴你，」他說，因為他對自己該講的台詞跟她對自己的台詞一樣瞭如指掌。「老實說我覺得這件事情不太重要，沒必要講。」

克萊兒一時緊繃不語，他才想起她有多討厭「老實說」這個詞——因為她覺得真正誠實的人沒必要特別強調自己在老實說，但她沒有在這件事上鑽牛角尖，片刻之後她就放鬆下來，歡呼打擊手擊中球了。

瑞德已經中斷看比賽的興致，他懷疑自己能否能夠重新集中注意力，弄清楚哪一隊贏了。

「我們應該盡快邀莉娜來家裡吃晚餐，」克萊兒彷彿不假思索這麼說。

「當然，」瑞德同意，努力保持聲音穩定，恐慌感威脅著要劫持他的身體，萬一克萊兒知道了會有什麼後果，萬一克萊兒知道莉娜正在挖掘泰絲．墨菲的人生，企圖揭開那些應該穩穩留在過去的祕密。

經過多年的練習，瑞德擠出笑容，對著擴音器傳出的難笑笑話大笑，輕推克萊兒然後遞給她幾張餐巾紙，讓她擦擦下巴上的冰淇淋，但唾液卻在他的嘴裡積聚，他的肺開始塌陷。記分牌上的數字變得模糊，瑞德覺得心神渙散，好奇自己是否會就地昏倒。

但接著……

有顆種子在他心靈最遙遠、最黑暗的角落迸裂，那腐爛的卷鬚纏繞著他內心所有最壞的企圖。

一個想法，一個計畫，一個能解決所有問題的辦法。

也許不是因為莉娜、她的問題和她的無聲控訴，但莉娜並不如她自認那樣了解實情。

隨著這個念頭像血紅色的花朵般綻放，那顆種子的根鬚也在他腦海中愈鑽愈深。

也許此時他就該知道要喊停，因為那顆種子源自薇奧拉的想法，他想像女兒在這種情況下會怎麼做。

但正如他過去多次說過，薇奧拉是他女兒。

他是她的源頭。

第十五章　葛蕾琴

現在——

「該死的剛剛是怎樣？」蕭內西質問道。偵訊完薇奧拉後，葛蕾琴回到小監看室。馬可尼也在場，臉上是不為所動的表情，葛蕾琴逐漸知道這是她標準的一號表情，看到葛蕾琴出現，她用腳跟站立往後一倒，但除此之外沒有透露出其他訊息。

「你那顆聰明的小腦袋不必想太多，」葛蕾琴低聲說，走過房間取回她的錢包。

「你知道什麼。」蕭內西用鈍鈍的手指指著葛蕾琴的臉，她忍住咬住他指關節的衝動——畢竟誰知道他的手剛剛摸過什麼？她才不要咬到髒東西。

她輕鬆地繞過他。「馬可尼。」

馬可尼立刻跟上，她們只共事了一天她就訓練有素，她們之間的搭檔關係讓她愈來愈興奮，她們沿著拘留所漫長蒼白的走廊走去，除了馬可尼在她身後走路的聲音之外，她還產生了別種感覺。

葛蕾琴並沒有自作多情，她不會以為馬可尼跟上除了出於職責之外還會有別的原因，她和蕭內西一樣對薇奧拉洩露的內情非常好奇，但葛蕾琴不在乎動機；她在意的是行為，其他人過於看重情感上的忠誠，過分重視建立在脆弱情感紐帶上的友誼和夥伴關係。

葛蕾琴身上有馬可尼想要的東西，所以她才會有這種反應，因為她的付出符合成本效益，所有行為都歸結於此。

「我們要去哪？」馬可尼問，蕭內西正在身後喊著葛蕾琴的名字。他要小心點，萬一薇奧拉聽到了，她會瞬間明白這裡的權力結構。

精神病態者解讀權力的方式就像共感人解讀肢體語言一樣，皆是出於本能。

葛蕾琴沒有費心回答馬可尼的問題，因為她盤算著要隱瞞她剛收集到的資訊，最後她決定了，讓馬可尼看清案件的全貌會更有幫助。

「薇奧拉沒有殺害克萊兒，」葛蕾琴終於說了，她們正走出拘留所，走進白晝的陽光下。「莉娜的判斷正確，但不要告訴蕭內西。」

馬可尼停步。「你已經告訴他莉娜曾經這麼懷疑了，怎麼能不讓他知道？」

葛蕾琴走向她的保時捷，甚至沒有先確認馬可尼這次是否有開車來。「我向薇奧拉保證我會保守祕密，我不會食言。」

馬可尼發出尖銳的笑聲，笑聲中有太多葛蕾琴無法理解的細微差異，刺激著她逐漸燃起的怒火，葛蕾琴滑入駕駛座，一個停頓準備砲火連發，出口反擊，馬可尼舉起雙手做出一個和解的手勢。

「盜亦有道，答應了就不能食言。」馬可尼沉思道，葛蕾琴不知道此言算是諷刺、玩笑，還是用來解釋她為什麼無故發笑。「我懂，但你已經告訴我，所以技術上你確實已經食言了。」

葛蕾琴想要繼續生氣，但是沒有時間，所以她在方向盤後面坐好。「我其實不在乎這點，還有，你不是負責這個案子的警探。」

「你打算開罵了，」馬可尼這麼說，但沒有怒氣。

「是的，嗯，因為你認為我說過的承諾對我而言毫無意義，」葛蕾琴說，無法理解自己為什麼有必要解釋這件事。

「我不想討論那種邏輯，」馬可尼小聲咕噥道，比葛蕾琴過去聽到的語氣更有攻擊性，在葛蕾琴反應之前馬可尼繼續說道，「你不怕我還是會告訴蕭內西嗎？」

「你可能會。」

馬可尼花了點時間消化。「你在測試我。」

葛蕾琴哼了一聲表示同意。「有些人可能會這樣形容。」

「所有人都會這樣形容，」馬可尼反駁道。

「我想看看你仰賴的是成本效益推論，還是感情用事，」葛蕾琴說，因為不能說馬可尼是錯的，但她也並不完全正確。

「啊，」馬可尼的嘴角抽動，「你在測試我的反社會傾向。」

葛蕾琴不置可否，但她的沉默等於幫她說出了答案，稍微有點智商的人都可以清楚看出馬可尼不是反社會者，但如果談的是她的人生哲學，詮釋空間就很大了。

某些警察會把忠誠放在第一位，要是搭檔殺了人，他們會眼都不眨一下就幫忙埋屍，並期待對方也能這樣回報。

雖然葛蕾琴看得出來如果有人願意這樣對她，可能會帶來很多好處，但這不代表她值得花力氣假裝自己也會同等為對方付出，葛蕾琴會很樂意把某個人扔下公車，只要這符合她的目的。

有人說這是壞人的行為，但她對自己這方面的個性非常坦率，她想要找的是那些知道掉下公車後該怎麼做才能讓自己不被碾死的人。

由於葛蕾琴並不討厭跟馬可尼共事，所以她希望這個女人比前輩更理性一點，如果她想從葛蕾琴身上挖到消息——她顯然想——從長遠來看，她連一點消息都不該洩漏給蕭內西知道。在葛蕾琴投入更多精神之前，最好現在就釐清這個問題。

馬可尼若有所思地點點頭，即便葛蕾琴闖了紅燈，她依然顯得很自在。「事先告訴我你在研究我的反應，不會導致結果無效嗎？」

「你以為會無效，但不會，我還沒有發現有這種情況。」人類知道自己遭到監視時確實會改變自己的行為，可能會依照他人的預期行事，而不是順應自己的本性，葛蕾琴曾對蕭內西的其他搭檔進行過類似的測試，但這些特徵還是會自行暴露。「你有沒有想告訴蕭內西的衝動？」

嘴唇又抽搐一下。「沒有。」

「我不這麼認為。」

「我們要去哪裡？」馬可尼再次問道。

「我有話想坦白告訴你，」葛蕾琴沒有正面回答問題。

「我該害怕嗎？」

葛蕾琴門牙尖利地一閃，露出一抹微笑，她知道這是一個掠奪性的表情。「你無時無刻都該害怕。」

馬可尼只是翻了個白眼。「你是不是要告訴我你其實不在乎薇奧拉可能是無辜的？」

她嚇了一跳，因為葛蕾琴轉了一個死彎，把一輛停著的汽車後照鏡撞飛到後方，那是台破車，所以她馬上拋諸腦後，但她確實盯著馬可尼看太久了——她顯然很努力不想露出得意的表情——所以不得不猛踩剎車避開推著嬰兒車的行人，她內在有一小部分很好奇如果撞飛那個嬰兒，嬰兒是否會像那面後照鏡一樣用很有趣的方式在空中翻轉。

「很接近，」葛蕾琴說，不願承認馬可尼猜對了。她使勁踩下保時捷的油門，嬰兒的母親惡狠狠白了她一眼。「我不在乎是誰殺了克萊兒．肯特。」

「因為薇奧拉是精神病態，而且她關在獄中會讓這個世界更安全？」馬可尼猜測，她想幫葛蕾琴闡明立場。

「陷害她是個好主意，」葛蕾琴說，真兇很可能是一次解決兩個問題，想要一石二鳥，或者說一刀二鳥。

「你認為她有可能不是精神病態嗎？」馬可尼問道，「也許這也是個圈套，可以往死裡陷害她。」

「噢，不，」葛蕾琴說，雖然通常不無可能，但在這個案件中答案毋庸置疑。「她絕對是個精神病態者，我不會以專業身分這麼說，但如果她餘生沒有關在獄中，我絕對相信她有一天會殺人。」

「聽起來你這句話裡還有弦外之音，」馬可尼刺激她說下去。

「但這兩個條件並不互斥，」葛蕾琴說。「她雖然是個精神病態者，但也可以同時是個容易遭人陷害的代罪羔羊，如果我是殺害克萊兒．肯特的真兇，我絕對也會嫁禍於她。」

「那場景聽起來很熟悉對嗎？」馬可尼說，她可能認為這是一種隱晦的表達方式，「嫁禍給不正常的孩子。」

葛蕾琴把方向盤握得太緊，她咬著臉頰肉，直到嚐到了銅的血腥味。「真是受寵若驚，」她最後冷冷地說，「你竟然如此仔細研究過我的案件檔案。」

「睡前讀點輕鬆的讀物囉，」馬可尼聽起來又是打趣而不是害怕的口吻，葛蕾琴不喜歡這樣，不喜歡馬可尼似乎沒有意識到葛蕾琴離自己的臨界點有多近，不知道她被推向臨界點的速度有多快，她的生活如履薄冰，她知道只要踏錯一小步，她狂野的衝動一但釋放，蕭內西就會贏，他會證明她就是他認定的怪物。

但馬可尼卻在這裡，彷彿用銳利的棍子戳刺她的傷口，對眼前所作所為的後果一無所知。

「我是想看看她內在是什麼樣子，」葛蕾琴故意說了重話，因為每次她被逼急了效果都很好，她需要提醒一下馬可尼，即便葛蕾琴早就磨練出無可挑剔的自制力，但也不代表她是個無害的人。

「這不代表你就得把她的身體剖開，」馬可尼輕鬆反駁道。

葛蕾琴深吸一口氣，這是她在早期向蕭內西提出的論點，後來也是她自己的想法，她不認為當年才八歲的自己會有能力殺害羅雯姑姑，但隨著幾十年過去，蕭內西持續密切監視她，她也不得不懷疑，那些證據真的確鑿到足以徹底說服他嗎？同時證據又那麼不足，所以她才沒被逮捕？即使到了現在，當葛蕾琴已經有足夠的影響力去要求檢查當年的證據，她仍未看過自己的案件檔案。她世界裡大部分的內容都建立在一個基本前提之上，那就是蕭內西認為她確實殺害了自己的姑姑，如果她破壞了這一點，她不知道她的生活會變成什麼樣貌，她喜歡她的生活。

「我們現在談的不是你，」馬可尼這句話代表一面優雅揮舞的白旗，也許是承認即使葛蕾琴沒有情感的束縛，但並不代表她不是血肉之軀，不會受到傷害。「為什麼薇奧拉要承擔克萊兒的死？」

大家都會討論我。

「因為她的自戀情結非常嚴重，」葛蕾琴說，「她不認為這是頂罪，她認為是獲得榮譽。」

馬可尼消化這句話。「不能解釋成這就是為什麼警方那麼容易找到那把刀的原因嗎？」

葛蕾琴低下頭表示會意，「可能可以，但為什麼不待在現場等屍體被發現呢？她有大把時間折磨克萊兒，她卻立刻殺了她，刺了她幾刀，故意製造殘暴的假象，然後回到她的房間隨便藏起兇器，然後等著警察來？這與她過去的行為模式和她的精神病都不相符。」

「因為她是個虐待狂，」馬可尼說，「如果她要殺人，她會折磨死者。」

「那孩子不可能不先叫醒克萊兒．肯特再殺死她，」葛蕾琴同意道，「其他證據姑且不論，這件事就足以讓我相信她不是真正的兇手。」

葛蕾琴唯一的疑問是薇奧拉保持緘默的動機，她某部分認為薇奧拉知道如果她辯稱自己無辜，也沒有人會相信她，動物的骸骨，反覆折磨自己的弟弟，謀殺後做的心理評估——針對薇奧拉的指控比當年針對葛蕾琴的要嚴重太多，而大眾仍然認為葛蕾琴逍遙法外。

薇奧拉不可能單靠自己的說詞就能逃過法律制裁。

渴望自由，肆意破壞，造成無數人受害的願望非常強烈，但葛蕾琴猜想薇奧拉是個足智多謀的精神病態者，無論身在哪裡都能找到下手目標，也許被關押在一個安全的看守所中是個她會喜歡的挑戰。

「那麼莉娜．布克跟這案子有什麼關係呢？」馬可尼問道，「這不就是你想弄清楚的嗎？」

莉娜。葛蕾琴差點忘了，持平而論，她經手這樣的案件時觀點確實偏狹隘。

她仍然認為莉娜的死是明顯的用藥過量，但這並不代表不是因薇奧拉而起，不是這個家惹的禍，不是這起謀殺案的連鎖反應。

我搞砸了，葛蕾琴。

這對葛蕾琴來說有什麼意義，她不知道，當然這已經挑起她的好奇心，葛蕾琴非常怕無聊，這也是導致大多數反社會者為了追求刺激而自我毀滅的原因，每個人滿足需求的方式都不同——毒品、犯罪、性和股票是最多人選擇的方式，葛蕾琴則透過謀殺案調查來獲得刺激和快感。

這個案子就像一個謎題，可以防止她陷入最嚴重的衝動，即使只有幾天效用，但她真的已經別無所求，幾天就好，然後就會出現另一具屍體，另一個精神變態，另一起冷案熱炒。

她轉移自己的思緒，受不了自己沉溺其中。

那麼莉娜・布克跟這案子有什麼關係呢？

「我不知道，」葛蕾琴承認，他們在肯特家的聯排別墅前停下。「但如果已經排除這位十三歲的精神病態者是兇手……你知道的。」

馬可尼對她們接下來要去的地方毫不驚訝。「兇手永遠都是丈夫。」

第十六章　瑞德

克萊兒死前五個月——

瑞德知道有人相信泰絲．墨菲是謀殺案受害者，而不是離家出走。當年進行了調查，負責調查的警察只花了半個多小時左右偵訊泰絲的家人和鄰居，但德克蘭多年來一直提到他失蹤的姊姊，也成功吸引了某些人的注意，這份薄弱的檔案吊足那些人的胃口。

德克蘭本人從來沒想過泰絲遭到謀殺，但這並沒有阻止陰謀論者的猜測。很久以前瑞德一時興起幫自己名字設定了Google關鍵字快訊，他現在半夜在黑暗的書房裡查閱快訊通知，他意識到自己可能一直都知道，因為往昔曾犯下的所有過錯，讓泰絲成為他永遠的心魔。

他內在有某部分幾乎認為自己罪有應得。

他點擊Google標記的網站，立即辨認出網頁橫幅，這是一個很受歡迎的罪案迷部落格，專門挖掘所有關於失蹤人口曾被提及的內容，他發現手法非常粗心又粗糙。

貼文本身與瑞德或泰絲皆無關，但有幾十條留言需要查看和整理，他在一篇貼文的回覆中找到自己的名字，這則留言表示需注意失蹤女孩與幾十年前泰絲案件之間的相似處，留言者推測這可能涉及連環殺手，並建議部落格主人嘗試尋找其他類似案件。

幾個人用嘲笑的方式回覆，並指出只是因為受害者都是年輕的金髮女性，且失蹤地點都在東北部，並不代表案件之間有所關聯，但一則簡單的回覆引起他的注意。

「有人調查過瑞德．肯特嗎？」然後附上《波士頓環球報》的報導連結。

瑞德在運動褲上擦擦手掌，他和克萊兒是波士頓上流社會人盡皆知的人物，但他們並非名人，通常所有關於他們的文章都與克萊兒的慈善工作有關，每隔一段時間就會在社交或八卦專欄中偶爾出現，但瑞德出現在公眾視野的範圍也僅限於此。

大眾並不認識他，只知道他的名字，還有他和克萊兒是在哈佛相識，他們——瑞德、克萊兒，更重要的是她家人——都很努力確保情況如此。

那麼這則留言從何而來？

這則留言引起部落格板主回覆。**「我最近聽過肯特的名字好幾次，你在散播謠言嗎？你是來引戰的嗎？」**

到目前為止，除了少數其他人明確表示這個人不知道自己在講什麼之外，這些問題一直沒有得到回答。

瑞德試圖點擊留言者的個人資料，但連結把他帶到一個失效的頁面。

其餘的留言者者似乎同意部落格板主的看法，這只是一個匿名的路人進來找麻煩。

我最近聽過肯特好幾次，你在散播謠言嗎？

單是這個部落格終止了謠言，並不代表其他網站也是這種情況。

他試圖用Google搜尋自己的名字，以防快訊遺漏了什麼，卻一無所獲，如果這個人一直在散播謠言，那麼他的蹤跡並沒有被搜尋演算法追蹤到，畢竟「瑞德」和「肯特」並不是什麼獨特的關鍵字。

瑞德用拇指按壓指關節，新長出的皮膚仍然有點泛紅刺痛，疼痛快速滑過他神經，他咬緊牙關。

他看得出來這裡有些蛛絲馬跡，他想要收集這些跡證，他最後點下那名「網路白目」留言中那篇《波士頓環球報》的文章。

頁面載入時，瑞德的脈搏紊亂不穩，快速跳動。

他預期這是一篇關於他、克萊兒或德克蘭的文章，甚至可能與莉娜有關，但彈出的是泰絲失蹤當月一篇很舊的數位化文章，是一篇當地報導，內容是關於城外一座大公園的遊樂場工地。

瑞德不需要看圖說就知道這個地方的名字：世界盡頭。

他和泰絲去過那裡很多次，當時他們還只是朋友，後來不只是朋友時也常去。

照片中有推土機正在待命，鏟子和挖掘設備四處散落，瑞德看得出來這張照片在暗示什麼：這是個絕佳的埋屍地點。

線索相互糾纏交織，直到他開始辨識出當中的模式。

這一切行徑都不是真正的詛咒，不會讓警方重新審理二十年前一個離家出走可憐女孩的失蹤案件。

但他知道留言者的根本目的是什麼，不是為了說服一個犯罪部落格的板主——否則那個人的個人資料應該是還看得到，這是在放長線釣大魚，目的昭然若揭。

他感覺有點麻木，有點喘不過氣來，他切換回部落格，回到有那篇有他名字的留言，盯著留言者大頭貼上灰色的臉。

會是莉娜嗎？

但她這樣做的目的是什麼？她調查泰絲的失蹤已經夠堂而皇之，把他也拖下水了，她何必要散佈謠言，是為了讓舊案重審？

也許是為了激發輿論？如果聲量足夠，重新偵辦此案的壓力足夠，如果莉娜後來發現具體跡證，也許警察會更願意採納，不過這充其量只會流於牽強附會，如果她沒有自信能找到不利他的證據，又何必辛苦散佈謠言？

瑞德回到報紙文章，盯著公園的照片，想起距離那個地點不到五十英尺的地方有張長凳，木頭上刻著他和泰絲的姓名首字母。

檢察官需要什麼跡證才能讓謀殺案成立？需要有某種證據，也許要有兇器，或者如果警察幸運的話，可以找到ＤＮＡ。

需要找到屍體，那些犯罪節目總是這麼說的對吧？沒找到屍體就無法證明犯罪。

也許這個策略不是他想像的那樣，也許這不是有人在放長線並希望留言之後能被警方發現，也許那個人是為了激發夠多犯罪迷，吸引讓公眾再次挖掘真相。

也許這條留言是真的是寫給他看的。

他用鈍鈍的指甲掐入指關節讓結痂裂開，極度希望自己猜不出那個人到底想告訴他什麼。

第十七章　葛蕾琴

現在——

幫葛蕾琴和馬可尼開門的人不是瑞德．肯特，而是一個長得很像他的女人，葛蕾琴愣了一下。

這個女人和瑞德一樣面容姣好，雖然有些人可能會形容她很「漂亮」，但這個詞並不精準，她的身材高大勻稱，濃密的蜂蜜色頭髮紮成馬尾，臉上長著方下巴，肩膀像薇奧拉一樣寬闊，強壯的身體線條是她們家族的正字標記。

葛蕾琴讓馬可尼負責開場白，她則負責觀察「來這裡幫忙顧小孩的人，瑞德的妹妹安絲莉．肯特」。

「肯特先生在家嗎？」葛蕾琴一現身就問，安絲莉看起來人很好，即便態度謹慎，考量到她現在面對的處境，她的態度合情合理。

「是的，他和他兒子在一起，」安絲莉說話時眼神在葛蕾琴和馬可尼之間穿梭。「如果你們要找他，我可以去叫他？」

「不急，」馬可尼插嘴道，「我們還有幾個問題。」

「他有提到警察昨天來過，」安絲莉在沙發對面的一個座位坐下。「但他沒有說……是關於薇奧拉的案子嗎？」

「某種程度相關，」馬可尼搶在葛蕾琴之前回答，她從未表現得如此積極主動，葛蕾琴向後一坐，如果這就是她分配到的角色，她很高興能扮演旁觀者。「請問你和薇奧拉的律師熟識嗎？」

安絲莉的濃眉蹙起。「妳指莉娜？當然。」

「『當然』？」馬可尼傾身向前，雙臂搭在大腿上，安絲莉再次在她們之間掃視一眼，顯然非常困惑，但她似乎尚未升起戒備之心。

安絲莉回答的速度很慢，彷彿懷疑自己正在踏入一個陷阱。「我們全都是一起長大的。」啊。

「你所謂『我們全都是』指的是誰？」馬可尼問道，她的語氣聽起來很隨性，彷彿她並沒有把全部的注意力鎖定在安絲莉臉上。

「莉娜、瑞德，」安絲莉停頓一下，「泰絲和德克蘭，上大學前後大家都疏遠了，但在那之前他們關係非常密切。」

葛蕾琴忍不住問了，「泰絲？」即便此舉讓馬可尼投來一個警告的眼神。

「泰絲．墨菲，」安絲莉心不在焉地說，她顯然分心了，就在此時葛蕾琴也聽見了——腳步聲。

「這就是莉娜接下薇奧拉案子的原因？」馬可尼急忙提出問題，可能希望她能在瑞德闖入問話之前得到答案。「因為他們小時候是朋友？」

「不是，」安絲莉似乎又顯得心不在焉，但無所謂了，因為瑞德突然闖進房間，他的表情表面上很愉快，但葛蕾琴卻能感覺到那雙眼睛後方的風雨欲來。

「警探。」他向兩人打招呼。

「是博士。」葛蕾琴糾正道，她知道自己說這話時擺出了和顏悅色的微笑。

他用手撫過頭髮。「關於莉娜還有別的問題嗎？」

葛蕾琴猶豫了，那不是此行來訪的目的，但如今掌握了安絲莉不小心丟出的訊息，她猶疑著是否該問個清楚。「你們兩人是一起長大的朋友？」

「我們住在同一個街區，」瑞德顯得尷尬又猶豫，然後他說道，「她主動說要幫忙……」

他指指天花板，彷彿克萊兒和薇奧拉還住在屋子裡；然後他的視線垂落，搖了搖頭。

「還有泰絲．墨菲」——當葛蕾琴說出這個名字時，瑞德的眼睛猛然抬起與她對視——「她也是在同一個街區長大嗎？」

原來這就是莉娜留下泰絲案件檔案的原因？因為她也是兒時的朋友，也許原因僅止於此。

「是的，」瑞德的語氣仍然很謹慎。「她和她弟弟德克蘭．墨菲，我想現在是墨菲議員了。」

葛蕾琴依稀想起一張英俊的臉龐和太完美的笑容，但年輕政客不都是那個樣子嗎？「她在你十幾歲的時候失蹤了對嗎？」

瑞德和安絲莉差點面面相覷，但兩人都及時忍住，葛蕾琴仍然可以看出兩人僵硬扭曲的脖子突然停止轉動。

「『失蹤』不算正確的說法，她是個成年人，自行離開了小鎮，」瑞德說起話來是那種電視採訪有理有據的語氣，葛蕾琴知道那是什麼意思，表示他在他們之間築起了一道防備之牆。

「抱歉，你們來這裡的目的是？」

葛蕾琴可以步步進逼，但可能會適得其反，如果他們兩個完全設下心防，她可能什麼都問不出來。

「其實我是想釐清那天晚上的時間順序……」葛蕾琴小心翼翼地說，「我是指你太太被殺害的那天晚上。」

「真的有必要嗎？」安絲莉幾乎沒等葛蕾琴說完就站了起來，她的手搭在哥哥肩膀上，「好幾個月前我們已經經歷過多次訊問了。」

「很抱歉，我是這個案件請來的新任顧問，」葛蕾琴說，這是重複查問的好藉口，馬可尼又回到扮演沉默旁觀者的角色，她倆很自然轉換角色，彷彿事先計畫好一樣。葛蕾琴稍後必須好好思考，現在她持續逼近，開始鋪陳，她對這樣的問話已經累積足夠的經驗，可以流暢使用正確的措辭。「我知道回憶當晚一定非常痛苦，但能直接聽你描述會非常有幫助。」

葛蕾琴很願意發揮自己的長處，她透過睫毛抬眼看著瑞德．肯特，她知道此舉會讓她的眼睛看起來非常誘人，她還知道自己的坐姿可以讓他隱約看見她蕾絲胸罩的邊緣。

瑞德伸手拍拍安絲莉的手。「沒關係，我想幫忙。」

安絲莉的表情消失，臉上失去了所有情緒。

這個轉變讓葛蕾琴非常錯愕，她不知道這代表什麼，只知道已經發生，有時當對方的表現涉及肢體語言時，葛蕾琴總有種見樹不見林的感覺。

「你能一五一十告訴我們發生了什麼事嗎？」葛蕾琴問道，安絲莉又坐下，瑞德則走到房間盡頭的書櫥前，他將前臂靠在書架上，無論是有意還是無意，都表現出一種悲傷的姿態。

「我盡量，」瑞德說，目光轉向安絲莉。

「你確定你想在場聽這件事情的經過嗎？」馬可尼輕聲問道，三雙眼睛的目光都移到她身上，臉上帶有不同程度的驚訝，但馬可尼的注意力還是留在安絲莉身上。葛蕾琴把抗議化為自殘，她咬著臉頰裡的肉，那裡的肉因為被牙齒咬傷而留下了疤痕。

「是的，」安絲莉果斷點點頭，「回想薇奧拉……做出什麼事真的很痛苦，但理應替克萊兒伸張正義。」

值得注意的是，第一個在他們面前說出薇奧拉名字的人竟是姑姑？

「你和她關係好嗎？」馬可尼問道。

「警探，」瑞德抗議道，他從書櫥旁走開的反應彷彿要臥軌自殺，雖然這個問題很溫和，這是保護欲，安絲莉揮揮手要他別管，葛蕾琴仔細盯著他們兩個看。

「我愛薇奧拉，」安絲莉說話的時候下巴堅定。

她是說「愛」，不是過去式，有趣的是馬可尼問的「她」可以同時指很多人，但她卻選擇回答她的侄女而非弟媳。

瑞德發出一個聲音但顯然試圖掩飾，他知道她們發現安絲莉選擇回答的對象值得注意。

這裡到底有什麼蹊蹺？

噢，莉娜，親愛的，你讓自己淌的渾水。

「還有克萊兒，」馬可尼試探道，「你和她關係好嗎？」

安絲莉一動也不動，彷彿是意識到自己失言，或者……不是意識到自己失言，而是她先想到薇奧拉而透露出的蛛絲馬跡。「我們認識很久了。」

甚至連葛蕾琴都聽得出來，沒先回答她彷彿是賞了死去的克萊兒一記耳光。「你不喜歡她。」

尬。

空間裡似乎屏息，或許只有安絲莉倒吸一口氣，馬可尼翻了個白眼；瑞德對著大家做出某種像是理解的手勢，葛蕾琴冷靜看著每個人都在努力讓自己鎮定下來，有時對社會規範不屑一顧會得到某種回報，葛蕾琴這一生從未因為問了一個太過深入的問題而感到尷尬，她現在也不打算尷尬。

安絲莉舔舔下唇動了一下，目光落到地板上。「克萊兒承受很大的壓力。」

「這不是我問的問題，」葛蕾琴努力讓聲音溫柔一點，希望這句話能刺激到她說下去，而不是激起她的敵意。從馬可尼的表情看來，她猜自己沒有達到目的。

此時瑞德橫越房間，把一隻手搭在安絲莉的肩膀上安慰她。

「聽著，我不想說克萊兒的壞話，」安絲莉說，「我們只是在如何好好處理薇奧拉的特殊問題上意見不合。」

對於該如何處理一名暴力施虐的精神病態者這個問題，這簡直是委婉的說法，但葛蕾琴只是點點頭，表現得彷彿她非常理解。「你有參與決定嗎？」

「我……」安絲莉抬頭看了瑞德一眼，「我是護士，現在退役了，但我在軍隊服務了十年，我主要面對的是創傷後壓力症候群患者。」她的手指在她的膝蓋上交纏，「反社會人格障礙不在我的專業範圍之內。」

葛蕾琴挺直身軀，一位與薇奧拉有過親身相處經驗的類專家，回答一定能超乎她的期待。

「你是第一個注意到薇奧拉的……傾向的人嗎？」

「她太年輕了，還無法診斷出來，」安絲莉避重就輕，「但……是的，看到她跟弟弟們相處的狀況，很難不注意到。」

這正是葛蕾琴好奇的話題，尤其是為什麼薇奧拉針對的是塞巴斯汀，而不針對米洛。「她拿他們開刀？」

安絲莉迎上她的目光，用專業的態度點了點頭，房裡的其他人彷彿都消失了。「她大部分的攻擊都集中在塞巴斯汀身上，因為在米洛出生之前，他是家裡的寶貝，你可以想像她有什麼感受。」

通常年長的兄姊會出現行為不當甚至退化的現象，對一個反社會人格障礙的孩子來說，出現一個年紀更小、更可愛、更脆弱的嬰兒轉移家中所有的注意力，一定令她十分憤怒。

「她出現身體攻擊行為？」

「有瘀傷，」安絲莉說，「瑞德只抓到過幾次。」

瑞德點點頭，下巴緊繃。「我們企圖把他們彼此隔離。」

「幫兒子的門加裝鎖。」葛蕾琴說，她想起薇奧拉曾提過這件事情。

「是的，」瑞德瞪大眼睛吃了一驚，「夜晚很難監控她。」

葛蕾琴可以想像，想要防患未然，唯一辦法是永遠不睡覺或者……鎖上門。「但她還是找辦法逮到弟弟？」

男孩小小身體上的疤痕組織數量，一直是垃圾脫口秀主持人夢想的八卦話題。

「我女兒擅長用刀，」瑞德說，他只是考量到太太被殺害的方式，話中不帶有一絲諷刺，葛蕾琴不知道這句話是什麼意思，但她也不認為這句話沒有意義。

「薇奧拉尤其喜歡逼別人做出暴力行為，」安絲莉嘴裡不帶感情地說道，她仍然以專業的口吻詳述事實。「例如逼弟弟們互相攻擊。」

馬可尼在葛蕾琴旁邊吸了口氣，急促又驚恐的一口氣，葛蕾琴好奇自己是否也該有所反應，但她真的不覺得這有什麼可驚訝。

即便這情況看起來駭人聽聞，但對葛蕾琴來說，從情感暴力中獲得滿足感合情合理，看來她和薇奧拉在這部分確實有共同點。

瑞德的手指握緊安絲莉的肩膀，葛蕾琴注意到他除了這個小動作之外，保持著多麼沉靜的姿態，葛蕾琴再次感到一股無法抵擋的衝動，想要深入他的內心，想要挖出他的心理狀態，放到無菌檢查台上解剖，那會是什麼模樣？這個人不僅要撫養一個精神病態者，還要撫養她的弟弟。

保護欲，她想到了，瑞德．肯特是如何協調這種本能與保護兒子的需要？他必須保護兒子免受薇奧拉大腦化學物質創造出的怪物所傷害。

葛蕾琴想像他感覺無助、受困、走投無路，這會產生無可預測的反應，但不一定是合理的反應，這是否導致他殺害克萊兒？

這是她第一次真正放任自己思考瑞德的嫌疑性，如果真兇不是薇奧拉，瑞德當然是明顯的嫌疑人，但是他無懈可擊的不在場證明呢？這就得回到……

「對不起，我已經離題了，」葛蕾琴說，「我們可以切回正題嗎？回到謀殺案發生的那一晚？」

瑞德咕噥著走開，走回書櫥旁。

「肯特先生，那天晚上你人在賭場。」葛蕾琴提醒他。

「有個朋友說會有一場精彩的對打，」瑞德說，「所以我繞過去看看。」

「去了一整晚？」

「我喝了幾杯。」瑞德聳聳肩。

「你是發現克萊兒屍體的人？」

「我沒有……」他搖搖頭，所有人都安靜下來，太安靜了，甚至可以聽見他吞口水的聲音，還有他喉嚨發出的咔嚓聲。「我一開始沒有意識到有什麼不對勁，因為房裡很暗。」

就算是對葛蕾琴來說，這說法也很可怕，血淋淋臟器外露對她的吸引力也遠不及爬上床卻沒有意識到自己枕邊人已經被開膛破肚所帶來的震驚。「這時候是幾點？」

他面紅耳赤。「大約凌晨四點。」

這遠超出薇奧拉自稱她拿刀砍向她母親的時間。

「那天晚上你出門前有發生什麼不尋常的事嗎？」葛蕾琴問道，試圖讓語氣聽起來有同理心一點。「薇奧拉有什麼異狀嗎？比如和她母親吵架。」

瑞德的目光彷彿有些遙遠，就像在重播什麼畫面，當他的目光再次集中時只是簡單地搖搖頭。「沒什麼不尋常。」

「你整天都在家嗎？」葛蕾琴企圖從莉娜的案件檔案中喚起時間順序，但她想不起來瑞德在最初一次訊問中是怎麼回答的。

先是一個停頓，但隨後他點點頭。「是的。」

葛蕾琴沒有把目光從他臉上移開。「你確定嗎？」

他迎上她的目光，下巴緊咬。「是的。」

「你是怎麼到賭場的？」

安絲莉發出些微聲音，彷彿想要抗議，葛蕾琴勉強從嘴角擠出微笑。「抱歉，我只是想了解一下當天晚上的情況。」

瑞德瞄了妹妹一眼，然後又看向葛蕾琴。「我搭計程車去。」

「從這裡？」這點很容易查證，至少有助於確定瑞德不在場證明的真實時間點。

「從幾個街區外，」瑞德糾正她，「計程車很少開到這裡。」

確實不會，這個街區的居民會租用私家車，不會搭計程車，瑞德選擇搭計程車不搭私家車可能是個疑點，但如果他和莉娜在同一個貧困社區長大，就說得通了。

「你從前去過那家賭場嗎？」葛蕾琴問道，安斯萊再次站了起來，瑞德投去一個按捺的眼神，然後搖搖頭。

「沒有，是同一個朋友告訴我該去哪，」面對安絲莉明顯的激動，瑞德平靜地說。

「這位『朋友』是誰？」

「呃，」瑞德的視線在她和馬可尼之間穿梭，他的目的是拖時間嗎？「你們有必要知道嗎？」

儘管在訊問過程中馬可尼一直是沉默的參與者，但她很快就介入了。「有必要。」

瑞德咬咬嘴唇，移開視線兩秒後才打電話給律師，然後他轉轉肩膀。「德克蘭·墨菲。」

墨菲，泰絲·墨菲，所有線索不斷回歸到一個失蹤的女孩身上不是嗎？

「瑞德，」安絲莉吐出一口氣——她聲音裡的某種層次包含了葛蕾琴永遠無法解讀的情緒，不是疑問、驚訝或警告，但每種成分都有一些。

安絲莉轉身面對她們。「我認為你們該離開了。」

「安絲莉，」瑞德的語氣幾乎像是懇求，但他並沒有反駁上述這句話。

「如果你們還有什麼問題要問我哥，可以直接問他的律師，」安絲莉說，她完全移動身體，現在已經站在瑞德面前。

葛蕾琴試圖盯著瑞德的目光，但他卻看著地板，握緊雙拳。

馬可尼站在葛蕾琴身旁。「我們會走，肯特女士。」

過了不久她們走出去站在人行道上，門在身後砰一聲關上。

「嗯，案情升溫很快，」葛蕾琴喃喃道，她不知何以轉身抬頭看著聯排別墅頂層的窗簾，窗簾又抽動一下，就像前一天一樣，但她看不清窗簾後的人影，會是其中一個男孩嗎？她無法想像瑞德衝上樓梯只是為了目送兩人離開。

「是我誤會了，還是她對克萊兒的怒意真的比對薇奧拉更強烈？」馬可尼問道，她把指尖伸進牛仔褲口袋裡，用腳跟站立往後一倒，葛蕾琴注意到她此刻的動作沒有驚訝之意，只是在思考。

「我沒有感覺到弟媳死了她有一點傷心，」葛蕾琴同意道，朝著保時捷頂頂下巴。

「是一直到瑞德提起德克蘭，她才驚慌失措起來，」馬可尼說著坐進副駕駛座，「還有提到賭場的時候。」

葛蕾琴油門一踩衝進車流當中，馬可尼沒有費心問接下來要去哪裡，而是直接打電話給警局詢問地址。

第十八章 ——瑞德——

克萊兒死前五個月——

安絲莉主動提出要過來住幾個星期，瑞德問也沒問她怎麼知道他很需要她，只是享受她存在的事實。

他妹妹沒有透露什麼，只表示自己很想念孩子們，並且反正剛好在換工作的空窗期，所以是來這裡住一陣子的最好時機。

他們沒有聊到一些不好的回憶，沒有聊到謀殺和幾十年前失蹤的女孩。

家裡的每個人都表現很好，一時平靜到令人心裡發毛。

克萊兒堅持家裡要維持週日的家庭聚餐慣例，即便所有參與者都覺得這是一種折磨，或許薇奧拉除外，她欣喜萬分，就像小孩發現一家老闆不在的玩具店一樣歡喜。

她坐在他對面，頭髮梳成兩條整齊的辮子，穿著閃閃發光的粉紅色T恤和條紋緊身褲，與所有即將邁向青少年時期的女孩簡直一模一樣。

薇奧拉經過時，安絲莉將她的手按在她的脖子後方，她也會用這種方式觸摸別人，尤其是孩子們，她的動作輕緩，絕不會嚇到孩子，但她每次來訪都會提醒他們身體的接觸也可以帶來正面、愉快且正常的互動，有時孩子們甚至會在她住在家裡的最後一天不再畏縮。

薇奧拉從來不會畏縮，但她也沒有甩開安絲莉的手，沒有拒絕她姑姑用對待塞巴斯汀和米洛相同的方式來對待她，瑞德認為不是因為她有多喜歡安絲莉，而且他打算告訴安絲莉晚上睡覺要開始鎖門。

薇奧拉不知何以把姑姑的存在視為一場延長賽，用一種絕無僅有的耐性來營造與姑姑的關係，這在這個衝動的女孩身上前所未見。瑞德想可能是因為安絲莉是家族裡唯一對薇奧拉還有絲毫同情心的成年人，那種脆弱對她而言就像糖果一樣甜美可口，值得細細品味。

「基金會還好嗎，克萊兒？」安絲莉問道，彷彿他們真的是個坐下來吃飯的幸福家庭，而不是徒留文明舉止的表象，但實質只是支離破碎的靈魂碎片。

克萊兒喜歡維持表象，這就是她經營基金會的原因，基金會就是她的小小王國，他幾年前曾經提議想到基金會任職，她笑了，他能夠勝任任何職位的想法對她來說都是個笑話。

「很好，謝謝。」答案可能是針對安絲莉，但克萊兒眼神卻看著瑞德，他看得出來無論接下來她要說什麼，都會像一記耳光一樣落下，「我們剛剛決定正式支持德克蘭．墨菲角逐眾議院席位。」

安絲莉瞬間瞄了瑞德一眼，看起來氣急敗壞，她似乎意識到自己的反應沒有幫助，於是轉頭看著克萊兒。「我不知道你的基金會也涉入政治。」

「有時會，」克萊兒說，「如果事情夠重要。」

薇奧拉的目光在三個成年人之間逡巡，她偵測家庭鬧劇的雷達從未出錯，能力明顯超過標準值，米洛和塞巴斯汀則盯著自己的餐盤。

「我不知道德克蘭．墨菲有什麼政策是重要的，」安絲莉的聲音在德克蘭的名字上徘徊，就像某種東西在嘴裡腐爛。

克萊兒終於正眼看著她。「對了，你們兩個關係很親密，不是嗎？」

「噢，你跟他睡過嗎，安絲莉姑姑？」薇奧拉問，沒有人對她粗俗的用語做出反應，從她學會說話開始，她就一直使用這種策略。

「那是很久以前的事了，」安絲莉的聲音一如既往的平靜，他知道她想把全部的怒火都發洩在克萊兒身上，她已經忍很久了。

他不記得敵意何時產生，還是仇恨一直存在，瑞德不記得年幼時和安絲莉有什麼感情，也許這很冷酷無情，但對他而言她只是記憶中的一個名為「妹妹」的角色，對他來說妹妹除了惹惱他之外沒有任何個性，總是在他不想理她的時候跟著他，還害他惹上麻煩。

他很確定當年的她會為他赴湯蹈火，現在的她也願意，他也會殺了任何傷害她的人，但這不是因為喜歡對方，這與他們成長的文化有關，在他們的社區裡家庭至上，不管你對對方的感覺如何。

他到成年時才知道她是一個獨立的人。

「你和德克蘭的姊姊是朋友對嗎，克萊兒？」安絲莉問道，然後喝下一口酒，眼睛直直盯著克萊兒。「她叫泰絲，對吧？」

薇奧拉在座位上往前挪了一些，她將手肘撐在桌子上，眼睛睜得大大的。

「兒子們，你們可以先行離開了，」瑞德喃喃道，聲音很輕但指令有效，他很習慣這種狀況了，米洛話沒說出口就離開，但塞巴斯汀選擇留下，他挺出下巴時嬰兒肥消失，下巴線條不再柔和，樣貌也顯得愈來愈倔強。

安絲莉繼續說道，不需要克萊兒回答。「你們感情那麼好，你卻在床單還沒涼之前就搶走她男友。」

「噢，媽咪，你這個婊子，」薇奧拉激動到有點飄飄然。

「薇奧拉。」克萊兒厲聲道，她的反應間接表示招認，因為她一向堅持當薇奧拉出現不良行為時不要給她任何注意力，薇奧拉在椅子上向後一倒，露出狡黠的表情，這個動作表面上看起來像是認輸，但瑞德了解自己的女兒。克萊兒轉向安絲莉，看起來鎮定自若，她終於開口時聲音顯得低沉而疲憊，方才的冷若冰霜正在融解。「那是很久以前的事了。」

在昂貴的吊燈光線下很難看清克萊兒眼周的細紋，但瑞德知道那些皺紋存在，他自己的臉上也已刻上歲月的風霜，每天憂心忡忡讓皺紋刻得更深，他有時會忘記她原本不是那麼冰冷，他們經常陷入辱罵和口角爭執，還有用一種被動攻擊的策略來爭論誰對誰錯，因為如果他們不採取這些能讓彼此疏遠的小策略，就不得討論薇奧拉的問題了。

但這條路行不通。

所以他們建立了一種模式，他們互相傷害是因為深知怎麼傷害對方，而且不知何故這已經變成習慣。

「安絲莉，」瑞德的語氣與他方才對兒子低聲說話的方式一樣，意思也一樣清楚。

她嘴唇一抿，忍住怒氣不飆罵他和克萊兒，瑞德沒想到自己能逃過她的怒火，但差別在於她在乎自己的哥哥，卻不在乎克萊兒。

「你有沒有想過泰絲怎麼會想要這樣一走了之？」安絲莉好奇發問，「我最近一直在想這件事情。」

丟出這句狠話之後她一把推開桌面，連停頓一下都沒有就把塞巴斯汀從椅子上扯下，留下克萊兒、瑞德和薇奧拉圍坐在明顯太長的餐桌旁，盤子上滿滿的菜餚彷彿留下詛咒的譴責。

空氣一片靜默，薇奧拉問道，「誰是泰絲？」

餐後安絲莉去找瑞德，她遞給瑞德一杯酒，他心懷感激從她手中接過酒，紅寶石般的酒液滑向杯緣。他躲在一個房間裡，克萊兒稱此處為他的書房，她說的時候似乎想做一個手勢，他隱約看得出來是用來強調「書房」這兩個字的引號手勢。

他伸展四肢攤在沙發上，安絲莉則坐在沙發旁的椅子上，她將長腿疊在身下蜷起身體，下巴靠在手上端詳著他。

經過整整五分鐘她才打破沉默。「你有什麼心事沒告訴我？」

瑞德用手抹抹臉，吞下了一大口要價一百五十美金的梅洛紅酒，酒液入口時彷彿絲緞一樣滑順，年輕時的他應該會很厭惡自己此刻喝酒的模樣。

他想知道現在的莉娜都喝什麼酒，曾經他們都是大口大口喝著廉價伏特加和水水的啤酒，從青少年時期到現在，大家都變了許多。

你有什麼心事沒告訴我？

什麼都沒告訴你，這就是他的回答，寂靜、黑暗，還有老爺鐘撫慰人心的咔噠聲彷彿暗示著祕密，安絲莉也是。

「你怎麼會突然出現？」瑞德轉而問道，說出口的語氣比他想像中還要刺耳，原本想要好好說話，沒想到說出口卻顯得話中帶刺。

但安絲莉依然沒有絲毫動搖她的冷靜。「你知道我只是來幫忙，瑞德。」

當然，當然是了，薇奧拉愈來愈大，只要有後援都好，也許安絲莉終於要搬回波士頓，總比千里迢迢舟車勞頓好，他把頭靠在沙發上，「我在追逐一個過去的幽靈。」

「誰？」

敲門聲打斷他們的談話，那是溫柔又試探性的敲門聲。

是米洛。

「進來吧，親愛的。」安絲莉說，瑞德只是盯著深色的木頭。

米洛蓬亂的腦袋瓜從門縫裡鑽了出來，接著身體的其餘部位也溜了進來，就像幽靈一樣悄然無息，米洛移動的方式彷彿一隻怯懦的小動物，撕裂了瑞德的心，他每次回顧年輕的自己時也會有這種感覺。

男孩緊緊貼著牆，等到距離夠近他便飛奔向沙發，最後緊緊依偎在瑞德身上，將頭埋在瑞德的腋窩下，雙臂還抓著心愛的泰迪熊。

安絲莉看著他，肩膀彎曲的弧度彷彿隱含著悲傷，她年紀並不大，但看起來卻像活了數千輩子，每一段前世都留在她骨子裡。

她眨眨眼，臉上的表情放軟後露出溫柔的笑容。「今天過得怎麼樣，米洛？」

他咕噥著蠕動身體，彷彿想消失在靠枕中，瑞德把手放在米洛的頭上，明確傳達自己的動作以免嚇到他，米洛像往常一樣享受著撫摸，渴望父愛的溫柔。

瑞德又對上安絲莉的眼神，她的目光嚴肅。

「不能再繼續下去了，瑞德，」她說。

瑞德用力吞吞口水，一邊用手溫柔耙過米洛的頭髮。

「沒錯，是不行。」

第十九章　葛蕾琴

現在——

葛蕾琴不喜歡德克蘭．墨菲，但她初見一個人時本來就容易有不好的第一印象，他喜歡她才是重點。

他用高大的身材和肌肉發達的體格慢慢逼近葛蕾琴和馬可尼，帶領她們走進他的辦公室，此舉要不是為了想吸引她，就是想嚇嚇馬可尼——葛蕾琴還不確定是哪個理由，她猜以上皆是。

「我想你們來是為了肯特家的事，」德克蘭坐在辦公桌後方的椅子上。「真是悲劇，我很同情瑞德，失去了妻子還得照顧孩子。」

他搖搖頭後擺出一個悲傷的表情，但葛蕾琴分不清他是真心還是虛偽，她得先對他有更好的基礎了解，但政客的心態本來就很難懂，對她來說很難解讀，因為他們比她更常以假面具示人，這並不意外，大多數研究都指出反社會人格者傾向從事這類的職業，因為能夠滿足他們自戀的衝動和權力欲——為了這些好處，他們才願意勉強自己與大眾頻繁互動。

她能看出他身體的角度轉向她而不是馬可尼，眼神不時地在她身上上下掃視，此舉非常微妙，他可能以為她不會注意到；她看出他沒有戴婚戒，對一個像他這樣有政治野心的人來說，不用政治聯姻來幫助自己實現這些崇高目標相當不尋常；她還看出這裡沒有擺放任何個人照片、家庭照、朋友合照或者其他照片，這個行徑也很奇特，因為那些小小的溫情攻勢往往能觸動心弦，吸引金主大方掏錢。

葛蕾琴還無法釐清上述訊息彼此間有什麼關聯性，但她記下這些線索，就像她總會對周遭事物進行分類。

「你知道瑞德．肯特的出身背景嗎？」葛蕾琴問道。

「是的，知道。」德克蘭點點頭，「南方出身的孩子，後來飛黃騰達了。」

「你們的友誼一直維持到成年？」

「天哪，沒有，」德克蘭帶著難以置信的笑聲說道，葛蕾琴聞言揚起眉毛，他伸出雙手，「我這麼說沒有冒犯之意，但我們只是偶爾在募款活動上見面。」

「他和克萊兒是你過去競選活動的大金主，」馬可尼插話，葛蕾琴聽見時故意裝作無動於衷，假裝自己沒注意到馬可尼竟然擁有這種神奇又快速的研究能力。

德克蘭一派輕鬆地點點頭，但手卻抓住椅子扶手，似乎對這句提問感覺不太自在。「因為瑞德不是個忘本的人。」

「克萊兒死亡的那天晚上你和瑞德．肯特在一起嗎？」葛蕾琴希望能問他個措手不及，雖然她知道他沒跟瑞德在一起，因為根據錄影帶畫面看來，瑞德．肯特在賭場全程都是獨自一人。

德克蘭沒有繼續防備，反而看似摸不著頭緒。「什麼？沒有，我根本不記得確切的日期。」

「但你卻知道自己沒有跟他在一起？」

德克蘭一陣面紅耳赤。「說實話的話，你們會覺得我是個混蛋。」

葛蕾琴差點告訴他這很容易，因為他本來就是個混蛋。

他移開視線，雙手握拳後放鬆，持續握拳好幾下才將注意力轉回她們身上。「我最後一次和瑞德說話是在克萊兒去世前幾週。」

「聽起來發生了什麼你忘不了的事，」葛蕾琴拖長聲音說，從他的反應看來，顯然是發生了什麼事。

「呃，」德克蘭閃爍其詞，然後嘆了口氣倒在椅子上。「我揍了他。」

「為什麼？」

德克蘭用手抹抹臉。「如果你們在偵辦瑞德．肯特的案子……嗯，你們知道我姊姊失蹤的案子嗎？」

「大概知道，」葛蕾琴說。

「我姊姊泰絲、瑞德和一個名叫莉娜．布克的女人，在年輕的時候是好友。」從德克蘭說話的方式看來，葛蕾琴猜想他不知道她與莉娜的關係。「泰絲十八歲時離家出走，因為我們的父母一直爭吵不休，我們兩個都沒有打算要上大學或者做什麼偉大的事情。」他停頓一下歪歪嘴，似乎意識到現在所有人都坐在他的競選辦公室裡。「至少當年還沒想過。」

這些細節與莉娜的案件檔案相符，但仍然沒有透露太多線索。「沒有人懷疑這是一起犯罪事件嗎？」

「呃，我的神經病姑姑。」德克蘭滑滑手機記下一個號碼，然後遞給她們。「費歐娜．墨菲，她會很樂意和你們談，她有很多關於泰絲的陰謀論。」

葛蕾琴把那張紙塞進西裝外套的口袋裡以備後用。「你不認同嗎？」

「費歐娜會去網路上發文，去那些貨真價實的犯罪論壇留言，諸如此類的，」德克蘭說的時候再次看著窗外，感覺起來緊張且煩躁，但不算真的築起心防，如果要她猜的話，從他聲音裡可以聽出他對費歐娜又愛又恨。「她會故意把網友惹毛，讓他們覺得有什麼秘辛不能錯過，或者說一些類似的廢話。」

「你是指那些真正的罪案迷，」葛蕾琴想問個清楚，這種現象對她來說並不陌生，事實上恐怖的電視節目能幫助她入睡，能滿足她對暴力血腥的無盡需求，至少她會承認自己對黑暗的飢渴，承認自己一看見鮮血迸發就會興奮的原始本能，共感人似乎更會用冠冕堂皇的藉口來掩飾自己的好奇心。

「是的，就是那些人，那些妄想出名的人，沒錯，」德克蘭將注意力轉回她身上。「我公眾人物的身分並沒有幫助，但他們很快就意識到根本沒有什麼線索值得繼續追下去。」

「有人調查過她的失蹤嗎？」馬可尼插話。

「有，」德克蘭只回了一個字，這回話顯得很冒失。

「還沒有人找到她？」葛蕾琴問，因為如果泰絲確實還活著，似乎不太可能沒找到她。

「你知道全美國有數百個泰絲．墨菲嗎？」德克蘭問道，「有一個很可愛的六十三歲老奶奶有五個孫子，我後來跟她很熟，因為她住在波士頓南區。」

雖然真正的犯罪迷有多狂熱可想而知，但這仍不能完全解釋為什麼沒有人發現任何證據，至少會留下一些蛛絲馬跡。「所以你這句話的意思是沒有找到嗎？」

「他們看了報告，在Google上搜尋，結果一無所獲……」德克蘭的聲音變小，還帶著一副誇張的表情，意思彷彿是你還能怎麼辦。

但葛蕾琴想到莉娜帳戶的那筆進款，萬一有個有錢的罪案迷摸透了知名大律師莉娜．布克和政治人物離家出走的姊姊泰絲．墨菲之間的過去呢？而且如果那個人不只是個播客狂熱者呢？萬一是有心人士想弄臭德克蘭，認為這次特別調查會是個可趁之機呢？

葛蕾琴也想到德克蘭還沒有直接回答這個問題。「你認為她還活著？」

「我們家泰絲擁有自由的靈魂。」德克蘭的笑容介於懷舊和希望之間。「我總是想像她去了舊金山，或者身在某個嬉皮國度的藝術家聚落。」

「你的回答代表你認為她還活著？」葛蕾琴追問，她知道如果跟這個男人的談話不得不繼續下去，就得開始幻想把他的皮膚從骨頭上剝下，以免害她對自己的身體造成任何實際傷害，為什麼這問題那麼簡單，他卻不想把答案說死？

「你們一直找瑞德問話，對嗎？」德克蘭的目光穿梭在她倆之間，葛蕾琴隔著褲子掐住大腿。

「什麼意思？」

「他又開始執著於她的事情，我不知道，大概一年前吧？」德克蘭漫不經心地聳聳肩說道。「他到處打聽，問我一些跟那些犯罪節目狂熱分子相同的問題。」

「這就是你揍他的原因嗎？」馬可尼問道。

德克蘭舔舔下唇。「不是，他第一次來找我的時候，我給了他一堆她留下的東西，她的日記，一些照片，諸如此類的，之後就再也沒有他的消息了。」

她們都等待他繼續說下去，葛蕾琴好奇德克蘭是被媒體訓練到能如此輕易迴避直接的問題，還是真的刻意隱瞞了什麼事。

「對了，我揍了他一拳，」德克蘭說話的方式彷彿不是刻意離題，他用手抹抹臉。「是因為莉娜．布克，我們共同的朋友，嗯……她有點改變了我的想法。」

「怎麼說？」葛蕾琴問道。

「她讓我相信這是有可能的，多年前瑞德真的殺了泰絲，」德克蘭搖搖頭說，他的臉又漲紅了。葛蕾琴好奇他和莉娜是不是床伴，也許這就是莉娜說服德克蘭的方式，讓他相信瑞德真的對泰絲做了什麼；她好奇莉娜是否也和瑞德睡過，瑞德是否真的如表面上那麼愛她；葛蕾琴好奇如果這些問題的答案仍然是個謎，她是否真的了解莉娜，也許馬可尼一直有所察覺，也許她和莉娜根本算不上朋友。

「她是怎麼說的？」葛蕾琴問道，「才說服你瑞德殺了泰絲。」

「老實說，說服我的是她帶來的酒。」德克蘭的假笑可能是想博君一笑，但卻讓葛蕾琴想在他的威士忌裡下毒。「大家都來挑起過去的記憶。」

葛蕾琴逮到機會問道，「大家，你的意思是不只瑞德和莉娜？」

如果葛蕾琴沒有仔細觀察，可能會錯過德克蘭畏縮的模樣，他只是微微畏縮了一下並不明顯，但就在轉瞬之間。「沒有，就他們。」

謊言很難察覺，葛蕾琴可以坦承確實很難，她主要是透過接連觀看數小時的偵訊錄影畫面來學習閱讀肢體語言、表情的細微差異和語氣，她能理解權力和情感，因為權力對她而言就像呼吸一樣自然，而她也知道自己缺乏情感，謊言有時會用一種隱晦的方式利用權力和情感這兩種要素。

但她相信德克蘭指的另有其人，會是誰？是誰在一開始聘請莉娜調查泰絲的失蹤案？還是其實是德克蘭自己開始起疑的？難道他說了這麼多只是在裝腔作勢。

「聽著，我向瑞德道歉了，」德克蘭說，「錯誤已經鑄成，如果他想去安可賭場看拳賽，我就給他我的貴賓席，莉娜後來也不再糾纏，幾週後克萊兒死了，從那以後我再也沒有見過他們當中的任何一人，除此之外我無可奉告。」

「之前呢？」葛蕾琴轉移話題，「莉娜、泰絲和瑞德都是高中時的朋友？」

「是的，然後克萊兒出現了，」德克蘭說著點點頭，彷彿這是人盡皆知的事。

「等等，」葛蕾琴說，在她身邊的馬可尼動也不動。「你說『克萊兒出現了』是什麼意思？」

根據葛蕾琴讀過的所有資料，肯特夫妻是在大學相識，在哈佛大學，如果她沒記錯的話。

德克蘭的目光在兩人間掃視一眼。「克萊兒在那個夏天認識了他們三人，是在一場棒球比賽。」

葛蕾琴不確定這項資訊有什麼意義，但克萊兒和瑞德顯然刻意隱瞞這個事實，這表示當中一定有什麼蹊蹺。

「所以瑞德在上大學之前就開始和克萊兒交往了？」葛蕾琴慢慢發問，她想尋找正確的切入點，不知道這個問題是否切中紅心。

「嗯，我想他們是上了大學才開始交往，」德克蘭聳起肩膀，「當時瑞德正在和泰絲約會，所以我認為是泰絲離家出走之後，他們才愈走愈近。」

「對不起，」馬可尼插嘴，「你的意思是瑞德是你姊姊的男朋友，但她一失蹤，他就開始和克萊兒約會？」

一般來說這是個會惹惱葛蕾琴的問題，因為只要你有跟上對話，都不需要重複確認這個事實，但令人驚訝的是葛蕾琴沒辦法責怪她想要釐清事實，因為如果答案屬實，那代表跟瑞德・肯特約會過的兩個女人要不失蹤，要不死了。

這個模式並不難拆解。

「幾乎是馬上，」德克蘭以一種難以理解的表情說道，不太憤怒，也算不上欽佩，有點詭異，似乎兩種情緒兼有。

「不是在泰絲離家出走前，是嗎？」馬可尼追問。

德克蘭瞇起眼睛的樣子彷彿在試圖喚起記憶，跟追問當下比起來，過去的話題顯然讓他放鬆許多。

「泰絲離家出走前，他們兩個之間真的沒有什麼，」他稍微靠向前，「老實說，我認為他傷透了心，克萊兒只是用來填補空虛，只是後來關係維持了幾十年，我不想說死人的壞話。」

「不是一見鍾情嗎？」葛蕾琴沒必要相信他的看法，因為當中一定有所偏頗。

「嗯。」他伸出一隻手，翻向一側，又翻向另一側。「他們年紀比我大，你知道的？也許瑞德只是跟泰絲玩玩，但……」

「但？」

「他看起來不是那種人。」德克蘭聳聳肩，葛蕾琴咬著牙，這個判斷沒有任何意義，她回想起馬可尼也問過關於莉娜的類似問題。

沒有人在道德上可以從不失足，完美無缺，然而共感人面對最親近的人時總會對他們犯下的錯誤視而不見，面對陌生人時又缺乏同理心。

「聽著，」他又恢復油滑的政客語氣，「如果你們來這裡找我是因為克萊兒的事，我只能說……那跟泰絲沒關係。」

「聽起來你很確定，」葛蕾琴真的很好奇，當然她無法確定一個幾十年前的案件會與莉娜和克萊兒之死有關，但完全排除可能性似乎也很不妥。

「泰絲根本不認識克萊兒，」德克蘭說。

「但她認識瑞德和莉娜，」葛蕾琴點明，「你說克萊兒在泰絲失蹤的那個夏天出現……」

「是的，她……她是他們認識的一個富家女，」德克蘭說得好像這句話真的能解釋什麼。「那些女生邀請她參加一場派對，我認為一開始只是想開開玩笑。」

「玩笑？」馬可尼問道。

他做了個奇怪的表情。「不算太厚道的玩笑，但她們當年還很年輕，你懂的？」

葛蕾琴從沒提過，對她來說青少年比成年人更容易理解，因為青少年會放任自己沉浸於自身的反社會傾向和殘忍惡毒的本性。「我還是不懂你的意思。」

馬可尼跳出來回答她的疑惑。「所以……她們想嘲笑她。」

「邀請她參加派對要怎麼達到嘲笑她的目的？」

「要害她變成……」馬可尼看了德克蘭一眼，葛蕾琴在這種時刻感到最孤獨，她不會讓自己陷入自憐的情緒，因為那沒有意義，但有些事別人似乎可以自然而然理解，她卻永遠無法憑直覺掌握。

「一隻跳舞的猴子，」德克蘭幫馬可尼說完這句話，語氣當中沒有挖苦的意思。「她們想讓她覺得無法融入，害她覺得侷促不安，這樣她們才能獲得優越感。」

他說到最後一句時又畏縮了一下，至少這算是正常的行為，每當葛蕾琴要共感人詳細闡述殘酷的事實時，他們很少會展現人性的美好。

「所以她有嗎？」葛蕾琴忍不住問了，她意識到一股熟悉的挫折感，她又成了局外人，無法理解自己做錯了什麼。「她有鬧笑話嗎？」

德克蘭笑了，幾乎是莞爾一笑，笑容中沒有嘲笑的意思，而是帶著一股深情，還有驕傲？

「克萊兒這一生中，從來沒有讓自己變成笑話。」

他說話的方式讓葛蕾琴盯著他看，他說話的方式聽起來不像是嘲弄，也不像回憶，聽起來像是對親密伴侶的欽佩之情，這讓她想起瑞德和德克蘭之間發生爭吵可能有一個根本原因，也許德克蘭只是想找一個公然的藉口揍自己情人的丈夫。

肯特案可能在無數的新聞頻道上輪播，但關於瑞德和克萊兒感情的八卦卻著墨不多，有幾個名嘴拿薇奧拉的病情當主軸，對他們的婚姻大做文章，但這種討論通常只限於主持人會在現場節目中喝酒的晨間節目，但如果不是薇奧拉承擔了罪責和隨之而來的病態迷戀，這些報導會是什麼樣貌？葛蕾琴猜想他們婚姻中堆積的諸多不堪一定會被公之於眾。

「是這樣嗎？」葛蕾琴輕聲問道。

德克蘭坐直身體，在辦公桌上擺弄一支筆。「是的，她很融入派對，她是個名符其實的婊子，其實她們都是。」

她和馬可尼的雙眼同時盯著德克蘭看，他粗魯地清清喉嚨，再次用手撫過頭髮。「我的意思只是……她們都不會特別在意禮貌，泰絲和莉娜就是喜歡克萊兒這一點，瑞德什麼都配合她們。」

「莉娜和瑞德約會過嗎？」馬可尼問道。

「不，不，不，」德克蘭搖搖頭，彷彿這說法是對個人的冒犯。「大家都知道他們兩個情同兄妹。」

根據葛蕾琴的經驗，所謂「大家都知道」代表一種危險信號，這通常表示持有該理論的人不知道自己已知的現實並非普遍事實。

葛蕾琴想起瑞德對莉娜之死的反應——或者說是沒有反應，她想起自己是如何得出結論，相信他確實和莉娜相愛，她有時會判斷錯誤，她還沒有自戀到缺乏自知之明，但他們之間就算不是她所見的男女之愛，那份感情還是很深，深植於他心底。

噢，莉娜，親愛的，你到底讓自己陷入了什麼境地？

這個問題當然永遠得不到回答，如今的莉娜身在法醫的檢驗台上，一個寒冷荒涼的地方，她再也無法現身說法了，但葛蕾琴愈來愈希望她在去年就留下了某些線索，葛蕾琴不願面對的事實是莉娜可能真的留下了線索，只是自己沒注意到。

「你姊才剛失蹤，克萊兒和瑞德是怎麼開始約會的？」葛蕾琴並沒有假裝自己理解這齣青少年愛情劇，因為她在那個年紀時正在攻讀第一個研究所學位。當年葛蕾琴意識到每個人都認為她是個冷血謀殺親人卻逍遙法外的殺手，於是刻意避開傳統的學校教育，後來才開始沉迷於肥皂劇和情境喜劇，但目的是了解人們期望她表現出來的行為方式，委婉的說法是她並沒有沉迷於三角戀情和其他同齡人似乎很熱衷的打情罵俏。

德克蘭聳聳肩。「那時我開始疏遠他們，跟那群人很少見面了，直到看見克萊兒和瑞德開始每隔一段時間就現身在募款活動上，就像我之前說的。」

「莉娜．布克是什麼時候開始對泰絲的失蹤表現出興趣？」馬可尼的問題把他們拉回到現實。

德克蘭抿抿嘴角。「我不知道，和瑞德差不多同時吧。」

「你不覺得事有蹊蹺嗎？」

「你是指他們兩個都在刺探一個已結案的案件？」德克蘭想弄清楚她的問題，「不會，我以為他們是一起在調查。」

「你沒有鼓勵他們繼續追查？」葛蕾琴追問，「讓自己信任的人來幫你找到答案。」

「過去會想，」德克蘭輕聲說，小聲到葛蕾琴差點沒聽見，然後他聳聳肩。「我只是……我不希望再有人來挖掘泰絲的生活。」

這句話讓她心中警鈴大作。「為什麼？」

「嘿，不是你想的那樣，」德克蘭清楚看出自己的話即刻引起她的興趣。「如果讓警方介入，開始四處查案，又會激起費歐娜的興趣，讓大眾無緣無故又開始討論這個案子。」

「如果剛好遇上競選連任，情勢就更糟了，」馬可尼說，噢，沒錯，他可能會在意這一點。

葛蕾琴轉而看著他，想看他對這項指控有什麼反應，他輪廓分明的顴骨上泛起紅暈。

「家人比什麼選舉都重要，」德克蘭用簡短的聲音回答，突然間他站了起來，這是個明確的信號，表示談話結束了。「對不起，我還有會要開，如果還需要我幫忙，請隨時打電話給我的律師安排。」

葛蕾琴一時錯愕，但還是盡力站了起來。「我們會的。」

他們快走到門口時，葛蕾琴突然想起某件事，於是停下腳步轉身。「我們離開之前還有一個問題。」

「請說？」

「你有沒有問過你姑姑，她認為是誰殺害了泰絲？」葛蕾琴問道。她發現儘管那種人總被當成瘋子，但那些願意將大量時間投入到一起兇殺案上的人，通常能提供異於常人的觀點。

德克蘭嘆了口氣，用手撫過自己的臉，他疲憊地聳聳半邊肩膀。「你知道大家都是怎麼想的。」

馬可尼幫他把話說完。「兇手每次都是男友。」

第二十章 瑞德

克萊兒死前五個月——

偷看別人的日記在本質上就是件不舒服的事。

德克蘭終於打電話給瑞德，告訴他可以過去拿走泰絲的一箱私人物品，從那時起已經過去四天，他沒花太多時間就說服了這個男人，因為對方顯然認為他姊姊已經逃到某個地方過著更好的生活。

德克蘭．墨菲曾是個逞兇鬥狠的孩子，頭上頂著一頭蓬亂的金髮，太過蒼白的皮膚上長了太多雀斑，總是喜歡到處挑釁惹事，儘管體重不到九十磅，卻從不會錯過任何一場鬥毆，儘管他才十歲，就已經知道字典裡每一句髒話，他的血管裡一直流著濃濃波士頓南區的血。

現在的他搖身一變成了一個混蛋，他關心民調數字比自己的姊姊更甚，要見上他一面都難，即便他是他最有力的金主之一。

瑞德來找他，兩人全程都沒提到德克蘭現在利用泰絲的失蹤來為問題少年計畫募款，但泰絲從來就不是問題少女。

「我知道她在某處過著幸福生活的可能性不大……但至少我可以抱持希望，不是嗎？」瑞德問起泰絲時，德克蘭曾這樣說過。

隨便他怎麼說，反正瑞德已經拿到自己想要的東西——泰絲的東西，這些物品就像是貨真價實的提醒，證明那個女孩曾經活過、感受過、哭過、愛過、跳舞過也呼吸過。

箱子裡大部分都是些雜亂的物品——幾件沾滿灰塵的獎杯、兩件襯衫、一隻缺了一隻眼睛和一隻前爪的鴨嘴獸絨毛玩具，還有泰絲初次聖餐拿到的瓷製十字架。

然後他看見底部放著那本小書，金屬彈簧鎖上掛著一把脆弱的鎖，烏龜和花朵沿著書脊爬行，封面上用花體字寫上泰絲的名字。

他一看就認出來了，儘管他已經忘記自己曾經知道這本日記的存在，但這讓他想起有次他想搶走日記，泰絲笑著把日記收在她的胸口，他們兩人都倒在她床上，日記本被扔到一邊，但這只是一個讓他能靠近泰絲，把她拉進被子裡的策略。

當時的他想看這本日記嗎？應該很想，即便這種慾望現在感覺起來很陌生，他無法想像自己會想要窺探別人私密的想法和觀點，還有與自己截然不同的現實人生。

年輕人總有辦法讓祕密看起來金玉其外，年齡漸長後才會看見敗絮其中。

「反正你知道我所有的祕密，瑞德，」泰絲說。他用鼻尖擦過她的太陽穴，她的洗髮精聞起來開朗甜美，帶有微微果香，他把手指埋進她的髮絲裡。「我們幾歲就認識了，五歲吧？」

她把小腿輕輕纏在瑞德身上，拇指撫摸著他鎖骨上的傷疤，他回過頭來對著她笑，他注意到她的表情時卻再也說不出情話，喜歡、愛、忠實，她如此明目張膽地表現出對他的深情，他努力逼自己不要退縮，但這卻消耗了他所有的意志力。

「你是在公園那座山上滑雪橇時留下這個傷疤，」她低聲說著，彷彿這是屬於她自己的祕密，也許是吧，關於他有許多無足輕重的事她都記得。

她一直都是用這種表情看著他嗎？他只是沒注意到嗎？

他再次對上她的眼神，她的眼睛很大，彷彿在期待他也能告訴她類似的話，他勉強找到一個，她的手肘上有一道傷疤，但他不記得她是怎麼留下這道傷疤，她的眼睛上方有一道疤直直切入眉毛，要近距離才看得出來，這些傷疤是源自同一場意外嗎？

他不是應該要知道嗎？

他的內心升起一陣恐慌，無法擺脫，他的腦袋裡一片空白，連他好不容易想起關於泰絲的事都頓時煙消雲散，他的腦海裡只有克萊兒的微笑，她笑著解釋自己為何只在七月吃草莓，否則會帶來厄運。

泰絲喜歡草莓嗎？

他感覺到自己的舌頭既沉重又笨拙，準備說出自己無法收回的話。

他愛泰絲，他真的愛，只是也許不像她那般愛他，他不該意會到這個真相，他是從什麼時候才開始領悟到這一點？

期待的表情早已從她臉上消失，只留下好奇的歪頭和他讀不懂的眼神。

「我得走了，」他不知何以很想離開。

她沒有阻止他。

瑞德將指腹壓在泰絲日記的鋒利邊緣上，很想知道她為什麼沒把日記一起帶走，沒錯，離家出走理應要輕裝上路，但像日記這種祕密對青少女來說不是形同珍寶嗎？與其冒著落入他人手中的危險，她不是該事先銷毀嗎？

就像他一樣。

他當年認識的泰絲不會希望現在的他讀到這些內容。

瑞德翻到第一頁。

他的名字和莉娜的名字都經常出現，這沒什麼好奇怪，他們三人幾乎從出生就一直過從甚密，形影不離，尤其是那個夏天。

因為那段時間他和泰絲開始交往。

大學派對是莉娜的主意，她的個性一直是他們三個當中最大膽、最狂野的那一人，儘管她的成績和課外活動紀錄都無可挑剔，足以用來申請全國最好的學校。莉娜總是說一失足成千古恨，一旦嘗過叛逆的滋味，就再也回不去了。

瑞德喝了啤酒，抽了一兩支奇怪的香菸，他一點也不像附近年紀相仿的男孩，他沒有什麼不切實際的幻想——只希望畢業後能和他叔叔的一個朋友一起從事建築營造工作。

泰絲是一個徹頭徹尾的好女孩，不碰毒品，不偷嚐禁果，只是偶爾會喝一杯，有時瑞德不解她何必要跟著他們廝混，但莉娜說話的風格浮誇、辛辣又聰明，總會逗得泰絲仰頭大笑，瑞德覺得自己也許沒有真正了解過她。

那天晚上她比平時更把注意力放在他身上，他沒有認真在派對上走動，但目光緊緊盯著莉娜，她把一個害怕又興奮的兄弟會男生逼到牆角。泰絲和瑞德在廚房閒逛，手裡端著一個塑膠杯，如果有人一時經過靠得太近，她就會靠在他身上，彷彿想要讓出空間給對方，不知何以總不小心把胸部壓在他胸前。

她的臉頰泛起紅暈，太陽穴有點出汗，瑞德想吻她，因為她看起來像在挑逗他，當下旁邊也沒有別人。

如果他吻了她，會是一場災難，泰絲是他最好的朋友，他們見過對方嘔吐，見過對方哭泣，見過對方最糟糕、最丟臉、最噁心的模樣，也許有些人認為這是經營一段戀情的良好基礎，但瑞德卻不這麼認為。

他和泰絲之間沒有神秘感，沒有激情，她對他而言就像妹妹一樣。

因此他沒搭理她，他們一起走路回家，莉娜留下來跟她的獵物在一起，所以只有他和泰絲獨處，她每踏出一個步伐都有些搖晃，嘴裡一邊發出咯咯笑聲。

「你醉了。」他不可置信地笑著說，泰絲並沒有喝醉。

「是借酒壯膽。」她說的每個字都帶著致勝一擊的意味，然後她停下腳步，他知道接下來會發生什麼事，他心知肚明。

他沒有踩剎車。

泰絲把嘴唇貼在他的唇上，她的嘴唇因為喝了太甜的飲料嚐起來黏答答的，他的嘴唇乾裂，嚐起來可能有啤酒花的味道，沒有感覺到天搖地晃；沒有乾柴烈火，但當她離開他的唇，表情卻有些夢幻。

「你現在是我的男朋友了，」她含糊說著，然後踉踉蹌蹌走向樹叢，瑞德幫她把頭髮向後挽起，因為他愛她，總會幫她挽著頭髮。

那天晚上之後，這個小團體的一切都變了。

變化不大，但也夠了。

後來泰絲承認是莉娜說服了她應該勇敢追愛，別再自憐自艾，簡單來說就是不要占著茅坑不拉屎。

瑞德笑了，因為他發現這段戀情並沒有那麼糟糕，儘管泰絲在性方面絕對不碰觸底線，但他們經常親熱。

他愛過她，他真的愛過。

日記的起點是他們戀情開始的那一週前後，他就像一個疲倦的歷史學家一樣一頁一頁苦讀下去，過程中發生的事件彷彿高速公路上的里程標誌，帶領他通往克萊兒。

如果說他和泰絲的吻就像生命中毫無存在感的漣漪，克萊兒就像一場地震。

如果那場震災有震央，地點就在芬威球場。

他們當中沒有人是棒球迷，但那裡有個啤酒販不會嚴格檢查身分證，比賽期間會在體育場附近出現，待在球場可以讓他們逃避父母對他們找低薪工作的嘮叨，所以他們每週會來看球好幾次，花個十美金購買便宜的座位區，努力讓自己忘卻波士頓紅襪主場綠牆外的世界。

另一方面，青少女時期的克萊兒也喜歡體育場，她不是喜歡棒球，而是這個地方本身，她經常說這裡就像現代的羅馬競技場，屬於這個時代的娛樂宮殿，在這個地方，存在於其他場合的僵化階級結構，就像球迷間此起彼落的藍色和粉色棉花糖一樣消散無蹤。

當瑞德和其他人一起在烈日下曝曬，幾乎看不到場上是否有球員時，克萊兒可以拿到季票，可以坐在有空調的貴賓包廂，裡面放滿所有隨手可得的香檳和高級小點。

那時的她還是個陌生人，穿得一身潔白，戴著一頂平邊棒球帽，她拖著她可憐的朋友排隊買熱狗時一直向對方叨念著——她告訴那個女孩這是棒球體驗的一環，對方長長嘆了口氣，瑞德則用惡毒諷刺的語氣嘲笑她，他無法控制自己，因為他只是個粗魯的青少年，想要博取她的注意力卻又不得其法，所以找到可以取笑的題材他都不會放過。

瑞德在那天的開始處停頓，猶豫了一下，他先略讀這一篇，然後再回到開頭逐字閱讀。

通篇根本沒有提到克萊兒，但其實她和她朋友已經尾隨他回到座位，認識了莉娜和泰絲，她們邀請她在那個週末來參加一場派對，她們離開要回到空調包廂時莉娜還說了一些惡意的評論。

那不是很可笑嗎？對地震最敏感的人怎麼會沒感覺到地震正在發生？

第二十一章　葛蕾琴

現在——

「我餓了——你會想吃東西嗎？」她們走出德克蘭．墨菲的辦公室時，葛蕾琴問道，她打消自己的發問。「你當然想吃。」

「正常人都會吃東西。」馬可尼的語氣乾巴巴的。

「是的，但你特別喜歡吃吧，」葛蕾琴不知道為什麼自己必須進一步解釋。「畢竟你是義大利裔。」

「這種說法很冒犯人，」馬可尼緩慢吐出這句話，「但……你說得沒錯。」

「我說的話通常是對的。」葛蕾琴一邊打量著他們周遭的環境，一邊向她保證，葛蕾琴開始走進街區，馬可尼則緊隨其後。

「所以，聰明人，」馬可尼問道，「你有什麼推論？」

葛蕾琴走在她身旁瞄了她一眼，通常蕭內西的搭檔會說這種話其實是在挖苦人，但馬可尼臉頰的酒窩卻開始露出一抹微笑，雖然眼睛盯著地上看。

她們繞過街角，葛蕾琴故意先不回答，逕自走進餐廳大門，這是目前所在街區她最喜歡的一家餐廳。

有個小個子男人衝過來招呼。

麥克斯親吻葛蕾琴的雙頰表達歡迎。「懷特博士，歡迎你大駕光臨。」

「有位置嗎？」儘管桌面都是空的，葛蕾琴還是問了那位長相像鳥的餐廳領班，有沒有位置其實不是重點。

「我們的位置永遠為你而留，」麥克斯向她保證，有點難堪地眨眨眼，這表情出現在他那張老派的臉龐上似乎有點格格不入，但葛蕾琴發現麥克斯是個不按牌理出牌的人。

這名男子是一家俄羅斯餐廳的領班，餐廳背後是犯罪集團，莉娜堅持俄羅斯人和愛爾蘭人對她而言沒有差別，因為她的能力太強了所以無所謂，兩大陣營都妄稱她只為他們辯護，這可能是這兩陣營幾十年來唯一不言自明的和平共識。

他領著她們到後方角落的一張小桌前，桌面上鋪著內襯蕾絲象牙白色的厚實桌布，馬克斯盯著馬可尼看，頓時讓氣氛緊張起來——他觀察她的舉止，因為方圓十英里內所有人都看得出她是個警察——但隨後他對她倆露出燦爛的笑容，微微鞠躬後沒給菜單就匆匆離去。

馬可尼揚起眉毛，表情就像問了一個無聲的問題。

「他們會幫你決定要點什麼菜，」葛蕾琴說。有個緊張的侍者遞給她一小杯伏特加，她從侍者手中接過，馬可尼也拿了一杯但把酒放到一旁，葛蕾琴一口吞下酒，這個不超過十九歲的小男孩眼帶讚賞地看了她一眼，她笑著遞給他一張背面已經寫上她電話號碼的名片，他臉紅著驚惶逃走。

「警察隨便都會被槍殺，何況是這樣闖入犯罪集團總部。」馬可尼說，雖然她抱怨時巧妙壓低了聲音。

「完全沒有任何危險的生活會是什麼樣子？」葛蕾琴端起手邊那杯伏特加，她知道馬可尼在工作時不會碰酒。這酒很棒，毫不反抗就滑下喉嚨，應該被喝掉，不該冷落在一旁，葛蕾琴很樂意幫忙喝光，喝完後她猛然把頭轉向馬可尼的手機。「找看看那些瘋狂罪案迷網站。」

「『瘋狂罪案迷』可能真的是他們的網站名稱，沒錯，」馬可尼喃喃道，手邊已經在打字了，馬可尼和蕭內西一樣不會跟自己過不去，優秀的警探喜歡破案，葛蕾琴的評論不會讓他們放棄一心追求的目標，至少聰明的警察不會，剩下的警察就讓他們自行墮落腐敗吧，反正她也不在乎。

馬可尼皺著鼻子，滑動查看她找到的所有內容。「沒什麼值得看的。」

「我很難相信沒有人在這個女孩身上發現什麼蛛絲馬跡，」葛蕾琴說。這讓她再次懷疑她失蹤的背後是否真的有什麼秘辛，莉娜是真的這麼認定，還是她只是想念自己的老朋友？泰絲．墨菲真的有那麼重要嗎？或者葛蕾琴其實是在不存在的地方尋找鬼魂。

我搞砸了，葛蕾琴，你得幫我完成。

莉娜所謂的搞砸，是指調查泰絲．墨菲的失蹤案？還是指克萊兒．肯特的謀殺案？

莉娜最後一通電話就表面上看來沒有什麼跡象指向泰絲．墨菲。

但葛蕾琴仍然無法克服這些關聯性，這幾個人在過去六個月顯然刻意隱瞞了彼此間的諸多牽連，媒體揭露肯特夫婦生活的那段期間，這幾個人明明相互認識，這一定費了一番功夫，一定是故意的。

「似乎所有深入調查此案的人都會找到繼續調查的動力，都會真的找到一些似是而非的線索，」馬可尼表示同意後又開始打字。「像是身為國會議員的弟弟等等。」

「陰謀論會引發人類最糟糕的本能趁虛而入，」葛蕾琴一邊觀察食物是否要端上來了，一邊漫不經心地評論道。

馬可尼帶著一絲得意的笑容抬起頭來，葛蕾琴瞇起眼睛。「幹嘛？」

「你稱我們為人類的方式，」馬可尼的聲音裡饒富興味，她搖搖頭繼續滑手機。「彷彿你不是這群體的一份子。」

葛蕾琴吞吞口水，喉嚨突然覺得一陣乾，她寧死也不願承認馬可尼是對的，不願承認自己無法融入其他人，她想起在德克蘭·墨菲的辦公室裡，有一刻她完全無法理解他們兩人清楚理解的事，當時的景象就像心頭刺一般難忍。「嗯，顯然我比較優越。」

「顯然是這樣沒錯，」馬可尼表示同意，語氣聽起來並不刻薄，葛蕾琴不太聽得出來，但……她認為聽起來沒有惡意。

廚房門打開讓她鬆了口氣，兩個身材魁梧的男人出現了，兩人都端著托盤，上面裝滿了食物。

馬可尼收起手機準備大快朵頤，侍者退下後，馬可尼不出所料先拿了波蘭餃。

「看來那些論壇上的所有內容充其量也只是道聽途說，」馬可尼說著咬下第一口。「也許真的沒什麼可疑。」

「那不是該有人找到她嗎？」葛蕾琴不知為何還是堅持己見。

馬可尼聳聳半邊肩膀。「如果有人想讓自己人間蒸發，說難是很難，但有時也沒那麼難。」

「噢，這說法真是太有建設性了，」葛蕾琴慢吞吞地說，「納稅人為了找失蹤人口付出大筆鈔票對吧？」

馬可尼咕噥著回了幾句話，但聲音聽起來漫不經心，事實上她沒辦法好好說話，因為醬汁從她的下巴和手腕流了下來，她想舔掉醬汁，但葛蕾琴應該先告知她此舉是徒勞無功。

「莉娜不僅保存了泰絲・墨菲的檔案，而且還把檔案藏在她保存財務紀錄的同一個祕密隔層，」葛蕾琴決定告訴她這件事，希望吸引馬可尼持續關注並參與此案——至少在當下。「如果她不認為當中涉及犯罪行為，為什麼要這麼做？」

「我不知道，懷特博士，」馬可尼一本正經地說。「如果你在十秒前先告知我這件事，也許我能回答你。」

她話裡帶刺，暗示葛蕾琴故意對她隱瞞了重要線索，但葛蕾琴卻不予理會，馬可尼只得習慣這一點。「我還以為你們警察最自豪的就是能夠邊思考邊行動。」

馬可尼的表情看起來像是正在經歷一場內心交戰，葛蕾琴沒有露出虛偽的笑容，如果馬可尼繼續爭辯，就表示她承認自己沒辦法處理突發狀況。

經過一分鐘的緊張沉默，馬可尼嘆了口氣，聽起來這代表葛蕾琴獲勝，正是這些生活中的小勝利讓她能繼續前進。

「因為莉娜認識她，所以本來就有理由保留檔案，」馬可尼說。

「也許吧，」葛蕾琴承認。

「奇怪的是這些人的關係糾纏不清，」馬可尼邊說邊把剩下的餃子塞進嘴裡，這與葛蕾琴的想法非常接近，她偏著頭表示承認。

「然後妻子死了，」葛蕾琴說。

下一輪菜端上時兩人都停止交談，馬可尼深呼吸低頭看著眼前豐盛的佳餚，接著聳聳肩開始大快朵頤。

「解釋一下陰謀論的原理吧，博士，」馬可尼一邊說，一邊把一碗羅宋湯拉到眼前，「假裝我是一張白紙。」

「這不難，」葛蕾琴說。

「你明明想說太簡單了吧，」馬可尼責備道，葛蕾琴只能承認。

「某些人的大腦較容易產生幻覺模式感知，」葛蕾琴繼續說，沒有承認。「更容易從不相關的數據中找出關聯，他們的大腦就是用這種方式連結的。」

「好吧，所以哪種大腦容易有這種傾向？」

「透過灰質輸送過多多巴胺的人，」葛蕾琴說著把一片軟爛的鴨肉塞進嘴裡。「成癮者是低多巴胺，低多巴胺會讓他們覺得什麼都不重要，但高多巴胺的人會認為每件事都很重要。」

「所以就算是偶發事件，他們也會產生陰謀論。」馬可尼說。

葛蕾琴點點頭，看著盤子上剩下的食物。

「但不是每個人都是陰謀論者吧？」馬可尼追問，「我的意思是大部分人都至少會相信一種瘋狂的理論對吧？比如甘迺迪遇刺、珍珠港、圖帕克・夏庫爾[4]其實還活著等等陰謀論，但不是每個人的多巴胺水平都過高。」

「那叫空想性錯視，」葛蕾琴輕鬆地說，手邊毫不羞愧拿走盤中最後一個餃子。「這是個花俏的字眼，意思是人類傾向在沒有意義的事物中尋找意義，就像小孩會從雲朵尋找形狀一樣，我們經常這樣做，技術上這是幻想性錯覺的一環，即無中生有。」葛蕾琴停頓一下抬起頭，端詳著馬

---

4 Tupac Amaru Shakur，非裔美國嘻哈音樂人，作品圍繞暴力、黑人貧民區、種族主義、社會福利議題及與其他饒舌歌手間的糾紛，二十五歲時遭槍擊死亡。

可尼片刻。「你有跟上嗎？」

「不要在最後叫我考試就好，」馬可尼慢吞吞地說，「所以為什麼人類容易有……那種傾向？」

「為了生存，」葛蕾琴聳聳肩說，沒有告訴馬可尼她其實忘記了真正的專有名詞叫什麼。

許多人覺得他們可以完全控制自己的行為，但人類大部分的行為都是透過進化形成本能，就算想要也無法改變。「假設有個人在穿越森林時聽見某種聲音……如果他認為這是老虎的聲音然後決定逃跑，那麼他比聽見聲音時不疑有他的人更有可能存活下來，而倖存者的後代也會擁有懷疑怪聲然後對號入座的基因，即便可能只是出於幻想。」

馬可尼吐出一口氣。「好吧，很有道理。」

「這也是為什麼人們會在無生命的物體上看見宗教人物肖像，」葛蕾琴一邊說，一邊用叉子的尖端戳進一根多汁的香腸。「還有為什麼人能在嘈雜的人群中聽見自己的名字。」葛蕾琴用叉子指著馬可尼，「根據上述傾向，你可能屬於類群中的高端。」

「說不上這算不算得上是一種恭維，」馬可尼說。

「是讚美，我很少讚美人，所以要心存感激，」葛蕾琴說，「因為你可以看出其他人可能忽略的模式，小心囉，這就是思覺失調症的診斷標準之一。」

「好吧，所以我們是不是也是在這個案件當中無中生有，看見根本不存在的模式？」馬可尼巧妙地將話題帶回主題，葛蕾琴忍住不要發出贊同的反應，以免馬可尼在搭檔關係中顯得過度自信。

「我們是不是掉進了那個陷阱？」

「可以這麼說，」葛蕾琴說著優雅接過遞來的甜點，端上的是拿走她名片的年輕男孩，她朝他使了個眼色，他在退下時絆了一跤。「但既然一般人也沒有自覺，為什麼我們要在意？」

第二十二章

——瑞德——

克萊兒死前五個月——

瑞德和莉娜約好在法尼爾廳附近的一輛熱狗推車見面，與克萊兒有關的所有人絕不會出現在那個地區，更別提跟街頭小販買東西吃。

莉娜像往常一樣擠上芥末，在咬一口之前自顧自笑了笑，這讓瑞德想起自己沉迷於一些愚蠢又難解的樂趣時也有類似的感受，所以他沒有取笑她，只是把一勺調味料倒在自己的熱狗上。

「告訴我為什麼你認為泰絲是遭人謀殺，」他們走了幾個街區後，他終於說道，事情再度浮上檯面必定有緣由，一定有什麼原因。

莉娜沒有回答，只是用很依依不捨的眼神盯著最後一口熱狗，然後大口吃掉，如果莉娜故意不回答瑞德也不會責怪她，泰絲一直是、也永遠是一個難以啟齒的話題。

這兩個女孩從一開始認識時個性就截然不同，最後感情又如此親密，泰絲的氣質就像空氣般空靈，對這個世界來說有點太完美了，她週末在慈善廚房當志工，但這種經驗沒辦法像莉娜一樣列在大學申請資料上，上大學從來不是泰絲的計畫，儘管瑞德和莉娜都努力想讓她知道自己夠聰明，可以上大學。

她會笑著問他們誰要幫她繳學費，這句話總會讓他們閉上嘴，莉娜一直指望獎學金，雖然泰絲的成績不錯，但還沒有好到可以拿到獎學金。

莉娜一直害怕他們三人的情誼一旦走上不同的人生道路就會分崩離析，她其實是害怕自己會被拋下，他們怎麼可能跟上哈佛的人持續保持友誼？上了哈佛等於把他們兩人拋諸身後，她怎麼可能了解他們每一天的生活、傷害、掙扎、幽默和痛苦？

也許挖掘過去是因為她內心總有一股揮之不去的內疚感？

「我收到了一封電子郵件，」莉娜壓底沙啞的嗓音，即便他們周圍沒有人能偷聽到她說話的聲音。「有人想僱用我。」

「你要告訴我是誰嗎？」瑞德問到，預期她會——

「不要，」莉娜意圖用迷人的微笑緩解這句傷人的話。

「這不合理，」瑞德追問，「你收到一封信？你大費周章調查這一切，起因就是一封電子郵件？」

莉娜保持目光向前。「這是一封很有說服力的信，嘿，」她說著突然停下來，抓住他的手臂，「你還記得你和泰絲的最後一次談話嗎？」

瑞德感覺此題有詐卻無法阻止自己踏入其中，他很容易就可以編出謊言。「康尼島。」

「什麼？」

他低下頭彷彿覺得窘。「她一直想去，我們當時正在計畫旅行。」

「嗯，」莉娜哼了一聲但沒有對上他的目光，他很好奇那封電子郵件的內容。

「嘿，」瑞德忍不住想問，「如果泰絲是遭人謀殺，你認為是誰殺了她？」

莉娜抬頭看著他，她的瞳孔像是針尖，深綠色的雙眼充滿戒備，她伸出舌頭潤濕下唇。「我不知道。」

他把手塞進口袋，不想讓她看見他顫抖的手指。

就算他沒說出口，莉娜總是能夠讀懂他的心，但另一個事實是：他也有窺知她想法的能力。

在兩人心虛的對話間，他聽出她內心真正的想法。

你認為是誰殺了泰絲？

你。

幾天後瑞德想起莉娜眼中的指控，直接用拳頭搥上一堵牆，他以為最壞的情況只是在灰泥上留下一個洞，但他卻打到薄薄一層灰泥還有油漆後方的磚頭。

他痛得跪下。

雙氧水淋在他破皮裂開的指關節上，感覺到錐心刺痛卻覺得欣慰，但悶悶的抽痛表示這莽撞的一拳直接把骨頭打裂。

浴室水槽的瓷面上沾了紅色的血紋，他無法承受光是這莽撞一拳就讓自己流了這麼多血。

瑞德用手腕後方擦擦自己鼻子，弄得臉上鮮血淋漓。

整潔又潔白的完美臥室已經破壞殆盡，瓷磚地板、水槽檯面，克萊兒一直放在浴室裡剛採下的白玫瑰花瓣上都血跡斑斑，雖然只有家人使用這間浴室。

門把發出嘎響時瑞德踉蹌地向後退，眼睛盯著那道不堅固的鎖，鎖會被轉開嗎？

沒開，沒開，沒開……

瑞德一直到大腿肌肉抽筋才意識到騷動已經停止，他坐在馬桶和牆壁間小縫隙的地板上，用雙臂環抱雙腿攬在胸前，他躲在這多久了？他不記得自己曾蜷縮在這狹小的空間裡，不記得光線從窗戶灑落的地方逐漸消逝，他把自己反鎖在這裡已經幾小時了？他這是作繭自縛。

他呼出一口氣，發現臉頰是濕的，這次是淚水不是鮮血，他狠狠擦去血跡，努力不讓胸中的焦慮凝聚成一個他吞不下去的心結。

已斷裂的指關節撞到馬桶邊，傳來的疼痛阻止了恐慌發作。

他摸索著想找到自己的手機，他的視線愈來愈暗，他用指尖抓住意識的邊緣，毫不猶豫找到想找的號碼。

「是誰雇用你？」莉娜一接聽，瑞德就問道。

線路另一端的背景噪音逐漸消失，當莉娜再次開口，他聽得出來她已經走到一個有隱私的地方。「瑞德，你沒事吧？你需要幫助嗎？」

他抿抿嘴唇，知道她沒打算回答那個問題，也不會回答下一個問題：「你到底想怎麼樣？」

莉娜不作聲，他很了解她，幾乎可以想像她坐在奢華的椅子上，穿著華麗的服飾，身上每一寸都像個有錢的貴婦，處在生命另一個階段的莉娜會很瞧不起這種人。

「泰絲討厭康尼島，」莉娜說，他過了一會兒才反應過來，回神時他差點罵髒話。「你說你跟她最後一次談話是她說想去康尼島，但她還小的時候她姑姑曾帶她去那裡，她迷路了大半夜。」

「當然，現在他想起來了，每次他想起那個地方總會想到泰絲是有原因的。「莉娜……」

莉娜步步進逼。「所以你現在知道我好奇的點是什麼了，瑞德。」

他盯著瓷磚上的血跡。

「你是忘記了？」莉娜語氣溫柔地繼續說，「還是不能告訴我？」

瑞德把電話從耳邊拿開，掛斷了電話。

第二十三章

葛蕾琴

現在——

葛蕾琴還來不及告訴告訴費歐娜．墨菲自己為什麼要打電話給她，她就開口邀請葛蕾琴過來，畢竟費歐娜．墨菲的執念如此之深，這是執迷不悟的家屬僅存的一線希望，他們想和警方談談，尤其警方已經無視費歐娜好幾十年了。

她告訴葛蕾琴和馬可尼，同時端上一些看起來很像奧利奧的雜牌餅乾，吃起來很像硬紙板，非常令人失望，費歐娜試圖把更多餅乾塞到她的盤子上時葛蕾琴瞪了一眼，但馬可尼犧牲小我面帶微笑拿了餅乾，擁有一個服從禮貌的搭檔還有這個好處。

「墨菲女士，」葛蕾琴打斷了費歐娜的誇誇其談，她說這幾天每次打電話到警局總是被轉到檔案部門。「我們跟你侄子談過了。」

在角落的費歐娜眼神僵硬，但提到德克蘭時她並沒有皺起眉頭，雖然葛蕾琴感覺到她想皺眉。「想必是場愉快的談話。」

語氣中的挖苦之意足以證實葛蕾琴的猜測。「你和他互不往來了嗎？」

「這孩子太自以為是了，」費歐娜對著茶杯咕噥道，「他認為我有妄想症，想讓我遠離媒體，但如果我能和記者談談的話……」

她的聲音愈來愈小，嘴巴在動但沒有發出任何聲音，稀疏的灰髮散落在臉龐周圍，一抹口紅滲入唇紋，一副眼鏡掛在脖子上，但還有另一副架在頭頂上，最後一副掛在襯衫領子上，她說話的時候口沫橫飛，口水落在她們中間的桌面。

完全理解為什麼德克蘭不想把她公諸於世，費歐娜．墨菲只要接受一次採訪就足以讓他的對手興高采烈。

「你打算告訴他們什麼？」葛蕾琴問道。如果這麼長時間過去還沒有人找到泰絲，或泰絲自己也沒有站出來，光憑《波士頓環球報》上的一篇文章能起得了什麼作用？

「我會告訴他們那些本來應該保護我們的人有多無能，」費歐娜說的時候眼睛睜得大大的，眼神看起來有些狂亂，然後她坐好，似乎意識到自己現在說話的對象是誰。「噢。」

「很抱歉我們忽視了你的顧慮，墨菲女士，」馬可尼看似真誠地說道。「很抱歉讓你受到如此糟糕的對待。」

費歐娜直起身子，胸膛一挺，乾巴巴的臉色因精神一振而泛紅，如果這就是安撫民眾的辦法，葛蕾琴不知道為什麼警方的調度員一開始接到電話的時候不先嘗試這麼說，雖然葛蕾琴也不覺得這有什麼好驚訝，感覺起來蕭內西是波士頓警局唯一上得了檯面的警察。

她的目光轉移到馬可尼身上，也許是唯二，但也僅止於此。

「嗯，」費歐娜忙著扣她襯衫上的一顆鈕扣，馬可尼釋出的些許善意顯然讓費歐娜喜不自勝，她是個很容易被操弄的人，因為她亟欲尋求他人的認可，葛蕾琴提醒自己來這裡目的不是和一個偏執狂老太太玩心理遊戲，儘管她很想這麼做。

「為什麼你認為泰絲是遭人被謀殺，不是離家出走？」葛蕾琴試圖讓話題回到正軌。

「我的泰絲很愛我，」費歐娜的口氣很有說服力，相信現在還活著的親戚都不會反駁她。「如果她還活著，一定會跟我聯絡。」

「但當年你接受警方訊問時，就很確定她已經遭人謀殺，」葛蕾琴追問，「你合理假設她會聯絡你之前就這麼認定了。」

費歐娜張了張嘴又閉上。「嗯。」

「所以，」葛蕾琴盡量不讓說話的語氣流露出一絲不耐，盡量保持溫和的口吻，就像馬可尼剛剛道歉時的口氣那樣，就算費歐娜的抱怨根本不是她的錯。「是什麼理由讓你在她失蹤二十四小時後就懷疑這是一起兇殺案？」

「我只知道瑞德．肯特那孩子與這件事有關，」費歐娜說著眼睛瞇成一條縫。「莉娜也這麼覺得，她跟我說的。」

葛蕾琴盡量不抓住問題不放。「莉娜認為是瑞德殺了泰絲？」

德克蘭也這麼說，所以是真的嗎？

「呃，」費歐娜拍拍自己頭髮，有幾秒鐘看起來有點不太確定。「她沒說那麼多，但意思差不多。」

「是最近的事？」

費歐娜瞇起眼睛。「一年前吧？她找了我幾次——帶那孩子來過一次。」

「你願意讓他進門？」馬可尼發問的時候看起來很驚訝，葛蕾琴瞄了她一眼，她要不要讓他進門干她什麼事，但馬可尼目光盯著費歐娜。

費歐娜身體前傾，彷彿要告訴他們一個祕密。「莉娜要求我這麼做的，其實她要求了很多事。」

「像是？」葛蕾琴盡量保持語氣溫柔，不想讓費歐娜嚇到而不願意吐實。

「她要我給他看一些東西，」費歐娜心不在焉地拍著自己的口袋，彷彿隨身帶著什麼東西。「她說她想觀察他的反應，想要我照她寫小劇本演出。」

葛蕾琴和馬可尼聞言動也不動。「你給他看了什麼東西？」

漫不經心的態度逐漸從費歐娜的肩上褪去，就像抖落一件外套，現在她的眼神銳利且專注。「莉娜還告訴我不要告訴其他人，要我發誓保密。」

葛蕾琴咬著臉頰內側的肉，腦中開始計算最大數字的平方根，想像自己用拇指挖進費歐娜的眼窩，直到炙熱的怒火消散得和燃起時一樣快，她吐出一口氣。「其實她是我的好友，我想她會希望我知道。」

費歐娜噘著嘴端詳眼前這兩人，她的目光停留在馬可尼身上，停留在放著警察徽章的口袋。「不要，她說對誰都不許說。」

然後她用手勢假裝封上嘴唇並扔掉鑰匙，葛蕾琴向後往沙發一躺以防自己幹出蠢事，像是越過小茶几撲向她。

「她有告訴你保密的理由嗎？」馬可尼介入，每次葛蕾琴被逼到極限時她就會出手。

「不，但莉娜是個好孩子，」費歐娜說，「她是唯一還會留下來陪我說話的人。」

「你為什麼認定是瑞德殺害了泰絲？」葛蕾琴不知道該如何消化關於莉娜的事，她的目的是觀察瑞德面對壓力時的反應嗎？如果莉娜真的認為瑞德殺了泰絲，為什麼她後來願意和他合作？為什麼要接他女兒的案子？為什麼瑞德看起來很愛她，至少是情同兄妹？

為什麼乍看之下很單純，事實上卻這麼錯綜複雜？

「泰絲總會和他一起偷偷溜出去，」費歐娜輕哼一聲說，「他總有一天會害她惹上麻煩。」她的眼睛一亮，「也許這就是他殺害她的原因，她發現自己懷孕了，而他不想站出來承擔責任。」

「她懷孕了？」葛蕾琴問道。

「據我所知是沒有，」費歐娜說，彷彿在跟一個跟不上談話的人說話，「但這可能是個動機。」

葛蕾琴嘆了口氣，這個女人根本不知道泰絲發生了什麼事，馬可尼在她身旁挪動了一下，瞄了她的表情一眼——她的表情仍然冷靜沉著——暗示她也有同樣的結論。

「莉娜和泰絲成長過程中感情很親密嗎？」葛蕾琴微微轉身問道，葛蕾琴還是很想深入挖掘他們這個小團體的某些暗流，想找出埋藏在表面下的混亂。

「噢，是的，情同姊妹，」費歐娜認真地點點頭，「這兩個女孩的感情密不可分。」

「還有克萊兒……」葛蕾琴停頓了一下，發現自己並不知道克萊兒的娘家本姓，當下糾正口誤還來得及。「瑞德的太太，你見過她嗎？」

費歐娜凌亂的雙眉緊緊皺起。「泰絲知道那個女孩在追瑞德。」

「泰絲有和她對質過嗎？」葛蕾琴問道。

「不，泰絲是個很溫柔的人，」費歐娜的聲音聽起來有點夢幻。「她永遠不會對人惡言相向。」但她可能是在逃避，逃離破碎的家庭生活，男朋友變心愛上另一個漂亮女孩，這裡還有什麼值得泰絲留戀？也許她就像大家想的那樣只是遠走高飛了。

葛蕾琴站起，不願再浪費時間。「謝謝你，墨菲女士，很感謝你跟我們談。」

費歐娜的肩膀一沉。「你說話的方式跟那些人一模一樣。」

馬可尼發出些許同情的聲音，但還是站了起來。「我保證我們會做進一步調查。」

這句話引起費歐娜的注意，她看著馬可尼的方式彷彿她是從天而降的天使，然後她站起來把她們逼到門口。「你告訴蕭內西警探，就算肯特死了老婆，也不代表應該停止調查他。」

葛蕾琴停步，一隻腳已經踩在門檻上，一隻腳還在屋內，她轉身看著費歐娜。「蕭內西警探？」

費歐娜點點頭。「是的，他在幾年前接手了這個案子。」

葛蕾琴忍住笑容。「嗯，這不是很方便嗎？」

第二十四章

瑞德

克萊兒死前六個月——

瑞德抵達莉娜傳給他的地址，無法擺脫胸口深處的那股暖流，這裡是波士頓南區。這是一棟雙拼式房屋，兩家合居，連鄰居馬桶的沖水聲都聽得見，一個駝背老人從對街看著他，波士頓紅襪隊的帽沿低垂，遮住了他的臉。

瑞德聽見休旅車副駕駛座的車窗傳來指關節的敲窗聲時鎮定自若。

「墨菲女士會報警抓你，」莉娜爬上休旅車時說，「她可能以為你是什麼不法份子。」

兩人朝屋內看了一眼，窗邊沒有人，但這並不代表墨菲女士沒有用那雙如鷹之眼盯著他們。

「她會認出你的，」他說。跟一週前在星巴克偶遇莉娜時比起來，今天看起來更像青少女時期的她——頭髮往後束成低馬尾，穿著牛仔褲和法蘭絨，他甚至可以看見她鼻樑上的輕微雀斑。

莉娜大笑時瑞德移開了視線。

「對，而且還以為我跟毒販混在一起。」

「以為我是不法份子？」瑞德的嘴唇抽搐，很有不曾有人逗他笑了。

「我要修改一下劇本——這輛車對暴徒來說太新了，」莉娜反駁道，用她招牌的姿勢甩甩頭髮，泰德和她沒聯絡這麼久，眼前熟悉的她讓他泫然欲泣，遠在克萊兒之前，在泰絲之前，在所有紛紛擾擾之前的那個莉娜，他五歲時交到的第一個朋友，母親在廚房裡喝咖啡的時候，他倆就在床單堆成的堡壘下玩耍。

他搖搖頭清清嗓子。「她知道我們要來對吧？」

莉娜點點頭。「我們一直在通電話，我有告訴她你要來。」她停頓一下，「她，呃……」

「不喜歡我，」他笑著說完這句話，「泰絲住在這裡的時候，有一天晚上我被她逮到偷偷從窗戶溜進去。」

「結果你的下場如何？」

「背朝下跌在草地上，眼前盯著她的獵槍槍管。」他的描述只比實情稍微誇張了一點。

莉娜很快露出笑容。「我長大以後想成為墨菲女士。」

「我長大後也想成為墨菲女士，」瑞德表示同意並關閉引擎，她看起來就像過去的她，而不是一個他不認識的時髦陌生人，很容易就能抓回與莉娜聊天的節奏。他關上身後的車門後停頓了一下，好奇她穿得這麼休閒是否正是因為這個原因，為了讓墨菲女士放下戒心，說出真話。據他所知，莉娜的工作表現相當出色，她一定知道如何說服對方放鬆戒心，即使對方其實不想，也不會意識到。

他擺脫這個念頭，無所謂，因為他築起的心牆太厚，不管莉娜留了哪一手都很難攻破，而這是他唯一在意的事——保護他的祕密。

「你的另一半認為你去哪了？」莉娜朝門口走去時問道。

瑞德猶豫了一下，不知道她為何要問，然後又怪自己想太多。「她沒空管，因為她正在參加慈善午宴。」

「和……孩子們？」

這說法很有趣，她說「孩子們」的方式跟他和克萊兒很像，故意不單獨挑出薇奧拉的名字講。他幻想平行時空的他們會是怎樣，如果克萊兒沒有出現，如果泰絲沒有失蹤，瑞德還是會和她分手、最終和莉娜在一起嗎？她是他兒時最好的朋友，也是他青少年時期的紅粉知己。

他們會過著什麼樣的生活？他會不會像他許多高中同學一樣讓她十八歲就懷孕？他們會住在這條街上的房子裡嗎？和他們即將造訪的那棟房子一樣。他們會彼此相愛還是互相憎恨？瑞德覺得應該是後者，莉娜太聰明了，他綁不住她，他在十三歲、十六歲和十八歲時就知道了，現在的他也心知肚明。

他們永遠不可能有結果，但如果他選擇走上那條人生道路，薇奧拉就不會誕生，還有她帶來的那些無休無止的複雜和挑戰也永遠不會發生，為了避免這些命運，只能眼睜睜看著他與莉娜的友誼破裂，就像他與克萊兒的關係一樣，這值得嗎？

也許他真的是那個癥結點，問題都出在他身上，就像克萊兒說的那樣。

「在學校。」他簡短回答。

「對，當然了，」莉娜搖搖頭，自嘲一笑，莉娜沒有孩子，她的世界裡除了自己之外沒有圍繞著任何人，有那麼一刻瑞德願意付出一切交換，希望自己也能跟她一樣。

莉娜拉拉他的手臂，他們繼續走上台階。

費歐娜用熱情的擁抱迎接莉娜，胖乎乎的手臂緊緊攬著她有點太久，抹了粉紅色口紅的嘴唇親在莉娜的臉頰上超過三次。

費歐娜沒有看他一眼，也沒有點頭致意，便匆匆把他們兩人帶進她的客廳。

屋內和屋外一樣充滿了熟悉感，他坐下時笑了笑，沙發的保護膜在他身下劈啪作響，當年就算費歐娜沒有在廚房監視他和泰絲（假裝沒有），他們也完全無法在沙發毛手毛腳。

「我不知道還有什麼話好說，」費歐娜說，「我試圖想找警方幫忙追查，案發後的每週年我都會打電話給他們。」

「你總是說……你一直很確定泰絲的案子沒有那麼單純，你覺得她不是離家出走，」莉娜繼續說下去時聲音變得更溫柔了，「你覺得她發生了什麼事？」

費歐娜的目光落在瑞德身上，深棕色的一雙明眸，就這樣他又回到了十六歲，彷彿正盯著費歐娜姑姑的槍。「我就是不覺得泰絲會那樣離我而去。」

如果那就是她的理由，瑞德完全理解為什麼她無法跟警察解釋清楚了，他們每天都要處理港口的浮屍，然後這裡卻有一個不願相信她侄女只是個逃家少女的姑姑。

「大家都說我很蠢，我還聽過更糟糕的批評，所以無論你有什麼想法，我都知道。」費歐娜的語氣生硬，「那天晚上泰絲住在我家，她失蹤的那天晚上。」

這件事本身沒什麼好奇怪的，因為泰絲的父母總在爭吵，但她高中的那幾年夏天狀況最為嚴重，她過去如果無法承受父母的爭吵，總會跑去睡他的床——只是純睡覺，她姑姑家一定是她的另一個避難所。

「她偷偷溜出去，」費歐娜說，「那晚我聽到她偷溜出去的聲音，但沒有阻止她，我畢竟也曾年輕過，如果你能想像的話。」

「你覺得她出去是跟誰約好了？」莉娜追問。

費歐娜的目光再次轉向他。「這很常發生，」她沒有正面回答問題，顯然她想說的是：是的，要去見那個男生。「我不想阻止她，不想讓她覺得我在監視她，不然她爸媽只要一……她就無處可去了。」她的語氣充滿恨意。

「我記得她失蹤後，她爸媽就離婚了，」莉娜說，「也離開城裡了。」

「很懂得怎麼甩掉爛攤子。」費歐娜說。瑞德暗想，如果不會弄髒她乾淨的地毯，她一定很想啐他們一口。「丹尼在太平間，那個女人在棕櫚灘某個地方購物，已經有了第四或第五任丈夫。」

「你認為他們吵架與泰絲離家出走有什麼關聯性嗎？」莉娜問道。

費歐娜抿抿嘴唇。「她沒有離家出走，如果她是離家出走，一定早就跟我聯絡了。」

瑞德的肌肉一點一點放鬆下來，這是不理性的情緒性發言，不能代表事實，沒有任何未曝光的證據在二十年後重新浮上檯面。

除了少數冥頑不靈的人之外，所有人都知道泰絲是一個典型的青少年，厭倦生活在一個搖搖欲墜家庭中，她眼看周遭沒有任何事物值得她留戀，於是決定出發追尋未知的未來。

正如他所預期，費歐娜把矛頭對準他。

「你的存在還不足以讓她留下，」費歐娜說，「你從來沒有想過嗎？她覺得跟你說句再見都不值得。」

瑞德吞吞口水什麼也沒說，他沒辦法說。

「所以我懷疑你有多愛她，」費歐娜說話的方式讓他想起一條蛇在咬人之前會先假裝後退。「讓人懷疑那個看似沮喪的男友是不是真的沮喪過。」

泰絲離開小鎮後不久克萊兒和他開始約會，對此他的朋友和雙方父母一直議論紛紛，但幾十年後又要遭到公審，莉娜也在看著他，她把頭歪向一邊的樣子彷彿想起自己當年並沒有見證到那一刻。

問題是瑞德心中有愧，他曾是個年輕愚蠢的少年，因為一張漂亮的臉蛋而變心，結果傷害了一個女孩，這個女孩多年來一直是他的好友，他們有多少年的友情已經說不清，他這一生中做過很多錯事，這是其中一件。

當時的克萊兒顯得遙不可及，彷彿並不存在，如果他不好好把握，竭盡全力留下她，她就會消失，彷彿她一開始就沒有出現過，血清素是一種強大的化學物質，尤其是對於整個夏天都有女友卻沒有發生過性行為的白痴男孩來說。

他的所作所為並不光彩；他希望泰絲沒有失蹤，希望她可以對他劈頭大罵，因為他是個徹頭徹尾的混帳。

通常他會戴上假面具，臉上裝出理解的微笑來矇混帶過，但這次他卻選擇低眉斂目，搔搔鼻子，卑躬屈膝，這樣所有人就可以從身體語言看出他很懊悔——但她們倆都有權利忽視他的道歉。

「她真的什麼都沒對你說嗎，瑞德？」莉娜問道，「不是策劃了好幾星期的偉大計畫？她沒提過她存了一筆錢之類的嗎？」

「沒有。」膝蓋上的手指交纏，他把拇指按在指關節的痛處。

「誰知道他當時有沒有好好關心她的狀況，」費歐娜無情地喃喃道，「問題是泰絲那天晚上是偷溜出去——這狀況很常見，但她什麼都沒帶。」

瑞德和莉娜聞言都看了過來，莉娜率先發難。「什麼都沒帶？」

「只有穿了身上的衣服，還有帶著錢包，」費歐娜說，「我是從窗戶目送她下去，想確定她有順利踏上地面。」

莉娜的腳踏著不規則的節奏。「這不合理。」

「這就是我一直以來說的，」費歐娜用誇張的語氣強調，「但這還不是最糟的。」

「還有？」莉娜的眉毛揚起。

費歐娜點點頭撐起身子站起，像往常那樣戴上老花眼鏡。

瑞德不停抓著指關節，耳朵嗡嗡作響，他不知道為什麼覺得該有心理準備迎接致命痛擊，但他很了解自己身體準備迎接痛擊的反應。

費歐娜拖著腳步走向他們，手上拿著一個塑膠夾鏈袋，裡面裝著一張紙條。「我發現了這個，留在她借住的房間桌子上。」

莉娜幾乎是用恭敬的態度接過紙條，某部分的瑞德還記得這幾個女生感情曾有多麼親密，儘管泰絲最終和瑞德在一起，但她們也未曾嫉妒過對方，莉娜把泰絲當成自己的親姊妹，必要時她會願意為她擋子彈。

她讀紙條時嘴邊倒抽了一口涼氣，她將紙條遞給他時停頓了一下，目光從他臉上掃過，然後才直直遞了出去，他的手沒有顫抖，因為他早已耗費好幾年時間訓練自己，不讓肢體動作洩漏自己的心事。

這是一張從筆記本上撕下的頁面，費歐娜小心保存下來，上頭寫著熟悉的潦草字跡。

今晚十點到老地方見面。

第二十五章 ——葛蕾琴——

現在——

「泰絲．墨菲，」葛蕾琴在她們走進蕭內西的辦公室時說，蕭內西的辦公桌前站著一個人，手裡拿著一個檔案夾，她們貿然闖入顯然打斷了他們的談話，但在葛蕾琴尖銳目光的逼視下，這孩子乖乖地驚惶逃離。

「誰，你說什麼？」蕭內西反擊。

「泰絲．墨菲。」葛蕾琴再用誇張的語氣強調了一遍。

「親愛的，我在波士頓警局工作了幾十年，」蕭內西示意她和馬可尼坐下，「如果你以為光是講泰絲．墨菲這個名字，對我來說會有任何意義，我可以介紹你幾個愛爾蘭社區。」

「有道理，」馬可尼嘟噥著說，葛蕾琴投來怒視，她聳了聳肩。

「你這麼會裝好人，老是表現得彷彿你認識的每個人都是你見過最重要的人，卻會不記得一個十七歲女孩的懸案？」葛蕾琴刻意這麼說，想引發他的羞愧和內疚，以上都是可靠的操縱策略。

但蕭內西察覺到葛蕾琴的意圖，她猜馬可尼也是，她不知何以覺得很高興，她打算之後再細想原因，但她懷疑是因為她的好友剛過世，這世上已經沒剩多少人瞭解她了。

「麻煩別再高談闊論、下指導棋了。」蕭內西說完葛蕾琴笑了，他揮揮手，她於是將檔案翻開。

她仔細端詳他的表情，他掃視照片和細節時幾乎沒有洩漏任何表情，手指一遍又一遍撫摸自己下巴應該要長鬍鬚的部位，如果他有鬍鬚的話。

幾分鐘後他把檔案夾扔到他們之間的桌面上。「老實說這案子讓我印象最深刻的點是她姑姑每隔一段時間就會打電話來。」

「沒有任何涉及犯罪的跡象嗎？」葛蕾琴問道，「沒有什麼跡證讓你認為這不是一起普通的逃家案件？」

「沒有。」蕭內西坐回位置上，雙手交疊在腹部。「這種案件多如牛毛，家屬想要相信自己的孩子不會離家出走，所以你必須經歷這些例行公事，但從來沒有任何證據顯示她除了是個想逃家的問題少女之外還有什麼可能性。」

就就連馬可尼也在點頭。

「沒有任何跡象顯示這是一起謀殺案？」葛蕾琴想問個清楚。

「嗯，」蕭內西聳了聳肩，「沒有，至少我沒有印象，她姑姑確定她是遭男友殺害，但從來沒有找到屍體，青少年？通常不會處理得這麼乾淨吧。」

葛蕾琴猜想蕭內西只是快速瀏覽檔案內容，肯定漏掉了一個關鍵姓名。「如果我告訴你那個男友就是瑞德．肯特呢？」

蕭內西突然間坐了起來，他的椅子發出抗議的嚎叫聲，他靠在辦公桌上，目光炯炯有神。

「他涉及了兩起謀殺案？」

太巧合了……

馬可尼高聲說，「時間跨越了二十年。」

「有多少人會遇到這種事？」葛蕾琴說，蕭內西點點頭。

「沒錯，」馬可尼承認，「所以，我們聯想到什麼？那個瑞德．肯特殺了他的高中戀人，又殺了他太太？」

蕭內西傾身向前。「等等，等等，等等。」

葛蕾琴此刻很想一頭撞牆。

「誰說肯特謀殺了他太太？」蕭內西問。

馬可尼畏縮了一下，葛蕾琴只是翻了個白眼，她對薇奧拉的承諾瞬間破滅。「如果你想當個縮頭烏龜，把所有事情都怪在那個女孩身上，無所謂，但你不能否認這些案子當中有詭異之處，一般人不會剛好涉及多起謀殺案。」

「如果算上莉娜．布克，至少有三人死亡，」馬可尼補充道。

「好吧，暫時我會忽略克萊兒．肯特的事，」蕭內西說，但他停頓了一下，彷彿還不想放棄這個話題，然後他像狗一樣甩甩頭，試圖重新集中注意力。「我剛開始接到這個案子時查過那孩子——天啊，我是指瑞德．肯特——除了她姑姑之外沒有人真的認為他是兇手，他們只是找不到另一個可能的嫌疑人。」

另一個可能的嫌疑人，這幾個詞烙印在葛蕾琴的皮膚上，這句話聽起來是多麼熟悉，羅雯姑姑的案件他們也是這麼說。

找不到另一個可能的嫌疑人，所以一定是那個八歲的孩子幹的，不必在乎這個假設讓這個八歲的孩子背負了一生的嫌疑和惡名，無論她怎麼證明自己是個正直的公民，都永遠無法擺脫。

蕭內西一定看出她的臉色緊繃，因為他大聲又惱怒地吐出一口氣。「好吧，就算他涉及高中女友的失蹤案，你也得承認他太太的謀殺案，他有確鑿的不在場證明。」

「有可能是他或德克蘭．墨菲，或者他們兩人共同策畫的。」葛蕾琴說。

這句話引起蕭內西的注意。「什麼？」

「那天晚上瑞德．肯特之所以會去賭場，是有人要他去那裡，那個人就是那個失蹤的高中甜心女孩的弟弟。」透露這件事就像打出一張王牌，葛蕾琴努力不要表現出幸災樂禍。

「好吧，他把貴賓席借給他，讓他隨時可以使用，」馬可尼說完，沒有理會葛蕾琴不滿的目光。「瑞德．肯特可能只是抓住一個方便的不在場證明，德克蘭可能根本沒有參與其中。」

「這似乎順理成章到不像巧合了，不是嗎？」葛蕾琴拖長語氣說。

蕭內西嘬著下唇。「告訴我全部的狀況，裡面有什麼內情？」

問題是即便葛蕾琴自己也無法描繪出清晰的輪廓，但她在胡說八道方面的能耐和所有人一樣出色，重點是要講到令人信服。「萬一是克萊兒．肯特發現某些與過去案件相關的證據呢？」她開始漫無邊際地假設，「可能是關於泰絲的……謀殺案，如果確實是謀殺的話。」

「他們當年是朋友，」馬可尼慢慢吐出這句話。

「誰是朋友？」蕭內西打斷她。

「所有人。」馬可尼揮揮手示意所有人。「但泰絲．墨菲、莉娜．布克和瑞德．肯特似乎是關鍵人物。」

「克萊兒是後來才出現的，而德克蘭．墨菲和安絲莉．肯特是他們的弟弟妹妹，」葛蕾琴指出，「但這並不表示他們沒有涉及這些事件。」

「你把事情講得愈來愈可疑，」蕭內西說，「所以肯特和德克蘭·墨菲一直是朋友，但這個事實沒辦法判定他們其中一個人有罪。」

葛蕾琴逮住他的語病。「他們不是朋友，肯特一家充其量只是偶爾捐款的金主，僅此而已，不是朋友。」

「我們對德克蘭施壓，問他為什麼不希望我們重新審理此案，他的反應很奇怪。」馬可尼指出。

「沒錯，」葛蕾琴說，「話講到這個時候，他突然請我們跟他的律師談。」

「他請了律師？」蕭內西聞言坐直了一些。

「嗯，他禮貌地建議我們聯絡他，」葛蕾琴說，「但差不多意思。」

「在那之前，他說話的方式很隨性？」蕭內西想確認。

馬可尼來回擺擺手，葛蕾琴聳起半邊肩膀。「我不確定他是不是真的有全盤托出，但從大部分的談話內容看來，他似乎沒有表現出想讓我們吃閉門羹的態度。」

「他說謊？」蕭內西問道。

「我有一種感覺，他和已故的肯特太太的關係比瑞德好。」馬可尼仔細選擇自己的措辭。

「他們搞上了？」蕭內西聲音中滲透出純正的波士頓口音。

葛蕾琴笑了。「我也有這種感覺。」

「婚外情失控？」

「我不知道，」葛蕾琴說，「克萊兒去世前大約兩個月，德克蘭和瑞德打了一架，可能與這件事有關。」

蕭內西吹了聲口哨。「嗯，這就有趣了」。」

「他聲稱這起事端是因為莉娜說服了他，多年前是瑞德殺害了泰絲。」葛蕾琴說。

葛蕾琴迫切想知道莉娜是用什麼理由說服德克蘭瑞德有罪，葛蕾琴仍然堅信莉娜對瑞德．肯特來說是很重要的人，那麼是什麼理由讓莉娜把錨頭指向他？一定是強而有力的證據，為什麼要和費歐娜．墨菲演那場戲？葛蕾琴猜想無論那女人拿出什麼證據跟瑞德對質，如果他是真兇，這證據一定會讓他感到內疚，去拜訪費歐娜和莉娜接手薇奧拉案子之間又發生了什麼事？

「所以，莉娜．布克和瑞德．肯特不約而同開始追查二十年前好友的失蹤案，然後瑞德的妻子最後死了，」馬可尼清楚解釋，「而且每個人都在對我們說謊。」

「一提到德克蘭，安絲莉．肯特基本上馬上對我們下逐客令。」葛蕾琴說。

「瑞德．肯特的妹妹？」蕭內西問道。

「她住在他們家幫忙顧小孩，」馬可尼說，「至少她是這麼說的。」

他們就這樣坐了一會兒，然後葛蕾琴用下巴指指蕭內西的電腦。「你有克萊兒．肯特的驗屍報告嗎？」

「找一下就有，」蕭內西手邊已經在點擊滑鼠。「你在想什麼？」

「死亡時間範圍內是否有哪段期間瑞德．肯特行蹤不明？」葛蕾琴問道。

蕭內西打字的時候辦公室裡鴉雀無聲。「好了，死亡時間是晚上十點到凌晨兩點間。」

「肯特第一次被攝影機拍到的時間？」

鍵盤在蕭內西笨拙的手指下發出咔噠聲。「晚間十點零六分。」

「範圍之所以稱之為範圍是有原因的。」馬可尼唐突地說，但論點很弱。

「我們來逐一檢視吧，」葛蕾琴說，「假設驗屍判斷的時間有半小時誤差，這算合理。」

「不太可能。」蕭內西喃喃道。

「但貌似合理。」葛蕾琴強調了這句話，等待他勉強點頭承認才繼續說下去。「瑞德表示他在離家幾個街區的地方攔了一輛計程車，賭場離肯特家的聯排別墅有多遠？」

「二十分鐘左右，但交通……」蕭內西聳了聳肩。

「他得在刺殺她後跑下樓梯，搶搭上一輛計程車，讓狀況對他有利，才能符合那個時間點，」葛蕾琴總結道，「這麼做有風險。」

「而且現場很血腥，就那些刀傷看來，瑞德一定被血濺了滿身，他得換下並藏起血衣，甚至得把身體擦洗到足以見人的程度。

「如果他是預謀殺人，也許這就是他犯案策略的一環，」馬可尼提出想法。「讓時間範圍看起來難以置信到不會有人會想要懷疑。」

「嗯，確實難以置信。」蕭內西指出。

「但並非做不到，」葛蕾琴喃喃道，雖然時間看來比她想像中要緊很多。「你跟計程車公司確認過了嗎？」

蕭內西不滿地看了她一眼，她只是聳聳肩。

「時間線與司機紀錄相符。」蕭內西這樣也算回答問題了。

計程車可能是計畫的一部分，目的是盡可能延長不在場證明，但肯特自家車庫裡就有車，為什麼要冒這個風險？與某個事後一定會接受警方偵訊的人有過互動相比，開自己的車是更安全的選擇。「在那之前他一直在家嗎？」

「他是這麼說的，」蕭內西兩手一攤。「沒有理由懷疑。」

葛蕾琴忍住不發作，她早在十年前就想這樣狠狠教訓他，她最好控制自己的衝動，但她讓自己在心裡默默發洩，就算這是個一翻兩瞪眼的案件，但沒有從受害者丈夫那裡取得確鑿的時間表只是純粹的懶惰。葛蕾琴呼出一口氣從二十開始倒數，然後她轉轉肩膀。「好吧，這留下兩個推論，除了顯而易見的嫌犯之外。」

「你是說那個虐待狂精神變態真的殺了自己的母親？」蕭內西的話有點扭曲。「如果有其他推論，我洗耳恭聽。」

「她是個計畫縝密的虐待狂精神變態，」葛蕾琴覺得有必要解釋，也許薇奧拉當下沒辦法想太多，因為她無法消化自己想奪走對方性命的衝動——這不是誰的生命，是她母親的生命，但葛蕾琴真的很懷疑這一點，因為一個計畫縝密的精神病患者不會打破自己的犯罪模式，即便是年輕的患者。「我有一個推論，就是瑞德．肯特有共犯。」

「有可能。」馬可尼說。

「或者是德克蘭．墨菲想引瑞德離家，好自己動手。」

蕭內西抿抿嘴唇，她看得出來他對這個推論很趕興趣。「動機呢？」

「就像你說的，婚外情失控，」馬可尼提出想法。「克萊兒不願為了他離開丈夫，引發了德克蘭的嫉妒，所以安排瑞德出門。」

這可以解釋為什麼安絲莉一提到德克蘭就情緒緊繃，假設她也知道她紅杏出牆的事，也可以解釋為什麼當德克蘭一感覺到問題開始繞著他與瑞德．肯特的關係轉，就突然找律師來擋。

「也許吧，」葛蕾琴說，「他會不會早就知道很容易就可以嫁禍給薇奧拉？」肯特一家似乎很努力不想讓別人得知薇奧拉的精神疾病，克萊兒真的會告訴她的情夫薇奧拉有暴力傾向嗎？德克蘭會想到要利用這一點嗎？「警方知道要去找薇奧拉的抽屜。」

「對，」馬可尼說，似乎追上葛蕾琴的思路。「所以是誰告訴現場的警察？」

他們都看向咬著嘴唇的蕭內西。「一定是瑞德．肯特。」

這個推論似乎斷定了瑞德並非完全清白，如果他沒有涉及謀殺，為什麼要讓警方搜查他女兒的房間尋找證據？葛蕾琴很確定女孩是遭人陷害，如果瑞德就是那個告訴警察可以搜查他女兒房間的人，她猜測他就是真兇。

但他也有近乎無懈可擊的不在場證明。

「我想我們已經選擇此案有共犯的推論。」馬可尼總結道。

蕭內西咳嗽了一聲，在座位上挪動姿勢並看了馬可尼一眼，彷彿在暗示葛蕾琴不知道他腦裡在想什麼，即便如此她還是不想幫他說出來。

我搞砸了，葛蕾琴。

結論顯而易見。

等了一段比她預期還久的時間後他終於吐出這句話，「所以莉娜．布克在這件事當中扮演了什麼角色？」

如今有了這個新的線索，讓她的死看起來像是自我懲罰的結果。

如果現在要找瑞德的共犯，那麼有一個合乎邏輯的人選。

「讓我再跟薇奧拉談一談。」葛蕾琴說著站了起來，沒有等待他回答，她現在需要的是出奇制勝，她知道怎麼達到這個目的。

馬可尼也站了起來，但葛蕾琴搖搖頭。「今天剩下的時間我要請假。」

蕭內西和馬可尼交換了一個懷疑的眼神，葛蕾琴沒有理會。

「如果你想跟蹤我，我會割破你的輪胎，」葛蕾琴愉悅地說出後逕自走出門口。

她聽見蕭內西在她身後嘆了口氣。「不要測試她的能耐，她真的幹過這種事。」

第二十六章

瑞德

克萊兒死前六個月——

瑞德知道女人喜歡的是他那張臉，和他上床之後她們就會興致缺缺了，但他其實也不希望對方墜入愛河，所以他並不介意，他左手戴的金戒指很少讓那些女人斷念。

他認為莉娜．布克不是那種女人，雖然他也不知道為什麼。

星巴克偶遇後，莉娜重新回到他的生命，兩週後瑞德到他最愛的餐廳享用很罪惡的食物，她滑進對面的座位。

瑞德一直端詳著那張臉，不是對面那張臉，而是掛在遠處的牆面電視上不斷出現的那張臉，他不希望莉娜跟他調情但也說不出具體原因，不是因為他真的對克萊兒有多忠實——他們早就回不去了，但他對莉娜．布克的記憶充滿了純真和友誼，他因為某種原因不願意玷污那些回憶。

鈴聲響起，片刻之後奶油雞蛋煎培根端到他鼻子底下，他微笑著對梅莉道謝，梅莉翻了個白眼，居然有人能經得住他渾然天成的魅力，真是太罕見了。

「咖啡就好。」這是她坐下後說的第一句話。

「聽著，我……」瑞德不知該說什麼，他很確定如果他說：我真的很受寵若驚，一定會被她打臉，他用單手摀著臉，現在他真的沒那個心情。

莉娜發出難以置信的笑聲，笑聲又尖又利。「天啊，你真的很自以為是誒，我都忘了。」

瑞德的手掌再次落回桌面上。「抱歉，什麼意思？」

「我不是在跟蹤你，」莉娜喝了一口梅莉剛端上的黑咖啡。「也不是故意來勾引你。」

她的話中帶著有趣、嘲弄和近乎溫柔的情緒，瑞德尷尬地吐出一口氣。「你能怪我嗎？我已經二十年沒見過你了，然後兩週內遇見你兩次？」

莉娜端著杯子從杯緣看著他。「好吧，好了，我需要你幫忙。」

瑞德停頓一下，叉子停在嘴邊，很久沒有人向他尋求幫助了。「幫什麼？」

「泰絲．墨菲，」莉娜的聲音裡帶有一絲無法定義的情緒。「你還記得她吧？」

如果是其他人這麼問，瑞德會覺得這個問題很刻薄，但莉娜臉上掛著電視螢幕上那種無聲的微笑，所以這句話聽起來沒那麼刺耳，也讓他有時間從聽見那名字的震懾中恢復鎮定。「嗯，記得。」

面對他的無動於衷，莉娜皺皺鼻子移開了視線，她的手臂搭在包廂座位後面。「我很確定她是遭人謀殺。」

瑞德沒有退縮，沒有停止把食物舀起來送進嘴裡，即便食物吃起來已經味同嚼蠟，他在正確的時刻點了點頭，莉娜告訴他調查失蹤案的過程時他也適時發出同情的哼聲，她不過只是隨便查查罷了，沒什麼大不了的，也許他真的能幫忙？

瑞德自始至終都能感覺到她追究的目光落在他身上，自從她說出泰絲的名字後他就不敢正眼看她了。

莉娜向他描述自己發現了什麼蛛絲馬跡——還沒有多少——還有她接下來打算找誰問話，他努力保持平靜的表情，身體因維持僵硬不動的姿勢而感覺痠痛。

她離開座位後他鬆了一口氣，又感覺喘不過氣來。

連梅莉也轉身問他。「你還好嗎，親愛的？」

瑞德覺得自己回答了「是」，以為自己站起來的時候把錢留在桌子上了，但隨著恐慌在他的血液中流淌，一切都變得模糊不清，變成了黑白。

他記不起自己是怎麼回到聯排別墅，但下一秒他已經跪在閣樓上積滿灰塵的地板上，他用沒有流血的手指推開被子和相冊尋找……尋找……再尋找……

啊。

他用手環住箱子，把箱子拉出時順勢讓自己跌坐在地，擦過地板，直到脊椎頂到一根裸露的橫樑。

他周圍的空氣稀薄，或許是因為肺呼吸不到空氣，儘管如此他還是逼自己打開那個他從未想過會再重見天日的箱子。

他唯一能做的只有驚恐地看著空空如也的箱子，裡頭曾經放著一條手鍊。

第二十七章

葛蕾琴

現在——

葛蕾琴正要猛踩油門，保時捷副駕駛座位的車門卻打開了。

葛蕾琴揚起半邊眉毛，一邊暗自重複了那句威脅的話：我會割破你的輪胎。

馬可尼坐進座位時嘴角上揚。「我沒有車。」

這小……

葛蕾琴從警局停車場加速開出時絕對沒有笑出來。

「你信任我的開車技術嗎？」葛蕾琴終於問了馬可尼，因為她向左一個急轉彎，車子往人行道路緣傾側，此時距離目的地還有一個街區。

「一點都不信任。」馬可尼在車輛回正時說道。

「太好了。」葛蕾琴神采奕奕地說，彷彿她只聽見馬可尼說的最後兩個字。

她開進南區時沒有特別解釋，也沒有解釋自己何以如此熟悉這裡的街道，她直接停在一家酒吧外，愛爾蘭人根本不需要店名，只需要一面旗幟和一個霓虹三葉草標誌，大家就知道這是什麼地方了。

「你停在這種地方連車門都不鎖嗎？」馬可尼問道，她從保時捷下車，環視著破舊的前廊和窗戶上的紙板，大家都認為葛蕾琴是在養尊處優的環境中長大，所以不熟悉城裡這一帶，但她很熟，非常熟。

她知道這裡沒有人會碰她的愛車。

葛蕾琴不想花時間跟馬可尼解釋，只是把包包從後座拖出來開始往裡面翻找，首先要脫掉的顯然是西裝外套——她當街脫掉代表專業形象的上衣，馬可尼發出某種聲音，但葛蕾琴已經把有彈性的黑色T恤套在自己頭上，蓋過胸罩。「老古板。」

「呃，警察都是這樣，」馬可尼現在背對著葛蕾琴。「聽說過妨害風化嗎？」

「穿泳衣不也差不多，」葛蕾琴反駁道，她沾了少許她經常隨身攜帶的髮膠，把頭髮從臉上向後抓，她穿著褪色的牛仔褲，很有自信自己完全駕馭了這個造型，最後她把所有東西都塞回包裡，扔進後座，然後朝著酒吧門口走去。

「你是誰，你對葛蕾琴．懷特博士做了什麼？」馬可尼在她身後喃喃自語，葛蕾琴轉身對她露出燦爛的笑容。

「你沒聽過要入境隨俗嗎？」她邊問，一邊用臀部推開門。

洶湧的噪音淹沒了馬可尼的回答，點唱機如她所預期正在高聲播放比利．喬的歌聲，撞球桿擊中球傳來咔噠聲，女服務生大聲說出點單的說話聲，角落有幾個男孩在看比賽發出喧嘩的笑聲，還有啤酒品脫杯敲在木頭上的叮噹聲。

葛蕾琴的目光快速掃視周遭，尋找現場是否安插了蕭內西的手下，每週至少有三個晚上他會和他的手下出現在這裡，她沒發現半個，所以轉移注意力尋找真正的目標。

找到了，他在那裡，就坐在後方一個雅座，正在仔細研究什麼東西，她知道是賽馬的賽事資料表，萊恩．凱利有一個足可利用的弱點，但她今晚不打算踩他的痛處，不，只要她買單這一場，凱利就會輕易供出線索。

「你有想我嗎？」葛蕾琴坐在他對面的長椅上問道。

「超想你，親愛的。」萊恩．凱利愉快地回答，他的聲音帶有一絲愛爾蘭口音。她知道他喝愈多腦子就愈不清楚，她有點失望，因為他沒打算讓自己喝得更醉。

他的目光轉向馬可尼，葛蕾琴覺得他看她的方式有點侵略性，感覺有點討厭，她當他的面厲聲說道。「想都別想。」

「噢，葛蕾，你才是我唯一想要的女人，」凱利說，多麼厚顏無恥的謊言，隨口說說當有趣。

「蘿倫．馬可尼警探。」馬可尼特別強調自己的頭銜。

凱利舉起雙手，表現出一副我無罪的樣子。「無論葛蕾琴告訴你我做了什麼，我都是無辜的，我發誓。」

這很有趣，因為凱利可能一生都沒有踩過線，他唯一的弱點就是酗酒和賭博，而且說真的，人生如此艱難，這些惡習有什麼好不能原諒？

馬可尼什麼也沒說，葛蕾琴發現當她面對一個無法完全掌握的情況，就會出現這種行為模式：默默觀察。雖不是葛蕾琴喜歡的方法，但無法否認可能有效。

「凱利，你的杯子看起來空了，」葛蕾琴說，儘管還剩下半杯吉尼斯啤酒。他的嘴角抽動一下，接著一口吞下黑色的酒液。

「什麼都逃不過你銳利的雙眼，葛蕾琴，」凱利將沉重的玻璃杯重重摔在桌子上，示意女服務生過來。「親愛的布莉姬，你什麼時候有空？」

女服務生翻了個白眼但點點頭，然後去幫那群大學生點酒，那夥人剛剛在深色的小吧台前面佔據一個雅座。

凱利看著賽程表，有點悶悶不樂地嘆了口氣，然後把紙折起來塞到屁股底下。「女士們，有什麼能為你們效勞？」

萊恩・凱利雖是大眾臉，但長相英俊，討人喜歡但不引人注目，頂著深色頭髮和深色眼睛，方型下巴搭配高貴的鼻子，身材瘦削而結實，顯然是因為不吃午餐又攝取過多咖啡因，手上沒拿東西的時候手指會顫抖，現在他手裡拿著鹽罐，目光看著她們兩個。

「馬可尼，這位是《波士頓公告報》的萊恩・凱利。」葛蕾琴說。一聽見這座城市最臭名昭著又最垃圾的小報，馬可尼的眼睛微微睜大。

「幸會幸會。」又端上一瓶吉尼斯啤酒，凱利欣然接過，啤酒濺到他的手腕上，他眼睛都不眨一下。

葛蕾琴在幾年前認識了凱利，當時的他剛從新聞學院畢業，以為自己會做出什麼大事，成為重要人物，後來他發現《波士頓公告報》只不過是一部印刷版的肥皂劇，他的光芒也消失無蹤。葛蕾琴發現他完全不在乎自己討不討人喜歡，而他則發現她殘忍的直率個性很有趣，他倆幾乎是天造地設的一對。

這是一種寄生關係，就像這座城的運作方式還有葛蕾琴的人生現實一樣，葛蕾琴搶在其他記者之前塞錢給凱利，只要提供他非常廉價的酒精，凱利就會告訴她八卦。

事實證明這是非常成功的友誼。

「你在採訪克萊兒・肯特的命案？」葛蕾琴問道。

啤酒泡沫沾到鬍鬚，凱利一邊擦著鬍梢一邊笑著。「我想這陣子《波士頓公告報》的大廳裡根本豎了一尊她的雕像。」

「或者薇奧拉。」葛蕾琴說。

凱利摸摸鼻子然後指著她，彷彿表示她說的話正中紅心。「說得對，葛蕾琴，你說的都對。」

「有人在討論兇手可能另有其人？」葛蕾琴問，她知道凱利有很多他們足以利用的情資，但她也知道自己得先問對問題。

「你的意思是，不是那個十三歲的精神病嗎？」凱利問道，「不，每個人都把罪名冠在她頭上，有她就可以保證銷量。」

葛蕾琴點點頭，好奇當年羅雯姑姑之死的報導會是什麼樣子。

「有人在傳……肯特家的婚外情嗎？」葛蕾琴小心翼翼地試探他。

但凱利的眼睛睜得老大，讓她覺得自己默默說漏嘴了。「那個骯髒的混蛋，他背著她偷吃？」然後他的臉一亮，「或者，老天，是她背著她偷吃嗎？勁爆消息耶。」

「是誰偷吃誰我也不知道，」葛蕾琴承認，她發現自己本來想保密，但想想還是決定告訴他，

「所以他們這對夫妻沒有八卦？」

「哈佛情侶演變成家庭悲劇，」凱利說，「還有一個不是兇手的丈夫？電視製作人真的會到他家門口紮營，把他簽下來拍下一季實境節目《鑽石求千金》。」

葛蕾琴和馬可尼都沒有笑，他對著杯子咕噥了幾句，說那些文化假道學根本不懂得賞識他。

「德克蘭．墨菲呢？」馬可尼問道。

「他殺了一個妓女嗎？」凱利饒有興味地問道，他的目光在她們之間來來回回，前臂擱在桌

子上。「如果他殺了妓女，我會賺二十美元。」

「為什麼如果他殺害一個性工作者，你會有錢拿？」葛蕾琴問道。德克蘭給她的印象不像是暴力分子——即便他有萬分之一的機會是反社會者，她預測他在國會的職業生涯會很長，前提是他沒有以某種形式涉入此案。

「那麼完美的人不存在吧？」凱利聳起半邊肩膀，「我只是在等他留下把柄。」

「所以你沒有什麼新消息可以講？」葛蕾琴問道。

「我有那樣說嗎？」凱利眨眨眼問道，看起來很討人厭。他知道自己可以勉強應付過去，因為她有求於他，但葛蕾琴之後會想方設法讓他為自己的厚顏無恥付出代價。「就算我無話可說你還是來找我了，女士，我又不是自己跑到外面對你乞討，求你給我什麼好處。」

葛蕾琴無法否認他說得對，他偶爾也會沒有情報可以提供，但更多時候他總能知道那些警察們聽不到的八卦消息。

葛蕾琴沒有承認而是向前傾身，她知道這麼做能讓彈性黑色T恤正面顯得更加誘人，具體來說，她知道這個動作能讓他偷看到她胸罩的蕾絲，偷看到別有洞天的陰影，葛蕾琴噘著嘴透過睫毛抬頭看著他，她彷彿聽見馬可尼發出某種悶聲，如果她沒有用咳嗽掩飾，聽起來可能像是一種嘲笑。

「如果你跑到外面乞討的話，」葛蕾琴的語氣挑逗，話中充滿了影射。「你會跟我說什麼，來換取我身上的……好處？」

「噢，天啊，」馬可尼低聲說。

凱利沒有把目光從葛蕾琴身上移開。「我會說你那個漂亮的律師朋友在瑞德．肯特的太太去世當晚，曾跟他共進晚餐。」

這句話讓葛蕾琴大為驚訝，忘記要繼續裝模作樣。「莉娜？」

「對。」凱利點點頭，恢復了他自以為是的笑容，原來的挑逗氛圍徹底消散，雖然他們一起睡了一兩次，但他倆之間並不需要這些無聊的遊戲來啟動，直接傳訊息就可以了。「我在與肯特家熟識的人當中安插了耳目，有一份例行報告有提到這件事——剛開始我沒太在意，直到幾個月後她接手這個案子，每個人都表現得好像她和肯特一家沒有關係，不過警方從來沒有跟進過這條線索，所以我以為這是條死路。」

「天哪，」馬可尼呼出一口氣，將頭輕輕靠在牆上。「是哪個警察在時間線上錯過了這條線索？」

「與其說這是一條死路，不如說是個錯過的轉折點對吧？」凱利用貪婪的眼神注視著她們，那雙眼睛使他成為她必不可少的人脈，那雙眼睛讓他永遠有好啤酒喝，有好領帶打——這是他的另一個弱點，即便這可能不算真正的弱點。她看著他現在脖子上繫的那條紅黑色領帶，在心裡記住要送給他一條特別的領帶，畢竟他提供了寶貴的線索，雖然這情報很有價值，但還不值得給他她方才提到的那種好處。

「你還記得那家餐廳的名字嗎？」葛蕾琴問道。凱利很擅長記住這些細節，他的記憶力好到讓她懷疑他有某種聽覺或視覺上的記憶超能力，儘管他從未證實這件事。

「叫海藍。」他帶著傲慢的微笑說道，因為他知道自己擅於此道，而且她這次欠了他很大的人情。她很確定海藍餐廳離肯特家的聯排別墅很近，她幾乎可以想像自己在幾小時之前才開車經過。

葛蕾琴抓住路過女服務生的手腕。「布莉姬，他今晚點的酒都算我帳上。」

「運氣不錯喔。」布莉姬說，但她點點頭如往常一樣接過葛蕾琴的信用卡。

「但沒有婚外情的八卦？」葛蕾琴再次確認，如果有人要她重複之前確認過的事，她會立即結束談話，但她發現其他人遇到這種狀況的時候不會像她這樣脾氣一觸即發，一般人對空洞的談話忍耐度較高，那麼為什麼不善加利用這一點？

「共進晚餐不算是低調的行為，」凱利說，他打量著僅剩的四分之一杯啤酒，然後一口氣喝下，布莉姬拿著葛蕾琴的信用卡和續杯啤酒回來時他咧嘴笑開了。「你知道的，這種事情就是愈想偷偷摸摸，就愈會引人注目。」

他伸出一根修長的手指，差點摸到葛蕾琴的臉，她也趁機提醒他她無法容忍這樣的行為，凱利在她的牙齒還沒有咬到他之前猛然抽回自己的手。

「真是隻頑皮的小貓。」他罵道。

「好嗯。」馬可尼輕輕推了推葛蕾琴的臀部說道，葛蕾琴接收到暗示站了起來，馬可尼很快也站起。

「不要太嫉妒喔，」凱利對馬可尼低聲說道，「你也可以加入，美女。」

下一秒馬可尼已經將手壓在凱利喉嚨上，完美貼住下巴切斷他的供氧，葛蕾琴靠向一旁想要看得更清楚，對情況的最新發展感到興奮。

「如果你讓我再聯想到你的老二，我就會扯掉你的蛋蛋，」馬可尼用非常冷靜的語氣說出，讓這句話更有效果。「懂了嗎？」

「是的，女士，」凱利哽咽著說，從他的語氣聽得出來他不痛不癢。

馬可尼更用力按住凱利的喉嚨，一直等到他點頭，這一次她的態度更加冷靜，然後馬可尼一言不發轉身從葛蕾琴身邊走過，葛蕾琴努力克制鼓掌的衝動，但勉強忍住了。

凱利揉揉喉嚨又恢復笑容，「我現在要告訴你一件事，只是因為你幫我買單。」

「好，」葛蕾琴說，「什麼？」

「去找佩妮．蘭福德談談，」凱利有點沙啞地說。「她是克萊兒．肯特基金會的副手，如果有誰知道什麼……」

「找她就對了。」葛蕾琴低聲說。

她向門口走去時凱利擋住她。

「嘿，葛蕾琴，」他等她把頭轉過來，「我喜歡你新請的保姆。」

葛蕾琴翻了個白眼。「不要把自己喝到不省人事了。」

雖然沒有說出口，但她也喜歡。

第二十八章

瑞德

克萊兒死前六個月——

瑞德感覺到一隻手落在他的二頭肌上時不由得畏縮了一下，這是輕柔的觸摸，但這陣子他的身體似乎總是準備好接受痛擊。他摸索手中的硬幣。

手的主人笑著輕聲道歉，聽起來好熟悉，聽起來兩人都很驚訝，聽起來語氣中帶有一絲同情。

「對不起，我只是……瑞德？」那聲音，那音調優美卻又沙啞的音色聽起來好熟悉，先是想起面孔，再想到名字。「瑞德．肯特，對吧？我就知道是你。」

莉娜。

他轉過身來，臉上的笑容比他這陣子要少了一些虛偽。「莉娜．布克。」

現在的她變得油滑了，像黑豹一樣狡猾，這就是他唯一的感覺，與過去他認識的那個南區帥氣女孩截然不同，當年的她留著一頭蓬鬆的捲髮，把身上的泥巴和擦傷視為榮譽徽章。

容貌依然美麗，她一直那麼美，草莓金的髮色變得更深——無論是因為年齡增長還是染髮——已經變成雜亂的赤褐色、紫色和櫻桃色髮色，鬆散的捲髮垂落在她背上，心型臉蛋像往日一樣蒼白，雖然他一直覺得可愛非常的點點雀斑已經不見蹤影。

瑞德看著莉娜，莉娜的身體像過去一樣靠向他，然後動作又明顯停了下來，彷彿是在忍住擁抱他的衝動，她的臉上略過一種搖擺不定的神情，但她硬生生把表情抹去。他過去也會退縮，因為他是個該死的懦夫——軟弱、可憐又脆弱，無法忍受有人在光天化日下不小心跟他有身體接觸。

他不想緩和這種緊繃感，尤其是在莉娜．布克身邊，如果他們現在對彼此的反應那麼拘謹，可能會讓他崩潰想哭，所以他伸手擁抱她，這個擁抱對兩個自青少年時期就沒見過面的兒時好友來說有點太熟悉隨興了，但他無法抗拒自己靠近她，彷彿她能在暴風雨中提供一個幸福寧靜的港口——就在這間擁擠的星巴克當中。

「瑞德，」她喃喃道，手捧住他的頸背，拇指撫摸著頸背的細毛。「很高興見到你。」

他吞吞口水，點點頭，然後往後退了一步。

即使這麼多年過去，從她的舌頭輕觸唇角的方式，從她手指玩弄合身的襯衫上一顆鈕扣的方式，他仍能清楚看出她的擔憂。

她沒有多問。「你好嗎？」

在他回答之前咖啡師清了清嗓子——無論他說什麼都是個謊言，他已經不記得上一次誠實回答這個問題是什麼時候了。

他拖著腳步走到收銀員面前，他歪著頭看向點單，眼睛仍然盯著莉娜。「你想點什麼？」

她請他幫她買杯咖啡，他們等待的過程中站著閒聊，他不知道自己是如何做到的，因為她竟然讓他帶路，走到擁擠店裡遠方角落的一張兩人桌。

瑞德背對著牆坐著，想知道選擇這個座位是否是他倆共有的默契。

「你好嗎？」莉娜再次問道。她伸出手撫摸著他的指關節，他的手在溫柔的撫摸下動也不動。「瑞德，你好嗎，我認真問？」

他有很多說詞，空洞又毫無意義的藉口；他有很多場面話，說得老練又膚淺，大多數人聽見都會買單，不會費心去查看底下的黑暗面，但莉娜總是能夠看見他的黑暗。

也許是因為跟她一樣。

他的嘴唇扭曲，舌頭沉重，多年來他除了編造謊言之外一事無成，誠實在口中是什麼滋味？

「克萊兒弄的？」莉娜輕聲問道，儘管溫柔的語氣中一定殘留著苦澀，他們倆沒有談過這個話題，但他們的友誼在克萊兒走進他生命的那一刻就枯萎了，莉娜想必知道這不是巧合。

他搖搖頭。「不是。」

瑞德低頭盯著上面修剪完美的手指，很像克萊兒的手，就像他生命中的所有女人一樣，保養得無可挑剔。

「工作造成的？」

瑞德低聲笑了笑，搖搖頭，她猜不到的，誰能猜得到？

他對上她的眼神時差點全盤托出，所有可怕的回憶都像皮膚上的傷痕，鑽進他的血肉，刮過他的骨頭，但他一直很小心保護自己，如此小心，時間已經太久，他早已不敢冒險坦承。

說謊幾乎像呼吸一樣容易。「是我女兒，薇奧拉。」

第二十九章——葛蕾琴

現在——

如果你身陷危機，你會想把所有鑰匙都交給佩妮．蘭福德這種人保管。

她個子很高，異常纖瘦，留著平頭，擁有一股將軍般的自信神態，她深褐色的眼睛比膚色略深，她身上的一切，從她的站姿，到她看著她們的方式，再到她看著葛蕾琴時微微噘起的嘴型，都在在彰顯了她的工作能力。

葛蕾琴討厭像佩妮．蘭福德這種女人，因為她們總會看穿她的所有表演，雖然葛蕾琴知道她身上大部分的表現都是煙霧彈，但她不太喜歡有人注意到這件事。

馬可尼似乎立即贏得她的好感，葛蕾琴並不驚訝，但她又氣又妒，兩種情緒都讓她感覺自己是個心胸狹窄的女人，這讓她想要吸引佩妮的好感，希望她喜歡自己勝過馬可尼，但葛蕾琴從痛苦的反覆試錯中得知這是不智之舉。

所以她逼自己低調一點，淡化自己的魅力，讓馬可尼負責帶頭介紹，雖然她遭遇氣勢很強的對象時一定會使用這種魅力。

他們在佩妮的邊間辦公室坐下，辦公室雙面窗外的海港景觀對一家慈善基金會來說有點太高調了。

「如果非必要，克萊兒從不會犧牲美感。」佩妮說話的聲音中夾雜著複雜的情緒，葛蕾琴無法解讀，但背後隱含著一絲悲傷，葛蕾琴認為佩妮至少會為老闆的去世感到難過。

「基金會會繼續營運嗎？」葛蕾琴問道，佩妮投來若饒富深意的目光。「畢竟克萊兒過世了？」

「克萊兒是我們的主要贊助者，肯特先生沒有表示出興趣要繼續支持，」佩妮回答，葛蕾琴對她表現出的圓滑表示激賞。「雖然我們的信託基金還有其他大方的捐助人，但我們可能無法保持過去的營運水準。」

「她沒有先設定任何保障措施，以防不測？」

「我們是討論過，」佩妮不知為何似乎不願承認。「但一直沒有時間完成文書工作。」

「會是什麼樣的處理方式？」

「她的巨額財富有很大一部分會留給信託機構。」佩妮的目光先看了馬可尼一眼，然後又回到葛蕾琴身上。

在所有人眼中，馬可尼因為那面警徽，儼然成為兩人當中比較危險的那個人，葛蕾琴也無所謂。

「但由於她沒有完成程序，這筆錢就流向……」葛蕾琴故意不接話，希望佩妮自己說出口。

「她丈夫。」佩妮保持語氣中立，葛蕾琴猜想這就是她說話這麼小心的原因，因為這個答案本身可能——至少隱含了——一項嚴重的指控。

「克萊兒遭到殺害後，有沒有人跟你談過？」葛蕾琴幾乎能感覺到佩妮已經卸掉薄薄一層武裝。

「不，沒有。」

這個案子是研究「確認偏誤」的最佳案例，一旦大家都認為薇奧拉是有罪的一方，惡性循環就開始了，之後不會再有人認為殺害克萊兒的人除了薇奧拉以外另有其人，一開始的假設變成了現實。

馬可尼看起來正打算開始一段溫和的問話，想要了解佩妮對瑞德．肯特的懷疑，但現在葛蕾琴的神經已經冷靜下來，她可以好好解讀空間內的氛圍。

儘管佩妮態度謹慎，但似乎是個性情強硬的女人，再尖銳的問題也不會答不出來。

「你覺得那天晚上發生了什麼事？」馬可尼正要開口，葛蕾琴就搶先問道。「克萊兒死的那個晚上。」

佩妮盯著她看了良久。「你是指她遭人謀殺的那個晚上。」

葛蕾琴點頭答覆並抓住了機會說，「你不會認為薇奧拉是兇手吧。」

等到佩妮重新在椅子坐穩，葛蕾琴才發現這女人的緊張程度，她顯然已經做好戰鬥的準備，葛蕾琴從她聲音中聽出的那種複雜情緒在她的表情上不斷閃現，等到佩妮重新戴上立場中立的面具，她才嘆了口氣。

「不會，」佩妮最後說，「我確實認為這個女孩有能力殺人，我見過她。」

她們互看一眼。

然後佩妮舉起一隻手阻止她問出下一個問題。「但我認為瑞德．肯特也沒膽殺人。」

「為何這麼說？」

佩妮歪著頭。「你跟他談過了嗎？」

「簡單談過。」

她咬著下唇，看起來像是在思考怎麼表達會比較好。「他喜歡扮演受害者。」

這說法出乎葛蕾琴的預料。「怎麼說？」

「克萊兒如果知道我跟別人說這些會很生氣，」佩妮這句話比較像是在自言自語，她稍微坐直了一些。「但克萊兒死了。」

葛蕾琴和馬可尼都點點頭，儘管她死了是個無需驗證的說法。

「她到最後也沒怎麼提到他，」佩妮繼續說，但語氣更加堅定了。「但我們在這裡加班到很晚時會喝一兩杯，喝了酒她就會抱怨幾句。」

「關於瑞德？」

「我知道我聽到的只是片面說詞，」佩妮在正面回答之前先打了預防針。「但，是的，她要找他去做婚姻諮商，尤其當薇奧拉開始表現出更多不當行為，想找他去做夫妻靜修，或者度個雙人假期，希望他有所作為，但他拒絕為婚姻努力，即便他們都知道婚姻有問題。」

「她有沒有向他發出最後通牒？」

「不，她沒有，」佩妮說，「但我猜也快了。」

「所以你的意思是他們的婚姻有問題？」這個結論加上德克蘭在談到克萊兒時的語氣，讓葛蕾琴更加好奇，為什麼他們關係不穩的謠言沒有出現在這座城市每家小報的頭版上。

「他與她似乎活在平行時空，」佩妮微微聳肩說，「從她嘴裡說出來的每句話他都認為是侮辱，從來不給她機會，從不往好的方面想，諸如此類的，最後他變得很情緒化又悶不吭聲。」她停頓一下，但沒有人提醒她說下去。「克萊兒一開始以為他可能有外遇。」

「沒有嗎？」

「一旦我真的想刺探，她就會閉口不談，」佩妮說，「我想是因為尷尬，我真希望自己當初有問個清楚。」

葛蕾琴認為一個情緒智商比她更高的人，可能會在此時說出一些安慰人的陳詞濫調，但她知道如果自己嘗試安慰人，表達方式可能會不太恰當，反而讓對方不高興。

「但你不認為是他殺了她。」葛蕾琴想問個清楚。

佩妮想了想，然後搖搖頭。「瑞德被攻擊的時候會先當縮頭烏龜，然後祈禱對方可以大發慈悲不要再攻擊他。」

從佩妮說的方式，葛蕾琴可以看出上述評價是佩妮對一個人最糟的形容詞。

「你很了解他嗎？」葛蕾琴問道。

佩妮歪著頭的樣子彷彿她正在承認一個觀點。「不了解。」

「所以克萊兒說了哪些關於他的事？」

「我已經認識他們兩人很多年，」佩妮說，葛蕾琴分辨不出她是在爭論還是在承認。「我有跟他相處過，募款活動和派對之外沒有相處過太多時間，但我親眼見過那個場面，克萊兒不過是隨口說句話，瑞德的反應看起來就像是被踢了一腳的小狗。」

佩妮顯然對所有她認定為軟弱的人缺乏同情心，如果葛蕾琴是她的朋友，而且希望佩妮站在她這一邊，她會刻意凸顯這個面向，暗示自己丈夫有多麼沒用之類的，如果持續加諸這種印象，即便像佩妮這麼聰明的人也會開始用別種眼光看他，每一次互動就像疊起一磚一瓦，慢慢構成看法，再漸漸變成不可動搖的成見。

確認偏誤再次發生。

確認偏誤無所不在，葛蕾琴只是比其他人……更有自覺一點。

「在過去幾個月，克萊兒身邊還有發生什麼別的事情嗎？」葛蕾琴問道。

「沒有，」然後佩妮又說，「噢。」

「你想起什麼事嗎？」

「我不知道這件事是否能協助你們調查，但也許能讓你們去找一個人談談。」佩妮說，葛蕾琴有時會希望對方直接回答就好，別打這麼多預防針。「在克萊兒去世前幾個月，瑞德的妹妹安絲莉跑來跟他們同住。」

「幾個月？」馬可尼插話，安絲莉．肯特的表現，讓她們以為她是最近才突然來幫忙顧小孩。

佩妮點點頭，似乎受到鼓勵。「顯然她和克萊兒從來都合不來。」

「克萊兒有說過原因嗎？」葛蕾琴問道，「安絲莉跟瑞德的個性一樣嗎？她也喜歡打受害者牌嗎？」

「其實恰好相反，」佩妮解釋道，「我認為她一直在扮演他的保護者。」

「那麼為什麼……？」

「克萊兒是在少女時期與瑞德相識，」佩妮聳聳肩說，「我認為安絲莉總會無端惹怒她。」

葛蕾琴發出某種聽起來像是贊同的聲音，但實際上並非如此。「你知道安絲莉為什麼和他們住在一起那麼久嗎？」

「我猜是因為，嗯……」佩妮的視線在他們之間移動，「她是來協助薇奧拉的，因為她是護士。」

「你說這是在克萊兒去世前幾個月？」馬可尼掏出筆記本和筆。

佩妮的目光看起來變得有些遙遠，然後她猛然吸了一口氣。「其實是在她死前，我沒辦法打包票……但，沒錯，克萊兒在死前一週還在抱怨她。」

馬可尼潦草記下一些內容，讓這個答覆懸在她們之間，她的暗示很清楚。

葛蕾琴話鋒一轉。「你聽說過泰絲．墨菲這個名字嗎？」

「墨菲議員的姊姊？」佩妮問道，葛蕾琴從她表情中看見的只有困惑。「當然，但我個人並不認識她，如果這是你想問的。」

「克萊兒從沒提過她？」

「沒有。」佩妮的語氣聽起來很誠實，也很感興趣。

葛蕾琴點點頭對馬可尼示意。

但馬可尼沒有站起來，而是向前傾身把筆記本收好，她的眼神非常專注。「那你認為是誰殺了克萊兒？」

佩妮的目光看著海港景觀飄蕩了很久，她沉思了片刻。「我不知道，」她慢慢說出口，「但依我看？一定是同情瑞德的人。」

第三十章 —瑞德—

克萊兒死前兩年——

瑞德最近很少離開波士頓，他得看著孩子們，現在克萊兒已經沒辦法一個人管教薇奧拉，過去他們可以輕易管控這女孩，但她比從前長得更高更壯了。

幾次出國旅行，他在回家的路上有時會擔心到家時是否家人都安然無恙。

但安絲莉幾個月前曾要求他幫她搬新家，食言而肥只會讓她找到更多理由來叨念他的……所有一切，她的責備聲如臨在耳，他腦中的聲音和她本人一樣冷酷無情，同樣殘酷。

當這大汗淋漓的漫漫長日一結束，他倆坐在地板上，身邊被搬家箱子包圍，安絲莉打了個響指站了起來，回來的時候手裡拿著一瓶廉價琴酒。

瑞德笑了，因為他從十六歲起就沒有見過那個牌子，他認為所有酒本質上都是一樣的，喝酒只有一個目的——那就是喝醉。

安絲莉對著他搖搖酒瓶，他接過酒瓶吞下一口，粗糙的酒精讓他畏縮了一下，因為他早已習慣柔滑的酒質，還有喝酒像喝錢的伏特加，儘管如此，經過一天的辛勤勞動，一起喝些劣質酒還是有些好處。

他很懷念此情此景，他寧死也不會承認，但他懷念可以不必扮演克萊兒．肯特的丈夫瑞德．

肯特，身為一對有權有勢的夫妻，富有到足以買下半個波士頓，但他們的生活還是度日如年。

更重要的是他想念安絲莉，安絲莉和克萊兒可說是水火不容，所以邀請安絲莉來他家需要很多誘因，要靠孩子們的可愛照片。

他遞酒瓶給她的時候用肩膀撞了她一下。「你做得很好，孩子。」

正如他所預期，她一聽到「孩子」這兩個字就大為光火，她正打算好好教訓他她現在已經是個成熟的大人時，一定看見他的嘴角在抽動。

「混蛋。」她大叫著推他一把，他讓自己倒地，最後仰面朝天看著天花板。

海浪拍打海灘的聲音從敞開的窗戶飄進，頭頂的風扇瘋狂地試圖與潮濕的空氣對抗，南卡羅萊納的夜晚即使是在秋天，揮不去炎熱仍然拒絕放手，拒絕屈服於涼爽的黑夜，瑞德從來不曾理解這個地方。

「為什麼要選擇這裡？」瑞德問道，他微微傾斜頭部，以便再吞下一口酒。

「這裡很不一樣，不是嗎？」安絲莉若有所思，彷彿讀懂了他的想法，這裡與波士頓不同，與他們稱之為家的那座城市不同，波士頓仍是他的家，他內心有一小部分隱隱作痛，因為她可以如此輕易地說走就走，離開那裡——離開他，畢竟那段日子他們就像朋友一樣，他沒有太多這樣的朋友。

「你要我先去嚇嚇哪個男人，叫他對你放尊重一點嗎？」他問道，把琴酒往她大概的方向推過去。

安絲莉大笑著接過酒瓶，最後呈大字形攤在他旁邊的地板上，一滴眼淚順著太陽穴滴落到她的髮際線。「噢，謝謝你了，我真的好需要你保護我，」她捧腹大笑，上氣不接下氣。

「去你的。」瑞德低聲咕噥著說，聲音冷冷的。雖然他的身高很高，體格健壯，但他的舉止卻不太具有威脅性，他喜歡告訴自己他可以扮演哥哥的角色，可以好好保護妹妹，但他們倆都心知肚明，如果有誰要威脅安絲莉未來的男友必須好好待她，那個人也一定是安絲莉本人。

他也開始大笑起來，他的笑話讓安絲莉又一次又一次大笑起來。

等到笑聲安靜下來，只殘留溫和零星的笑聲，瑞德意識到他已經好幾年沒有這樣大笑過了，萎縮的臉部肌肉以最愉悅的方式拉扯，讓他的腹部和臉頰都酸痛起來，意識到這件事讓他很快就笑不出來了。

安絲莉沒有看他一眼，但她一定察覺到他的情緒變化，因為她已經把酒推回他身邊。「你真的不覺得克萊兒會跟你離婚？」

瑞德嘆了口氣，真希望他們能回到十秒前，十分鐘前，十年前，那時的他不必回答這個問題。「噢，她會離婚。」

「但永遠不讓你見孩子，」安絲莉沉重地說出這句話，她的下巴僵硬，眼睛盯著天花板，另一隻手握著拳頭。「真是個控制——」

「安絲莉。」他喃喃道，不希望她說出什麼惡毒的話。

她皺了皺鼻子。「你對她的看法明明更惡劣。」

無可否認，但克萊兒還是孩子們的母親。「你什麼時候開始討厭她的？」

因為安絲莉討厭克萊兒是堂而皇之表現出來，克萊兒的反應則是很少提到安絲莉，但當她提到時一定會裝得很親切，但克萊兒其實也很討厭安絲莉，情況總是如此，他真的想知道是哪個人先開始的。

「你知道我從來不喜歡她，」安絲莉說，「我支持你和莉娜在一起。」

這句話引起了他的注意。「什麼？」

「我知道你在和泰絲約會，但她對你來說個性太討好了，」安絲莉的語氣中有一絲猶疑。「我以為你會跟金髮女孩分手然後和莉娜定下來，她一直是你命中註定的那個人，不是嗎？」

莉娜．布克。老實說他已經很多年沒有想到她了，但如果硬要說，他承認他的眼神有時會在擁擠的晚宴或拍賣會上四處飄盪，尋找某個人，他總是告訴自己沒在特定尋找誰，但總是在尋找某個人。

她一直是你命中註定的那個人，不是嗎？

並非如此，克萊兒曾是那個人，即使他現在有時很鄙視她，但克萊兒一直是那個能夠看穿他，然後讓他為之生、為之死的人，他的靈魂伴侶，他的雙生火焰，他的生命如今被火吞噬也沒有什麼好驚訝，畢竟他們之間的愛一直如此。

但安絲莉從她出生那天起就認為她比他更了解自己，以為他想要的是最好的伴侶——那個人當然是莉娜——但她卻不適合他，很多時候安絲莉把瑞德當成弟弟一樣對待，她覺得自己有責任要規畫他的人生，因為她比他懂要怎麼好好過日子。

他其實知道，他知道自己不該選擇克萊兒，但他是睜著眼睛選擇了她，安絲莉無法剝奪這一點。

人生的選擇有對有錯，有時選擇錯的人只是為了看看會有什麼後果。

「你什麼時候開始討厭克萊兒的？」瑞德又問了一次，他知道不該問這個問題，就像他明知很多事情也不該問，但他永遠學不會，如今的克萊兒就像個刺痛生膿的傷口，沒有什麼比挖開膿瘡看著膿液滲出更心滿意足的事。

「有天，我記得是薇奧拉五、六歲的時候吧，她用那些連紙都剪不下去的鈍頭小剪刀把她所有娃娃的眼球都挖出來。」安絲莉說，儘管這行為遠遠算不上他女兒做過最可怕的事，但瑞德仍吐出短促的一口氣，彷彿肚子被揍人了一拳。

「我不知道。」

「我知道，」安絲莉冷冷地說，「薇奧拉把娃娃排在我床上，有七、八隻吧，全都肢解了。」

「你告訴克萊兒了？」瑞德問，儘管他已經知道答案是什麼。

「她說所有小女孩都會剪掉娃娃的頭髮，」安絲莉說，「你相信嗎？所有小女孩都會剪掉娃娃的頭髮。」

瑞德等待她抱怨更多事，但沒有下文。「就這樣？就因為這樣？」

他想像中的交惡是大吵和對質，或者是話中帶刺累積成心結，甚至可能是一記耳光。

安絲莉正經一笑。「從那一刻我就知道她根本不鳥薇奧拉，是的，就是這樣，就由此開始。」

接下來是長時間的靜默，然後安絲莉用自己的腳輕推他的腳。「那你又是什麼時候開始討厭她的？」

他沒有問她怎麼知道他討厭她。「從我認識她的那一刻起。」

「胡說八道，」安絲莉喝了一口，然後把酒瓶遞過去。

「愛恨交織，就像硬幣的兩面，不是這樣嗎？」瑞德把剩下的酒倒進喉嚨，那熱辣辣的燒灼感太舒服了。「認識她的那一刻起我也愛上了她。」

安絲莉自言自語說了一些跟男人有關的話，但沒有再追問。

但這不是謊言，從他認識克萊兒第一刻起，瑞德就知道這個人，這個女人——嗯，他們炙熱的愛會把對方燒成灰燼。

第三十一章　葛蕾琴

現在——

「我們需要確認安絲莉．肯特是否有克萊兒被謀殺當晚的不在場證明，」葛蕾琴一面走回去開保時捷一面說道。「我猜應該沒人確認過。」

「我會讓蕭內西派人去查。」馬可尼已經在撥號。

「告訴他，我已經不想再拯救他的無能——」葛蕾琴聽見蕭內西透過小小的話筒對她大吼大叫，她差點笑了出來。

馬可尼描述她們與佩妮的談話後掛斷電話，盯著手機，她的思緒顯然在別的地方。

「我願意出錢，你要告訴我你在想什麼，但我還不確定你的想法是否有價值。」葛蕾琴說。

「可能還沒有價值，」馬可尼平靜地說，「也許之後會有。」

葛蕾琴可以理解，感覺五里霧中似乎開始顯現出某種端倪，但卻看不清它的輪廓。

「我真希望莉娜當初跟你透露更多，」馬可尼主要是自言自語，「只有薇奧拉是無辜的，就這樣嗎？」

有那麼一瞬間，葛蕾琴又開始構思另一段長篇大論，主題是關於反社會和友誼，接著她的記憶中突然擠進一件事。

莉娜去世前約一個月曾寄了一封電子郵件給葛蕾琴，主旨是「緊急情況時擊碎玻璃」，信中的內容是一段引述。

葛蕾琴回覆了一串問號，但無人回覆，然後她用Google搜尋了那句聽起來有點熟悉的引述，後來葛蕾琴後來問她這件事，莉娜卻裝作不知，葛蕾琴只好放棄追究，可能是莉娜有天晚上喝了太多酒。

但莉娜的行為通常都有目的。

葛蕾琴用粗俗的髒話大聲咒罵。

「我是個白痴，」葛蕾琴咕噥道，然後她暫停一下，不想承認這種難以理解的說法很不負責任。「我和莉娜都是白痴。」

好吧，這對莉娜來說已經是過去式了，但判決成立。

葛蕾琴發動引擎，違法迴轉朝反方向行駛，兩輛迎面而來的車輛不得不轉向並猛踩剎車，但車子沒有撞到她才是最重要的。

「等等，」馬可尼看起來有點傻眼，「麻煩你再說一遍，我來不及錄音。」

葛蕾琴給她一個中指。「這是百年難得一聞的自白，我永遠不會再說一遍。」

馬可尼笑了笑，沒有再問任何問題，她可能已經猜到自己很快就會知道答案，葛蕾琴把車停在莉娜的公寓，似乎完全在她意料之內。

如果是平常，馬可尼出現在這裡會惹葛蕾琴生氣，過去兩天裡她們大部分醒著的時間都在一起，但馬可尼不再覺得自己像個保姆，而是開始覺得自己像她的搭檔，葛蕾琴無法確知這是從什麼時候開始改變的，她不太擅長認清自己當下的感受。

葛蕾琴猜想馬可尼會在這天結束之前找到一些厲害的新方法來激怒她，但現在她證明了自己有留在葛蕾琴身邊的價值。

葛蕾琴用備用鑰匙進入莉娜整潔的公寓，葛蕾琴停了一下，再一次欣賞莉娜對細節的強迫症特質，然後直接走進臥室。

馬可尼沒有立即跟上，葛蕾琴轉身想看看是什麼引起她的注意，馬可尼俯身看著莉娜在客廳角落桌面上堆放的一大疊文件。

「那裡沒什麼有趣的東西。」葛蕾琴告訴她。

馬可尼聳聳肩，看都懶得看一眼。「你怎麼知道？」

這就是為什麼葛蕾琴不想開口稱讚她，不太可能有人會仔細檢視那些文件。

所以葛蕾琴只是翻了個白眼，她知道莉娜的書架在哪裡，所以繼續朝書架的方向走去，公寓的其餘部分都很簡約，你可能會懷疑一開始這裡有住人，但這裡，這裡代表莉娜的個性，而且如果葛蕾琴運氣好的話，也埋藏了她的祕密。

葛蕾琴開始尋找她想找的那本書，馬可尼靠在門口。「這會讓你心煩嗎？」

葛蕾琴不喜歡浪費時間去問對方他們的問題是什麼意思，馬可尼現在明明已經很了解她。

馬可尼只花了幾秒鐘就把問題解釋清楚了，「那個薇奧拉可能是遭人陷害，就像你一樣。」

這就是為什麼葛蕾琴才開始對馬可尼有好印象就馬上後悔了。「你似乎堅信我不是兇手。」

馬可尼哼了一聲。「你似乎堅信自己就是兇手。」

葛蕾琴停頓一下，手指停在一本經典小說的書背上。

「蕭內西一定相信。」葛蕾琴喃喃道，然後繼續尋找。

馬可尼當場笑了出來，這讓葛蕾琴大吃一驚，回頭看了一眼。

馬可尼一看見她的臉色馬上恢復正經。「如果他真的認定你是兇手，他會讓你處理正在偵辦的案件嗎？你認為他會向其他警探擔保你嗎？」

很少有人會出乎葛蕾琴的意料，但馬可尼似乎有這個能力，葛蕾琴把這個小小的觀察結果細心分類到她腦海中整齊標註的許多檔案夾中，之後再處理，眼下還有正經事要辦。

她的指尖擦過有棱紋的木頭，正如她所預料，她默默閉上眼睛感謝莉娜，多虧了她一板一眼的偏執個性，接著她從一堆年代久遠的經典科幻小說後面抽出一本書，在不經意的旁觀者看來這就是一本普通的書。

葛蕾琴用兩指的指關節敲敲封面，傳來中空的回音，馬可尼突然緊緊挨過來，葛蕾琴沒有忍住把她推走的衝動。

「你找到什麼？」馬可尼即時問道，完全不管葛蕾琴將她推開。

葛蕾琴猶豫了片刻才掏出手機，找到了莉娜寄來的那封「擊碎玻璃」郵件。

「『先死得益；後死為輸。』」馬可尼低聲唸出，「很像是碑文。」

「是大仲馬，」葛蕾琴稍微揮動那本假書，裡頭有什麼東西在喀喀作響，她迅速把書拿正，她找到一條縫隙撬開了盒子，嘴邊心不在焉的說道：「出自《鐵面人》。」

「這是她的保險措施。」馬可尼恍然大悟，兩人都盯著那本假大仲馬書裡唯一的東西：一個隨身碟。葛蕾琴把東西取出，把那本「書」扔回書架上。

「你知道我在她寄了那封信之後讀了那本可怕的書，我敢打賭她根本沒讀過，那個奸詐的——」葛蕾琴說，馬可尼撞了她肩膀一下打斷她說話，可能是為了提醒她，她們現在正站在莉娜死去的地方，這樣譏諷死者並不合適，但馬可尼輕推她時臉上掛著的淺淺微笑告訴葛蕾琴，她也聽出葛蕾琴話中對莉娜的欽佩，葛蕾琴清清嗓子說，「莉娜非常聰明。」

「看來是。」馬可尼的語氣中沒有一絲諷刺。

葛蕾琴搖搖頭。「夠了，把你的電腦給我。」

馬可尼拍拍牛仔褲的口袋，然後板著臉，彈了彈手指。「我一定把電腦留在另一件褲子裡了。」

「你什麼都沒有準備好。」她責罵道，馬可尼的笑聲隨著她穿越公寓。「嗯，你很幸運我曾當過女童軍，因為我的筆電放在保時捷上。」

「你當過女童軍。」馬可尼在等電梯時說，這不是問句，但葛蕾琴聽出她話中的疑問。

「我每年賣餅乾都能贏過其他的小愛哭鬼，」葛蕾琴告訴她。

「我相信你會用盡一切手段贏的。」馬可尼喃喃道，這句話聽起沒有挖苦之意，似乎就像葛蕾琴與蕭內西開玩笑的那種節奏。

她們走到街上時葛蕾琴掩飾自己的笑容，她鑽進保時捷，扭身去拿她的包包。

馬可尼搖搖頭，看著葛蕾琴這樣把昂貴的筆電留在沒上鎖的跑車裡。「你是巴不得有人偷你東西是嗎？」

葛蕾琴開機並登入，筆電在她倆之間安靜地運轉。

「這種行為就像減壓閥，不是嗎？」馬可尼沉思了一分鐘後說道。

這句話讓葛蕾琴抬起頭來。

「就是這樣，」馬可尼繼續說，一邊點著頭彷彿剛剛解開了一道複雜的謎題。「你對自己、對自我毀滅的渴望、對自己的衝動擁有無懈可擊的控制力，所以你必須在生活中其他無關緊要的領域放鬆控制。」

「有人在維基百科的兔子洞裡走得太遠了。」葛蕾琴責備道。

「但你沒有指正我。」馬可尼點出重點。

葛蕾琴不予理會但沒有反駁，因為隨身碟的視窗突然跳出在螢幕上。「是個聲音檔。」她告訴馬可尼。

「播放啊。」

「噢，謝謝你的指導啊，」葛蕾琴拖長語氣說，「我打算要一直盯著檔案看，希望它可以自動播放。」

馬可尼不屑地揮揮手。「對，好，你這個人既尖酸刻薄又聰明絕頂，現在快點播放這該死的檔案吧。」

葛蕾琴內心有一部分因為賭氣而不想照她的意思做，但她非常好奇音檔內容，而好奇心總會——永遠都會——勝出。

她按下播放鍵。

第三十二章

瑞德

克萊兒去世兩年半前——

「你很緊張。」克萊兒摘下耳環時說。

瑞德意識到她正從鏡中看著他，意識到自己一直盯著他們臥室的窗外，看著下面被雨淋濕的道路已經太久，他的手還擺在領帶結上。

他搖搖頭脫下西裝外套。「只是累了。」

克萊兒笑了起來，纖細的笑聲與她看他的眼神格格不入。「你有什麼好累的？」

如果這是五年前，甚至一年前，這句話可能已經傷害到他，足以讓他反唇相譏，但他累了，一種靈魂深處的疲憊，在他身體的空洞中如鉛一般沉重。「我要去看看孩子們。」

他們都知道他口中說的「孩子們」指的是塞巴斯汀和米洛，如不是絕對必要，他們都不會談及薇奧拉。

克萊兒在鏡中眯起眼睛，但最後還是點點頭走到她的首飾盒前取回那條項鍊，項鍊上掛著一支鑰匙，他們出門時她沒有戴上，因為怕有人問出一些他們兩個都不想回答的問題。

她把金屬鑰匙塞到他手裡，他努力不縮手，他沒有再多說什麼就走了出去，克萊兒灼熱的眼神在他的背上燃燒。

兒子的臥室離他們的主臥室只有幾步之遙，離薇奧拉的臥室則是愈遠愈好，他停在門口，將手掌放在木頭門上，他能感覺到兒子的心臟緊貼在他的皮膚上、他的骨頭上、他的胸膛上狂跳。

這就是讓他撐下去的原因，即使他知道自己每天都讓兒子失望。

他們幫房間裝了鎖——因為克萊兒堅持要裝，為了保護兒子，瑞德把鑰匙插進鎖孔。

每聽見那金屬和鎖栓的咔噠聲一次，他的反胃感就更厲害。

燈關了，男孩蜷縮在各自的雙層床上，塞巴斯汀睡在下舖，一旦怪物來了，他就能當第一個擊退怪物的人。

他們都沒有說怪物可能變成一個十歲女孩的形體。

瑞德溫柔地用手撫過米洛蓬亂的頭髮，對著他嘴角乾掉的口水微笑，然後他跪了下來。

一雙漆黑的眼睛盯著他看。

他的呼吸卡在喉嚨。「嘿，哥哥，你醒了？」

塞巴斯汀只是眨眨眼，然後把毯子再拉高一點蓋到下巴下方，他的聲音有點嘶啞。「睡不著。」

「噢，是嗎？」瑞德用拇指撫摸著兒子皺著眉的小小額頭，希望能把他的愁眉撫平。

「如果她來了怎麼辦？」塞巴斯汀那雙大眼睛顯得很嚴肅，一股酸楚在瑞德的嘴巴後方蔓延開來。

「有鎖呀。」

塞巴斯汀點點頭，身體前傾，下巴僵硬，噘起嘴巴。「但總有鑰匙可以開。」

瑞德努力控制自己，不讓已經到了嘴邊的破碎聲音說出，他完全坐了下來，把背靠在牆上。

「該睡了，兄弟，我會守著你。」

「你會阻止她嗎？」

「會啊，」瑞德說，激動的情緒使他喉頭一緊。「今晚沒有人可以傷害你。」

「還有米洛。」塞巴斯汀的語氣總是固執，總是太逞強。

「還有米洛。」瑞德同意道，他知道自己的話聽起來無憑無據，因為燈光下男孩手臂上的瘀傷證明他是個騙子，但在黑暗中他們可以假裝他說的是真話：今晚沒有人可以傷害你。

瑞德數著每一次吸氣，每一次吐氣，塞巴斯汀終於放鬆下來，他那疲憊的小小身體終於棄守，在瑞德提供的虛假安全感中安睡。

瑞德數著每一次吸氣，每一次吐氣，直到晨曦的金色光芒滑入銀色的月光中，將毛絨地毯染成粉紅紫色。

瑞德數著每一次吸氣，每一次吐氣，記住男孩們發出的小小嗚咽聲，知道他們雖然閉著眼睛但其實正做著噩夢。

瑞德數著每一次吸氣，每一次呼氣，他知道每一個像這樣度過的夜晚都是對他靈魂的又一筆帳，是他要扛著的永恆重擔，不過沒關係，他已經知道地獄的模樣。

因為他就身在其中。

第三十三章 葛蕾琴

現在——

清脆的說話聲充滿波士頓上流社會的氣息，充斥在保時捷的狹小空間中。

「謝謝你答應和我見面。」這句開場白顯得很尷尬。

「小事。」莉娜在錄音中回答，葛蕾琴用嘴型告訴馬可尼說話的人是莉娜。

「這個……我知道這很不尋常。」第一個說話的女人說。馬可尼眉頭一挑，默不作聲但充滿疑惑，葛蕾琴搖搖頭，她認不出那個聲音。

「已經是很久以前的事。」莉娜說，她的語氣既無溫度也不冷漠，而是完全的自制和中性，這讓葛蕾琴覺得這場對話並不是什麼歡樂的重聚，雖然莉娜的性格複雜，但她很重感情，如果這個人是她的好友，她的聲音聽起來就不會那麼做作了。

葛蕾琴也無法否認一個事實，莉娜有先見之明預錄了這段談話是出於某種原因，她也無法忽視那個女人在談話過程中沒有同意錄音，這代表莉娜不太可能打算把這段錄音用在法庭上。

那麼為什麼要預防性錄音？

「我不會浪費你的時間，」身分不明的女人說，「你還記得泰絲．墨菲嗎？」

「是的，當然。」

「我知道──」女人忍不住發出勉強的笑聲，讓談話中斷。「你會以為我瘋了。」

「我不會。」莉娜保證。

「我……前幾天我發現了這個。」女人說。

莉娜很聰明，太聰明了，她錄下這段談話是有原因的，因為可以描述發生了什麼事情。

「一條手鍊，」莉娜說，「那是泰絲的，對吧？」

「我想是吧。」

「這代表什麼？」莉娜問道。

「上面沾了血。」女人點出重點。

「啊，」莉娜輕聲說，「真的有。」

「希望我誤會了。」那女人說，聲音聽起來很小很壓抑，而且堅信自己是對的，這代表什麼意義葛蕾琴仍然聽不出來。

「克萊兒……」莉娜最後說道。

克萊兒．肯特。

葛蕾琴對上馬可尼的眼睛，得知這個女人的真實身分沒有什麼好驚訝的，但聽到真的是她仍然讓她感到震驚，馬可尼臉上也浮現類似的表情，一種不安的默認。

「你認為是瑞德？」既然克萊兒沒有繼續說下去，莉娜就直說了。「你認為當年是他傷害了泰絲？」

「我認為他做的不止這些，」克萊兒的話滔滔不絕，彷彿憋了太久。「你已經不認識現在的他了。」

「你是什麼意思？」莉娜的聲音聽起來沒有防備，純粹出於好奇很想聽下去，她是個好律師，還活著的時候是。

「當年的瑞德很不一樣，」克萊兒說，「與其他男孩子不同。」

莉娜低聲表示同意。

「他就像太陽，你知道的？」克萊兒的聲音變得有些夢幻，有些懷舊。「當他照耀著你，就像最美麗的夏日。」

「烏雲飄來的時候呢？」莉娜追問，但她顯然知道答案。

「冷漠又傷人。」克萊兒說。

「我一直以為他對你會不一樣。」

克萊兒笑了，即使是透過錄音，葛蕾琴也可以聽出聲音底下的怨恨。「我們不都是這樣騙自己的嗎？」

「克萊兒，」莉娜輕輕開口，葛蕾琴幾乎可以看見她輕撫另一個女人的手來安慰她，葛蕾琴見過無數次她這麼做。「我不得不問……你為什麼要挑現在？」

話間出現停頓，葛蕾琴聽出這個問題明顯的意思，這是一個想要報復出軌丈夫的女人嗎？

「我沒有幻想我的丈夫對我很忠誠，但跟這個無關，」克萊兒語氣有些扭捏，她很可能聽出莉娜暗示她來找她背地裡隱藏的動機。「前幾天我上去閣樓。」

「他把這條手鍊放在閣樓？」

克萊兒難以置信地吐出一口氣。「你相信嗎？藏在一盒舊棒球卡裡，他一定以為我永遠不會去看那裡。」

其實這似乎是一個合理的假設，為什麼克萊兒．肯特會出現在閣樓裡？她似乎是那種會命令別人幫她把她想要的箱子拿來的那種女人，馬可尼微微挑起眉毛。

「這可能沒什麼，」莉娜說，「也許她在離開前把手鍊給了他，沒有留意到上面有血跡。」

「我認識你和瑞德很久了，」克萊兒的語氣跟剛剛比起來多了些許試探性，她們都不想觸及過去的傷口。「我知道你一直不太喜歡我。」

「我們都長大了。」莉娜說。

「但我知道你不會變，」克萊兒說，「我很了解。」

莉娜不置可否。「你為什麼要在乎泰絲？你當年從來沒有在乎過她。」

「我不再年輕了，」克萊兒平靜地說，似乎削弱了武裝。「但我不在乎泰絲，你說得對。」

葛蕾琴在座位上移動一下，這麼說是聰明的策略，因為克萊兒知道她沒有辦法讓莉娜動搖自己先入為主的看法，從她剛才說話的聲音中，葛蕾琴也聽出莉娜不會相信克萊兒真的關心那個失蹤的女孩。

「所以你怎麼會？」莉娜問道。

「瑞德變得……」克萊兒猶豫了一下，用細膩精確的方式清了清嗓子。「他有恐慌症……最近他非常易怒，他認為我——」

克萊兒沒有繼續說下去，但她的暗示很明顯，葛蕾琴聽出這也反映了佩妮描述的情況。

「泰絲和這有什麼關係？」莉娜問道，儘管她一定早就看出那個女人的意圖，如果克萊兒能夠證明瑞德對泰絲．墨菲做了什麼可怕的事情，她就可以擺脫一個可怕的丈夫，但是莉娜再次發揮了她的聰明才智——而且她還在錄音。

「我只是想知道我面對的是什麼情況。」克萊兒說道，這次的停頓最長，這是個謊言，克萊兒一定知道莉娜也聽得出來這是個謊言。

但克萊兒怎麼能說實話？即便她沒有意識到自己遭到錄音，承認自己在挖對方瘡疤也很愚蠢，對方可能會以離婚相逼，他們結婚的時候還很年輕，葛蕾琴好奇如果他們有過婚前協議，克萊兒會怎麼修改自己的遺囑，將自己大部分的遺產都留給基金會。

「當然，你花費的時間我會付費。」克萊兒說。

莉娜輕輕一笑。「我知道你付得起——這不成問題。」

克萊兒打破了沉悶的沉默。「你是不是害怕自己真的會查到什麼。」

「萬一不是瑞德呢？」莉娜沒有否認而是發問，兩種反應似乎一樣糟糕。「然後呢？」

「老實說嗎？」克萊兒問道。「我會鬆一口氣，如果他有能力殺人……」

錄音裡的兩個女人現在都死了，這讓這句沒說完的話更加令人不寒而粟，馬可尼在副駕駛座上移動一下，顯得很不安。

「好吧，」莉娜說，「我會調查的，但我不是私家偵探。」

葛蕾琴再次希望這段談話看得到畫面，因為莉娜說話的聲音中有一些難以解讀的想法，如果缺乏說話時伴隨的表情和肢體語言，葛蕾琴就無法判讀她的腦袋裡到底在想什麼？

「我知道，我知道，謝謝你，」克萊兒呼出一口氣，聲音中充滿了解脫感，接著傳來一些腳步聲和椅子在地板上刮過的聲音。「我早就開始親自調查她的失蹤，但真的不知道從何開始。」

「你製作了一份檔案？」莉娜問，葛蕾琴猜莉娜是為了錄音，所以才刻意說出來。

「是的，」克萊兒確認，儘管她們一定都在盯著文件看。「幾週前到處都是你的新聞，電視上每個頻道都在報導那個大案子，所以我想……至少你會知道該怎麼進行，也許你有一些警方人脈之類的。」

就像葛蕾琴，那不是很有趣嗎？

音檔中傳來敲擊聲，聽起來像是莉娜在離電話太近的桌面上敲著手指。「我會處理。」

音檔戛然而止，女性說話的聲音和背景噪音都切斷，彷彿有誰刻意切掉，因為莉娜在那一刻按停很奇怪，尤其如果克萊兒本來不知道自己被錄音，葛蕾琴很好奇如此一來她該怎麼送克萊兒離開。

「嗯，」馬可尼說，「現在我們知道為什麼莉娜沒有收到尾款了。」

葛蕾琴正要同意，卻被莉娜的聲音打斷。

另一段音檔開始播放。

第三十四章——瑞德

克萊兒去世兩年半前——

發現第一批動物骸骨時瑞德沒有受到驚嚇，不是因為早就預期會發現，而是因為他的大腦還來不及意識到骸骨為什麼會出現在那裡，還有骸骨代表什麼意義。

薇奧拉本來企圖掩飾自己很喜歡折磨可憐的生物，誰知那輛車倒車撞倒了他們家的石牆，祕密也因此曝光，這隻鳥少了一隻翅膀，那算是她下手最輕的傷。

他和克萊兒都試圖控制她，試圖讓她遠離所有加快心跳的事，比如下刀時的興奮感，但天不從人願。

人贓俱獲後薇奧拉還囤積了一些小小實驗，把這些屍體藏了起來，但她也會將其中一些屍體當成心理武器，輕而易舉就把動物身上產生的恐懼高峰轉移到人類身上。

事情的起點是她把一隻血淋淋的兔子留在米洛床上，而瑞德又太晚意識到事情的前因後果，他盯著被血浸透的床單，不知道他家怎會闖進一隻狗把家裡搞得一團糟。

其實沒有狗。

薇奧拉的遊戲不常針對他和克萊兒，她很久以前就知道拿弟弟開刀造成的傷害最大。

塞巴斯汀那天晚上手裡拿著鏟子到後院加入瑞德，這是瑞德的例行公事，但這是塞巴斯汀第一次出來。

這幾年來他們進行過很多對話，包括生命很珍貴，動物的生命值得尊重也值得好好埋葬，也許這些動物更是如此，因為牠們的死亡是如此不堪又殘酷。

瑞德和塞巴斯汀挖掘墳墓時只有螢火蟲守夜。

唯一擾亂寧靜夜晚的聲音是塞巴斯汀偶爾發出的抽泣聲，他們倆都不想承認。

完成後瑞德跪倒在地，把一隻扁平的手掌按在微微隆起的地面上。

塞巴斯汀柔軟的重量壓在他身上，他用空出來的那隻手臂環住男孩瘦弱的肩膀，特別注意不要碰觸到任何可能的痛處。

「我們可以離開這裡嗎？」塞巴斯汀的聲音很小，充滿了試探，瑞德幾乎沒有聽見他的問題，瑞德聽出他聲音中的顫抖，知道塞巴斯汀花了一段時間才敢提問。

但是瑞德不知該怎麼回答，當然他也想過；有時他會每小時、每分鐘、每秒鐘都想一次。

克萊兒不會白白放他們走，不可能，如果她是那個被留下來處理薇奧拉和收拾殘局的人。

但他多年前就開了自己的銀行帳戶，每個月都偷偷存錢以防萬一，他有一個應急包，裡面裝滿米洛和塞巴斯汀的物品，藏在車庫裡一箱箱他們從未用過的廢物後面，他搜遍家庭暴力的相關網站只為收集情報——他知道這種虐待並不局限於一般人認定的狹窄範圍，他孩子們身上的傷痕可以證明。

他和克萊兒的婚姻不過是個幽靈，連美好時光的回憶似乎都無法讓他們度過難關。

他知道他倆曾經有過美好的時光，瑞德仍然記得她燦爛的笑聲，手指與他的手指交纏，挑戰他又同時能安撫他，讓他因渴望而燃燒，他以為自己就要引火自焚。

也許她是薇奧拉的第一個受害者；或許當那個安靜到令人毛骨悚然的嬰兒被放在克萊兒懷裡的那一刻，薇奧拉就奪走了第一條生命，當她對瑞德眨眼的時候，她奪走了第二條生命。

但他能離開他們嗎？克萊兒會怎麼樣？她總是拒絕面對真實的薇奧拉。薇奧拉會怎麼樣？她和塞巴斯汀和米洛一樣是他的孩子。

如果他逼自己做出這種選擇，自己的靈魂又會有什麼下場？

見瑞德沒有回答，塞巴斯汀緊張得雙腿發抖。「安絲莉姑姑說我們可以去跟她住。」

塞巴斯汀刻意用隨口一提的方式說，瑞德知道他其實費盡了所有勇氣才把話說出口。

如果瑞德離開，克萊兒會去找他，而安絲莉家會是她的第一站。

也許……也許兒子可以去那裡住，然後克萊兒、他和薇奧拉則沿著那條無可避免的毀滅之路繼續前進，直到其中一人終於喪命，他甚至猜不到死的人會是誰。

但這代表放棄這一切，放棄倚靠在他身上那柔軟的重量，放棄兒子和夏天的氣味，那雙安靜的眼睛注視著他，那麼信任他，兒子是這些日子以來唯一能將他從懸崖邊拉回來的力量。

他會好好考慮，如果他能說服自己別再這麼自私。

再一天，再自私一天就好。

瑞德忘記他已經這樣告訴自己許多次了。

第三十五章　葛蕾琴

現在——

音檔再次播放時只有莉娜在說話，沒多久就能發現這是她錄給自己聽的語音備忘錄，並非對話錄音。

「我認為星巴克是與瑞德第一步接觸的最佳場所，」莉娜說，「他每週一、三、五都固定會去。」

此時出現一個低品質技術靜電造成的停頓。「泰絲．墨菲身上找不到任何線索，無論是死是活。」

接著她沒說話，然後又說：「我想她已經死了，但其實我完全不相信克萊兒．肯特的話。」

馬可尼的笑容一閃而逝，就像一根點燃的火柴。

「但她現在重提這件事是有原因的，」莉娜繼續說道，又傳來靜電噪聲，直到莉娜更輕聲說道，「我一直很好奇為什麼泰絲從來沒有打電話聯絡我。」

說話的聲音再次切斷，就像與克萊兒的談話後一樣，葛蕾琴對馬可尼挑眉，這個無聲的問題幾乎在播放新音檔時立刻得到回答。

「他太膽小了，」莉娜說，「我叫他，假裝是偶遇他，你能相信他竟然就相信了嗎？二十年來我一直在躲著他，我們在同一個社交圈，你知道避而不見在這座城市有多難嗎？」

葛蕾琴幾乎可以看見莉娜搖頭的模樣，彷彿對一件蠢事發出難以置信的笑容，葛蕾琴把一隻手掌按在胸骨上，感覺胸口隱隱作痛。

「他可能以為自己可以唬過所有人，」莉娜繼續說道，「他演的戲可能在好幾年前會有人相信，但太表面了，根本是昭然若揭，就像一張透明的塑膠面具會扭曲你的臉部特徵，但無法真正藏起你的臉，是因為內疚嗎？他知道克萊兒認為他殺了泰絲嗎？他真的殺了她嗎？」

「費歐娜．墨菲認為是他幹的，」莉娜繼續說道，「我愛她，但我不相信，這聽起來像是葛蕾琴」——馬可尼銳利地掃視葛蕾琴一眼——「會做的事，但我認為讓瑞德崩潰的最快方法是對他施加更大的壓力，我問費歐娜，如果我他帶回去找她，她能不能演一齣戲，你應該看看她在調查中的演出有多麼令人激賞。」

音檔中斷，馬可尼移動電腦，讓她看音檔還有很多內容，莉娜一定是在某個時間點刻意把音檔剪輯在一起。

聲音再次響起時有些含糊不清，是另一段對話而不是語音備忘錄。

「你知道不是他幹的，莉娜。」

那聲音，聽起來像……

「安絲莉．肯特。」馬可尼低聲說。

「我怎麼會知道？」

「他是瑞德啊，」彷彿光憑這句話本身就回答了問題，「你八百萬年前就認識他了。」

「我過去是認識他。」莉娜說。

安絲莉發出些許痛苦的聲音。「你們兩個之間到底是怎麼了？」

莉娜笑了。「你知道發生了什麼事。」

有一個停頓。「你會告訴他嗎？告訴他你不認為他有罪？他覺得你討厭他，覺得你離報警逮他只差三秒鐘。」

「沒有屍體就沒有犯罪，」莉娜說，「你覺得光憑一個大家都認定是離家出走的少女，警方就會逮捕嚇壞了的瑞德．肯特嗎？」

「你為什麼要故意表現得好像……」安絲莉片刻後說道，「好像你真的認為他殺了她？」

「誰說我是故意的？」莉娜反駁道。

「你忘了我也認識你很久了。」安絲莉說。

莉娜的呼吸在顫抖，甚至在錄音中也聽得出來。「安絲莉……」

然後是長時間的沉默，不像是錄音切斷了，而是像彼此都在等待對方打破沉默。

是莉娜先說話了，葛蕾琴並不感到驚訝。「你能相信我嗎？」

「給我一個充分的理由。」

「再給我幾個星期，」莉娜說，「你就留在那裡觀察他，但不要告訴他你什麼都知道。」

安絲莉深深嘆了口氣。「你的要求太過分了。」

「我知道，」莉娜的語氣嚴肅而真誠，「我知道……我只是，」一個停頓，一個轉折，「天啊，你還記得泰絲嗎？」

「你們當年兩個感情是那麼好，」安絲莉說，「我清楚記得。」

「我想知道她發生了什麼事。」

「你希望正義得到伸張，」安絲莉的聲音裡透出一股酸楚。「所以你的意思是如果伸張正義需要付出代價，瑞德就是那個代價。」

莉娜沒有辯駁，連葛蕾琴也知道這種挑釁對她來說毫無意義。

「安絲莉？」莉娜追問。

「就幾個星期，」安絲莉簡略地匆匆說道，「之後我就會告訴他，你從一開始就在耍他。」

此時音檔中斷。

接下來說話的人是德克蘭・墨菲，在他開口前就能辨認出他洪亮的聲音，因為他說話之前總會先深吸一口氣，準備講出熟練的政治發言。

他先跟莉娜打招呼，感覺起來像是私人聚會，從音檔中聲音的變化來判斷，葛蕾琴猜想德克蘭不知道自己被錄音了。

「你真的相信這整起陰謀論？」德克蘭問道，「費歐娜說的那套。」

「他留了一張紙條給泰絲，要她在那天晚上跟他見面，德克，」莉娜的語氣與她對安絲莉、對克萊兒和對自己的說話方式不同，有種……挑逗感？絕對是撩人的態度。

「年輕人嘛，」德克蘭用成年人回憶青少年時期那種既懷念又憤怒的語氣說道。「他們之間是純純的愛。」

「瑞德不是，因為他搞上克萊兒。」莉娜插話道。

「能怪他嗎？」德克蘭反駁。馬可尼癟嘴，發出某種厭惡的吼聲。

背景傳來一些雜聲，然後，「那是什麼？」

「她的手鍊，」莉娜說，「克萊兒在一箱他的東西裡面發現的。」

「有血。」

「是的。」

闃寂無聲，然後傳來椅子在地板上刮擦的聲音，快速移動的聲音還有砰一聲關上的門。「等等，德克蘭，冷靜點。」

接著是衣服、四肢和腳步的沙沙聲，然後安靜下來，只剩莉娜的呼吸聲。

音檔的最後一秒是莉娜幾乎聽不見的一句「該死」。

第三十六章 瑞德

克萊兒死前三年——

「你有看到德克蘭．墨菲要競選市議員嗎？」克萊兒隔著長長的餐桌問他，他們總是在這裡吃早餐，過程很正式且相隔很遠，克萊兒把體育版分給他並拿走剩餘的報紙，儘管近日他已經不太關心比賽。

日復一日，千篇一律，一樣的咖啡，一樣的燕麥片和新鮮水果，一樣的空蕩，本來孩子應該也在的，如果他們沒被趕到廚房去和剛上任的保姆一起吃早餐的話。

「什麼？」瑞德沒有力氣回話，因為他沒攝取足夠的咖啡因。

「德克蘭，墨菲，」克萊兒特意強調了一遍，以防她的面部表情無法完全表達他的存在讓她有多生氣。「市議員，我們應該捐款。」

瑞德想不出有什麼事情比德克蘭．墨菲競選市議員的事情更不重要。「當然。」

克萊兒把摺好的報紙塞進盤子邊緣，這是她習慣用來刻意表現出隨性態度的動作。「安絲莉不是某個時間點跟他有過短暫的交往嗎？」

「當年我們之間的性關係不是都很混亂嗎？」瑞德不假思索地說道，克萊兒的肩膀一緊。沒有足夠的咖啡因他無法跟克萊兒過招，瑞德灌下一口咖啡，燙到自己上顎，他知道自己喝太少，反正也來不及了。

「你可能是吧，」克萊兒生硬地說，語氣變得尖銳起來。「我們其他人絕對沒有。」

瑞德瞇起眼睛看向桌面遠端，忍住不點破她的謬誤：如果他睡了所有人那代表所有人也都睡過他，邏輯站在他這邊，他又灌下一大口咖啡，意識到這樣回嘴可能不是明智之舉。

「我相信有人捐款他都會很感激的。」瑞德小心翼翼地說，克萊兒不喜歡有人告訴她該怎麼做，但有時她會聽他的，如果她沒有心情吵架。

她臉上的每一個部分——嘴唇、眼睛、眉毛、前額——都繃緊了，他做好心理準備，因為她可能準備把什麼東西扔到他頭上，但後來一切都平靜下來，她彷彿變成一具光可鑑人的瓷器，看不出一絲裂縫。

「你有泰絲的消息嗎？」

腎上腺素的效果比咖啡更好，每當有人提及她的名字他總會感到心頭一震，跳動的脈搏從他的身體迴盪到腳底。

「泰絲．墨菲？」瑞德問道，想要拖延時間。

「不然難道是我住在這條街上的朋友泰絲，」克萊兒回擊道，「不要故意裝傻。」

瑞德看了她一眼。「我沒有她的消息。」

「想也知道你會這麼說。」克萊兒用幾乎聽不見的音量說道，但她說話的聲音總是很大，目的是為了讓他確實聽見。

也許過幾天他會有動力說些什麼來安撫她，但這個名字就像一記耳光般摑得他措手不及，尤其他長期沒睡好，現在昏昏欲睡，且薇奧拉最近脾氣暴躁也讓他很抓狂。

「你之前不是留了一個小箱子來放她的紀念品嗎？」克萊兒問道，沒想到瑞德居然回答了。

「不是她的，」瑞德說，「是小時候的東西。」

「但我記得，我記得見過那箱子一次，」克萊兒追問了一句。「裡面沒有她的東西嗎？」

瑞德舔舔嘴唇，吞吞口水，盯著自己喝完的咖啡，感覺孤立無援。

他又抬起頭看時，她正注視著他，眼神看來充滿殺氣，直到她發現他盯著她看她才放鬆下來開朗地笑了，彷彿這段談話只是閒聊，不是審問。

他說謊是因為這是一種習慣。「不，不是，我……不，沒有泰絲的東西。」

「噢，」她輕輕呼出一口氣。「是我搞錯了。」

然後她又回頭看報紙，表現得像是什麼都沒發生過，卻害得他魂不附體。

第三十七章

葛蕾琴

現在——

保時捷車內的寂靜壓迫葛蕾琴的耳膜，但她和馬可尼不約而同都沒說話，只想確定音檔真的結束了。

過了片刻馬可尼吐出一口氣。「嗯。」

「我好奇會不會其實有另一段錄音，」葛蕾琴說，「她只是還沒處理好。」

「如果有的話會很有幫助，」馬可尼冷冷說道。「現在聽完這個，問題更多了。」

「真是太奸詐了，我們的莉娜，」葛蕾琴笑著說，「工作沒做完就拍拍屁股死了。」

「好吧，所以這就是我們眼前知道的，」馬可尼說著闔上筆電，然後轉頭看著葛蕾琴。「克萊兒・肯特聘請莉娜・布克調查小女友的失蹤案，莉娜和安絲莉約定好瞞著瑞德所有事，德克蘭認為瑞德殺害了泰絲，原因是莉娜把克萊兒帶來的證據拿給他看。」

「他們應該請你上熱門電視節目，專門負責做總結，」葛蕾琴說。馬可尼下的結論完全沒有錯，但感覺當中好像少了好幾千層前因後果，葛蕾琴知道自己今晚剩下的時間都會不斷聆聽這個音檔，把當中好幾層剝掉，看看埋藏在底下的真相什麼。

「哈，哈，」馬可尼的笑聲乾巴巴的。「持平而論，上節目賺的錢至少比現在多。」

「你顯然錯失了大好良機。」

馬可尼哼了一聲然後恢復正經。「所以萬一是瑞德．肯特發現克萊兒盯上了他，所以殺了她滅口呢？」

「或者他認為她一開始重揭舊傷疤的原因是因為想甩掉他，」葛蕾琴推測道，「如果他殺了她，他就可以保住她的財產，同時徹底擺脫那個小精神變態。」

「你知道嗎？」馬可尼突然坐直身體。「也許我們一直搞錯了莉娜接下此案的原因。」

「是因為想幫瑞德，」葛蕾琴自言自語，「或者出於內疚，如果她是殺害克萊兒的真兇。」

「萬一是因為她知道是瑞德幹的呢？」馬可尼反駁，「如果她不是為了幫忙，而是為了針對瑞德．肯特，所以故意接手薇奧拉的案子呢？」

我搞砸了，葛蕾琴。但現在這句話又代表了什麼意思？

她和你一樣。

葛蕾琴拿出手機，蕭內西接起電話，她沒閒功夫寒暄。「我得再跟薇奧拉談談。」

「你知道你有多煩人嗎？」蕭內西在另一端抱怨道，「你知道我其實有多少工作要做，沒時間追著陰謀論跑。」

「謝了，」葛蕾琴明快地說道，彷彿他已經同意。「你是最棒的，親愛的。」

葛蕾琴掛斷電話時馬可尼露出奇怪的笑容。「你輕而易舉就能說服他，你還是覺得他深信你是個殺人兇手。」

「我覺得那是因為他很清楚我的能耐，」葛蕾琴咬牙切齒地說，「如果你還要繼續聊這個話題，我也會讓你跟他一樣清楚。」

馬可尼舉起雙手做出投降的手勢，儘管她似乎並沒有被葛蕾琴的幽默感嚇到。

葛蕾琴還沒來得告訴她要搞清楚誰才是老大，馬可尼就搖搖頭，難以置信地笑了笑。「如果這一切只是為了錢呢？你能想像嗎，我一直從邪惡少女、外遇和駭人聽聞的祕密這些角度來思考這個案子。」

「大部分情況都是為了錢，」葛蕾琴聳起半邊肩膀。「或者腦內化學物質出了問題，就像薇奧拉的情況一樣。」

「你是指復仇。」馬可尼反駁道。

「嗯——哼，」葛蕾琴心不在焉地哼了一聲。「我猜我們剛剛聽到的那段話，就是德克蘭．墨菲去揍瑞德的起因。」

「所以不是因為婚外情曝光失控，」馬可尼說，這印證了葛蕾琴早先懷疑這件事還有內情的推測。

「安絲莉．肯特一直出現。」

「也許她是同謀？」馬可尼推測，「佩妮．蘭福德似乎暗示安絲莉和克萊兒之間存在一些緊張關係。」

佩妮的說法讓安絲莉看起來像是會幫瑞德解決問題的人，如果他出口要求她的話。

「但依我看？一定是同情瑞德的人。」

那個人肯定是安絲莉．肯特，她很明顯在護著她哥哥。

「所以瑞德以某種方式說服安絲莉，讓她在克萊兒睡夢中殺死她？」葛蕾琴想知道這說法聽起來怎麼樣。

馬可尼的手指在膝蓋上交纏，葛蕾琴竊想這代表緊張，葛蕾琴好像還沒見過她緊張。

「快說。」葛蕾琴命令她。

「殺人這件事比大多數人想像中要難。」

葛蕾琴懂了，差點笑出聲來。「你以為我不知道？」

「我知道你自認不是暴力人士，」馬可尼的聲音帶有一種居高臨下的安撫態度，觸動了葛蕾琴的神經。「我的意思只是說，即使在完美的局面之下，對大多數共感人來說還是真正無法付諸行動。」

「但我會？」葛蕾琴想問個清楚，她並不是真的不同意，只是想看看自己能讓馬可尼尷尬到什麼程度，這是她第一次目睹她這麼不自在，但即便葛蕾琴讓她這麼不安，她還是能夠保持自己的冷靜專業，這點值得稱許。

「是的，」馬可尼這句話聽起來既果斷又決絕。「你會毫不猶豫這麼做，至於安絲莉，我認為要她殺人的話，需要一個充分的理由。」她停頓一下問，「我說得對嗎？」

葛蕾琴嗯了一聲表示同意。「也許我們找錯重點了。」

「所以我們該找什麼？」馬可尼的語氣幾乎是猶豫了。

「那個『充分的理由。』」

「所以你不認為跟錢有關？」馬可尼想釐清。

「有時我很難判斷一個人的個性，」葛蕾琴咬緊牙關承認道，「我當然可以判斷權力和社會動力，但個性……」

「你的意思是你不認為安絲莉．肯特是那種為了爭產而殺人的人。」馬可尼幫她把話說完。

葛蕾琴討厭這樣，討厭自己有那種仰賴「類型」的直覺，她這一生都在宣揚所有人都有能力做出所有事，但她還是……「沒錯。」

「也許她真的很討厭克萊兒。」馬可尼推測。

「沒有跡象證明她那天晚上也在現場對嗎？」葛蕾琴問道，「如果是這樣的話，她的不在場證明有多強？」

馬可尼搖搖頭。「我得確認一下。」

「你在等什麼？」

她抬頭一看，只看到一個對她比髒話的手勢，接著葛蕾琴把車開進車流，馬可尼開始傳訊息。

「蕭內西說沒有不在場證明，」馬可尼回報，「而且還說這是今天最後一次幫你了。」

葛蕾琴翻了翻白眼，因為那遠非事實，如果她的要求正當合法，蕭內西總會欣然同意，表現得好像他真的有多正直一樣。「謀殺案發生後的最初幾天都沒有記錄她人在那裡嗎？」

馬可尼轉述問題，然後回覆答案。「她和瑞德都沒有記錄。」

「你認為這是怎麼回事？」馬可尼問道。

葛蕾琴只是搖搖頭。「我不知道，但我開始覺得安絲莉．肯特知道真相。」

第三十八章

瑞德

克萊兒死前四年——

安絲莉給了瑞德一把槍。

瑞德討厭家裡有槍，那玩意的表面是暗黑色，就像薇奧拉的眼睛一樣能把屋裡的光都吸走。

那是十八個月以來第三次住院之後的事，如果瑞德和克萊兒是一般人，院方可能會聯絡兒童保護機構，他們從來不去同一間急診室，但這年頭醫療檔案通常都有連線。大家都認為男孩子天生就很皮，新傷覆蓋在舊的疤痕組織上很容易忽略，這些都對他們有利。

有些醫生會起疑，他們知道如何尋找虐童的繼發跡象，男孩們從來不怕瑞德，總是會找爸爸尋求安慰，這些行為很有幫助，瑞德身為一個廣泛研究家庭暴力的人，他知道這些舉動無法真正證明什麼，但當他們目睹米洛把臉埋在瑞德的脖子，或者看見塞巴斯汀緊緊抓住他的腿時，許多人都放鬆了對他的戒心。

他知道不該第三度踏進醫院，但塞巴斯汀已經暈倒在地，頭撞在大廳的大理石上。

醫生是一個臉頰下垂、眼神蒼白迷濛的老男人，他盯著塞巴斯汀看了很久，然後把瑞德拉到一旁問這個男孩最近是不是得了胃病。「他處於營養不良的危險狀態。」

瑞德試圖搖頭，醫生伸手到身後拿了一本資訊手冊。

「我之前看過這種事，」醫生說著把某個光滑的物體塞到瑞德手裡。「重點是控制這些孩子，控制他們生活中的某些事。」他搖搖頭，「這麼小就被社群媒體包圍，對誰都不是好事。」

這本小冊子用柔和的斜體字寫著：飲食失調。

瑞德輕聲咒罵，知道自己說話的聲音支離破碎，醫生將一隻手搭在他的肩膀上捏了捏。「這種事不再只是發生在小女孩身上。」

瑞德抬頭看了一眼，醫生又拍了他一下，簽了出院文件後迅速離開了房間。

沒有當局介入，瑞德想知道這整個國家裡有多少類似場景，是由偏見、社會規範、禮貌或操縱等其他原因引起的，瑞德想知道如果自己沒有戴著一只價值千元美金的手錶，如果他沒有好好扮演一個關切的家長，或者說特權階級的有錢家長，他們會有什麼後果。

回家的路上瑞德在一家漢堡店停下，用他一直放在車裡的幾張二十美元鈔票點了許多食物，足夠吃好幾天的分量。

塞巴斯汀吃得太多太快，吐在浴室裡，他的脈搏用危險的速率跳動，瑞德坐在骯髒的地板上抱著他，一直把手指壓在他手腕上，兩人都滿臉淚痕。

現在的他和安絲莉在聯排別墅外面，坐在她那輛笨重的大型休旅車車上，這輛車停在他們優雅的街區中看起來就像一輛坦克。

「我不想要那個。」他拒絕接過她遞給他的槍。

「你拿走會讓我安心一點。」安絲莉說。

「但是薇奧拉……」萬一她拿到槍呢？他不敢想像如果讓她得到殺傷力如此強大的武器，她會做出什麼事來。

「把槍鎖起來。」安絲莉反駁道，他知道她會這麼說。

瑞德知道統計數據，如果他把槍拿到家裡，可能無法阻止不該發生的事，反而會害其中一個家人最終遭到意外槍擊，但他也知道安絲莉自尊心很強，她覺得自己有義務保護他。

他心領了。

「謝謝你又來看我。」他說話的時候眼睛盯著膝蓋。

在那一刻車裡唯一的聲音是音樂微小的嗡鳴聲，她在車裡不停循環播放大提琴音樂。「瑞德……」

她的語氣哀傷中帶有請求，也許是懇求。

瑞德清清喉嚨，他知道安絲莉永遠無法理解他的生活。

「嘿，」他轉身打開車門時，她阻止他。「那不是解決問題的方法。」

瑞德看了她一眼，不懂她的意思。

頭頂微弱的燈光籠罩在他困惑的臉龐，因為安絲莉把下巴對著槍。

「我說你，」安絲莉彷彿當下才意識到給他這樣的誘惑有多危險。「那不是解決問題的方法。」

瑞德點點頭，表現得彷彿他從沒想過這麼做。

當你的人生全由謊言構成時，還能剩下什麼方法？

第三十九章　葛蕾琴

現在——

安絲莉拒絕來警局，甚至拒絕在肯特家的聯排別墅與馬可尼和葛蕾琴談話，與此同時蕭內西也警告她們，目前沒有足夠的證據來說服法官採取必要行動。

「薇奧拉呢？」葛蕾琴問道。「我可以再跟她談談嗎？」

「明天。」

葛蕾琴只能看馬可尼一眼。「想去我最喜歡的地方嗎？」

「噢，天啊，」馬可尼喃喃道，「為什麼我覺得你要開車帶我去人體農場？」

葛蕾琴笑了。「很接近了。」

葛蕾琴不只最愛法醫辦公室，陳里歐醫師可能也是整個波士頓警局中葛蕾琴最喜歡的人，不是因為他很專業、友善或聰明——儘管她在客觀上注意到他確實是上述特質的綜合體，而是因為他與她一樣對屍體有病態迷戀。

「葛蕾琴，」陳醫師喊道，他從柱子後面走出，張開雙臂，手套上沾滿了鮮血。「噢，哈，我真傻了。」

他一邊對她倆微笑，一邊剝去乳膠手套，眼鏡上覆蓋著凸顯微鏡片，他走過來停在葛蕾琴身邊親吻她的臉頰，馬可尼則明顯退後一步，法醫對她親切地點點頭，她的舉動很正常，因為陳醫師的工作圍裙上沾到某種聞起來像膽汁的東西。

「可以期待你們是來找我閒聊的嗎？」陳醫師恢復正經的態度，把眼鏡推到額頭上，他所謂的「閒聊」是指一邊喝著波特酒，一邊仔細研究醫學奇聞的古老歷史照片，他們有時週五晚上會有這種聚會。

「很遺憾，不是，」葛蕾琴的語氣聽起來真的很失望，與陳醫師聊天總是她一個禮拜的重頭戲，因為他從來不會迴避像是「把脾臟捧在手裡是什麼感覺？」之類的問題。

「啊，可惜，」陳醫師失望地用拳頭揮打空氣，「這是所有男人的夢想。」

這個男人的年紀幾乎可以當她祖父，而且還是個同性戀，他居然會想撩她，葛蕾琴一想到就想笑，但她確實很喜歡調情。「你以為我不敢跟你一起私奔到維加斯閃婚啊。」

「但我該怎麼維持你從小到大習慣的生活水準？」陳醫師反駁道。

「我想你的意思是怎樣能讓我知道所有跟屍體有關的消息吧？」葛蕾琴問道，因為家族信託的關係，她變得非常有錢，原因是沒人想得到辦法讓財富不要落入她手中，儘管她經常放縱自己花大錢的衝動，但她的巨額財富幾乎不可能耗盡，如果她的車每週被偷一次，她可以負擔得起每週換一輛新車。

「不然還有什麼？」陳醫師興沖沖地說道，然後他看了馬可尼一眼。「我想這就是你今天來這裡的一部分原因？」

「克萊兒．肯特，」葛蕾琴沒有慢慢帶到重點，因為除了無意義的調情之外，陳醫師不喜歡含糊其辭。「我看過驗屍報告，但我想聽聽你的意見。」

陳醫師描述謀殺案的方式非常神奇，檔案中的專業詞彙永遠無法傳達，葛蕾琴知道共感人不像她那樣喜歡這些內容，他們沒必要的話不會來到這裡，但陳醫師並不喜歡暴力也不是反社會者，所以她認為上述的偏見非常狹隘。

你可以從別人的話中學到很多東西，即便——尤其當這些人會嚇到你的時候。

「我的用處原來就僅限於此。」陳醫師附和道，他噘嘴看著報告，眼中帶著幾分沮喪和無奈。「這就是人生，」他眼前一亮，「還有死亡。」

葛蕾琴和他一起大笑，馬可尼只是把手伸進西裝外套，看起來明顯不太舒服，身處在這寒冷無菌、充滿屍體和過強燈光的空間裡，大多數人都會有這種反應。

「關於克萊兒．肯特，」葛蕾琴又說，她不介意再跟陳醫師說一遍，雖然他很少會讓她必須重複自己的話。「你的看法？」

陳醫師咂了咂嘴，目光有些失神。「克萊兒．肯特，刀傷，沒有任何防衛掙扎的跡象，晚上在自己床上遭人用切肉刀謀殺——」

葛蕾琴用檔案夾輕拍他肩膀一下，他突然停頓，注意力又回到她臉上。

「你告訴我的都是事實，我可以自己看，而且我早就知道了，」葛蕾琴抱怨道，「我想聽的是你的看法。」

陳醫師的視線落到馬可尼身上，葛蕾琴在他面前揮揮手。「她沒問題的。」

這句話似乎也讓馬可尼擺脫自己陷入的奇怪情緒，她將一隻手放在胸前假裝要暈倒。「我的心臟無法停止跳動。」

「這算是一種讚美吧，」陳醫師告訴馬可尼，從她現在臉上掛的笑容看來，她確實也有同感。

「是什麼人幹的？」葛蕾琴追問。

「生手，」陳醫師終於嘆了口氣，透露一點口風。「她的肋骨附近有猶豫的痕跡。」

這當然可能代表兇手是薇奧拉，但也可能另有其人。「個人恩怨？」

「當然，下手這麼兇殘，」陳醫師說，「你看看刀刃刺進入身體的次數……我會說這次攻擊的動機可能是憤怒，或者是強烈的情緒。」

「像是？」

陳醫師思考的時間比她預期要長。「可能是恐懼吧。」

「她在睡夢中。」葛蕾琴反駁道。

他點點頭。「憤怒的可能性要大許多。」

這代表一定有某個觸發點，這是葛蕾琴的盲點，她有自知之明，她擔任調查顧問時經常會在這個環節迷失，看不到前進的方向，因為就算她有解開殺人謎團的能力，還是無法解釋當中參雜的複雜情緒。

她能理解動機，貪婪、權力、復仇、金錢，動機的核心是人類心理學，葛蕾琴在這方面是專家，研究非常透澈。

但是情緒又是另外一回事，情緒的本質麻煩又令人困惑，她永遠無法確定情緒只是對她而言毫無道理，還是對兇手本身也沒有意義，這就是一個完美的案例。

瑞德．肯特有完整的殺人動機，葛蕾琴認為理由太多，隨便都可以找到他謀殺妻子的可信動機。

不過葛蕾琴沒有思考過謀殺行為本身，為什麼一場目的是奪產的預謀殺人場景會是克萊兒臥室那樣？

也許現場這麼暴力是為了進一步牽連到薇奧拉，以防再有任何疑竇，但也許這個行為也彰顯出其他意義，某些他們還看不見的證據。

「為什麼沒有自我防衛造成的傷口？」馬可尼問道，「如果她的腹部遭到刺傷後失血，為什麼她沒有在第一刀後反抗？她的死亡本該是個緩慢的過程。」

陳醫師看著她，那是一種尊敬而非輕蔑的眼神，儘管他的態度一派輕鬆，但他沒辦法忍受笨蛋——這是葛蕾琴喜歡他的另一個原因，失去他的尊重很容易，但問了個好問題可以贏得長久的好感。

陳醫師沉默片刻，伸手要拿檔案，葛蕾琴一言不發遞了出去，他翻頁時她們在寒冷的空間裡微微顫抖。

「裡面沒有毒理學報告。」陳醫師慢條斯理地說。

「有要求做毒理學報告？」葛蕾琴謹慎地問道，小心翼翼不想暗示對方犯了一個錯誤。

他抬頭瞇著眼看她，但她卻覺得他不是在看她。「佩西。」

「不是，我是葛蕾琴。」

陳醫師朝她搖搖手指。「別耍小聰明，佩西是我的助理，她把毒理學樣本送出去了，但我要她把這個列為低優先級，實驗室總是在塞車。」

「要幾個月？」葛蕾琴問道。

「我們不是在演電視劇，」陳醫師斥責她，「是的，要幾個月，甚至好幾年。」

「列為低優先級是因為死因很明顯嗎？」葛蕾琴問道。

「是的，」陳醫師表示同意，但他垂著頭，原本的好心情顯得有點黯淡。

「你認為毒理學報告可以解釋嗎？」葛蕾琴試圖分散他的注意力，馬上開始進行假設。「她先被下藥，再被刺殺？」

「是的，」陳醫師慢條斯理地說，「這不是我的專業領域，但我相信一般認知是她不想反擊自己的女兒。」

葛蕾琴想像一下薇奧拉。「沒錯。」

「這裡有兩種不同的殺人模式，」馬可尼評論道，聲音聽起來有點遙遠，彷彿她不想大聲說出來，但當陳醫師和葛蕾琴都看著她，她堅定地點頭一次，再一次。「下藥表示這是預謀殺人。」

「而刺傷表示這是盛怒之下的犯行。」葛蕾琴幫馬可尼把話說完。

「除非……」陳醫師說，「憤怒是個假象。」

「真的有人能假裝到讓這一切看起來那麼真實嗎？」馬可尼問道。

「噢，親愛的，」葛蕾琴拖長聲音說，儘管她正在想同一件事。「所有情緒都可以偽造，只要經常練習。」

第四十章　瑞德

克萊兒死前五年——

瑞德保留了一個郵政信箱，除了安絲莉之外他從未告訴過任何人，擁有祕密讓他感覺充滿力量，因為這是個大祕密。

他沒辦法經常查看這個信箱，有時要間隔幾個月，有次間隔了兩年。狀況不好的時候，他會更常前去檢查，檢查信箱的行為感覺起來像是用盡全力在控制他生活中無可否認的一小部分。

家裡正在經歷一段艱難的時期，薇奧拉的老師把他請來學校，偕同校方心理師和副校長一起開了一場特別會議，他們描述薇奧拉是如何利用課後時間，用步驟性的方式教另一個同學解剖青蛙，他們沒有當場逮到他們的行為，但他們從同學書桌裡搜出一把科學實驗室的手術刀。

瑞德不替那個同學擔心，他很可能不是精神病患者，只是著了薇奧拉的魔，只要拉開一點距離，用紀律約束，應該就能馬上削弱他的嗜血愛好。

薇奧拉有辦法從群體中挑出最弱的成員，有時他會在運動場或生日派對上觀察她，直到他的反胃感逼得他看不下去，所有社交聚會都為他親生的小精神變態帶來了希望。

她總會站在後方，站在一旁，不會以引起熱心家長的注意，但也不會混入其中，她會先花一段時間識別出她面前的權力等級結構。

她總是、總會尋找容易攻擊的獵物。

這些攻擊並非每次都是貨真價實的攻擊，就像薇奧拉對待安絲莉的方式一樣，有時他們——瑞德、薇奧拉或她的受害者——都不知道終局是什麼，直到為時已晚。瑞德從這些孩子身上可以看得出來，薇奧拉基本上是在為未來幾年建立一個真人實驗室。

有時攻擊來得又快又兇，想想就可怕，但瑞德其實比較喜歡她突然爆發，至少長痛不如短痛，總比長期恐懼要好。

弟弟們是她終極的長期玩物，一旦認知到這個事實，瑞德沒有一天不是活在令人癱瘓的恐懼當中。

所以當薇奧拉的漂亮老師帶著關切的眼神，溫柔輕觸他的前臂，問他是否需要水時，他點點頭，跟著她去了儲藏室，跟她調情，然後把她推進儲藏室，至少在這十分鐘，他除了在生命的重量下滅頂之外還有別的事可做。

事後那個他現在連名字都不記得的老師很慌張，除了遞給他幾本小冊子之外，她並沒有進一步解決問題。瑞德差點笑了，他們能給他什麼？如何透過三個簡單步驟來管理家中的虐待狂精神病患者？

那是兩天前的事了，現在瑞德在地鐵紫線上搭到最後一站，和他一起下車的乘客並不多，但他還是在月台上躊躇不前，慢慢走，沒有急著走到出口。

確定沒有人跟蹤後，他步行四個街區走到郵局，從錢包裡掏出鑰匙。

他不得不承認看見眼前的東西時有些驚訝，這次是明信片，就像大多數時候一樣。

正面的圖案很荒謬，是一隻頭上戴著一副新奇大太陽眼鏡，臉上掛著修圖笑容的乳牛，看不出地點。

他不想承認自己對著那隻蠢牛微笑了很久，然後他把明信片翻面，看見熟悉的潦草字跡。

他走到外面朝左右看了一眼，然後躲進小巷，蹲在離他最近的大垃圾箱後面。

然後他掏出打火機燒掉明信片，看著那頭蠢牛燒光，直到字跡也化為風中的灰燼。

第四十一章 葛蕾琴

現在——

葛蕾琴放馬可尼下車後把自己鎖在改裝成辦公室的公寓裡，她坐在地板上，把肯特案的筆記散置在面前。

她意識到檔案裡有些地方不太對勁，此時已經超過凌晨三點：她低頭看著文件，心不在焉地打電話給蕭內西，在第二聲鈴響前他就接聽了電話，聲音聽起來連一點迷濛感都沒有。

「最好是有什麼重要的事。」

「拜託，不要假裝自己不是坐在家裡抱頭苦思，嘴邊還喝著一杯烈酒，」葛蕾琴說，如果她真的是把他從睡夢中吵醒，他不會那麼快接聽。

「你要幹嘛？」蕭內西並未否認葛蕾琴的指控，她很好奇他當警察這幾年是否曾經度過任何平靜的夜晚，他是那種盡責的警察，覺得這份工作就像是背負十字架一樣的重責大任，葛蕾琴無法理解，但她知道這千真萬確。

「莉娜接手這個案子不是因為她感到內疚，」葛蕾琴用她當下感覺到的全部自信說道。我搞砸了，葛蕾琴。「她接手是要確定薇奧拉被起訴。」

「繼續？」蕭內西片刻之後說道。

「莉娜的其他案件檔案都鉅細彌遺，」莉娜說，「薇奧拉・肯特的檔案上卻幾乎什麼都沒有，只有事實。」

「也許是獨立出來的檔案？」

「也許，」葛蕾琴承認這個論點，雖然她並不認同。「但既然她在檔案裡面記錄的論點無論如何都會在一個月內公諸於世，她何必要把檔案藏起來？」

「她通常都會提前一個月準備好檔案？」蕭內西問道。

葛蕾琴差點笑了出來。「莉娜打從娘胎裡就是個有備而來的人。」

「懂了，」蕭內西咕噥著說，大概是想像中的畫面讓他不太舒服，葛蕾琴忍住不笑。「好吧，我不想這麼說，但你說的有道理。」

「莉娜扮演同夥殺害克萊兒，陷害薇奧拉，然後接下此案，確保計畫不會被某個細心的律師破壞。」葛蕾琴總結道。

「你聽起來很佩服他們。」

「我是，」葛蕾琴呼吸道，「此舉也能讓瑞德・肯特脫身，因為如果他沒有幫女兒找一位有名的律師辯護，大家都會懷疑他。」

「但有名的律師應該會要求從輕判決。」蕭內西的語氣不像她那麼欽佩，但葛蕾琴聽得出來他很滿意，聰明的犯罪計畫永遠令人激賞。「所以你認為莉娜真的殺了克萊兒・肯特？」

她有充分的理由，葛蕾琴剛要回答，卻被他的笑聲打斷。

「看看我問的人是誰，」蕭內西幾乎是在自言自語。「你一定覺得誰都可以殺人。」

「你不這麼認為嗎？」葛蕾琴反唇相譏，她沒有心情接受挑釁。

「對，」蕭內西一如既往輕鬆地說，對話中出現奇怪的停頓，葛蕾琴沒有急著找話說。「嘿，我可以問你一個問題嗎？」

「你可以問——但我不保證會回答，」葛蕾琴說，「不要問蠢問題。」

「你何必這麼認真？」蕭內西問道，「不是……不是指這個案子，我懂——我知道這起調查涉及私交，我的意思是其餘的工作。」

「你是指提供犯罪諮詢？」葛蕾琴跟與蕭內西講話時很少斟酌，因為他總會把她想成最壞的一面，所以她也懶得浪費精力裝蒜，她想這也使他成為她最親密的朋友，這樣想實在太令人悲傷，不如暫且不要再想它了。「嗯，當然，部分的理由是因為你。」

「我？」

「嗯，」葛蕾琴確認，儘管她很不想回答，因為她認為這很明顯。「你對我的執念讓我覺得……很煩。」

「我不會稱之為執念。」他抱怨道。

她絕對會稱之為執念，不是病態的那種，畢竟她當年還是個小女孩，而且她知道人會把事情誇大，但他不想讓她有機會殺害其他人，所以決定自己擔起這個責任，由此形成他們之間的互動，並一直延續到她成年。

「認定我有罪的執念，」葛蕾琴還是糾正了自己的用詞，因為共感人更喜歡委婉的說法而不是鐵錚錚的事實。「你很煩人，堅持我謀殺了羅雯，而且，好吧，你一直陰魂不散，想要確定我不會謀殺其他人。」

蕭內西聽到「陰魂不散」這個詞時嗆到咳了一聲，但他沒有打斷她。

「所以我想，有什麼比成為警方的犯罪顧問更能激怒你呢？不只要擔任顧問，而且要成為你必須共事的人，」葛蕾琴盡量不讓語氣聽起來太沾沾自喜，這是她的暴力，這是以其人之道還治其人之身，兩個人的生命用如此殘酷又美麗的方式深度交織在一起。

「我知道你不相信我，但並不是每個反社會者都有殺人的慾望，」葛蕾琴繼續說道，「是的，我們時不時會產生衝動，需要學習控制，但我們沒有……對與錯的天生感覺，但那是共感人似乎與生俱來的能力。」

「沒錯——」

「但，」葛蕾琴打斷了他，「道德準則並不需要與生俱來才有效。」

他甚至不需要說出口，她就能聽出他的疑惑。

「好吧，比方像宗教，」葛蕾琴打算堅定表達她的論點，共感人並不是優於其他人，只是因為他們有特殊的大腦化學反應。「宗教中有很多道德準則遠非與生俱來，摩門教徒不能喝咖啡，猶太人不能紋身，我不認為有誰生來就擁有如此高標準的道德品質，會認為自己不應該沉迷於拿鐵咖啡或紋身，無論他們是共感人與否，然而卻有數百萬人願意服從戒律，因為幾千年前寫的一本書告訴他們必須這麼做。」

「那是因為他們想要成為好人，」蕭內西爭辯道，「這不僅關乎於道德準則，還有在哪裡可以找到這些準則，他們必須要先有這個心願才會遵循準則，因為他們相信這些道德準則就是能使他們成為好人的原因，如果不想成為好人，何必要遵守那些準則？」

「不是。」葛蕾琴揮揮手指，儘管她知道這個手勢很荒謬，因為他根本看不見。「人們想要的是應許的天堂獎賞，或者是不想下地獄，這就像聖誕老人的概念，當個好人就會收到禮物，做壞事只會得到炭灰，如果這些宗教經典只是單純教導人們要好好在社會中運作，否則社會就會一團混亂，就不會那麼令人信服了。」

「所以你的意思是——」

她又一次阻止他開口，因為她知道他正打算曲解她的話。「我的意思不是人性本惡，但無神論者和基督徒一樣有道德。」

「所以你想表達什麼？」

「就算我天生沒有那種神奇的感知能力，不知道殺人是不對的事，不代表我就會殺人。」葛蕾琴憤怒地說。

「你不是摩門教徒。」蕭內西說。

「如果有人質疑你的偵辦能力，你可以把這些人轉介給我，」葛蕾琴一派輕鬆地說，靠在她的咖啡桌上。「我喜歡我的生活，我的家，我的事業，我對自己的診斷了解很充分，由於我常常覺得無聊又不在乎後果，所以很容易就會毀掉上述一切，所以在很久以前我讓一種道德準則走進我的人生，不太算宗教，但似乎奏效了。」

「我該知道這個『道德準則』是什麼嗎？」

葛蕾琴笑了笑，即使他看不見她。「證明你錯了。」

「你是——在逗我嗎？」

「完全沒有那個意思，」葛蕾琴說，「每當有人在我面前走得太慢，慢到讓我湧起一股想要把刀插進他脖子的衝動時，我都會想到你會因此幸災樂禍。」

「嗯，不會吧，」蕭內西聽起來真的很驚訝，「但這不可能是全部的原因，你之所以奉獻一生在這件事上是為什麼。」

終於到了她可以老實告訴蕭內西她黑暗面的時候，他會因此更信任她。「因為能給我發洩的出口。」

他有一度似乎想要理解這句話背後的含義。「你是指屍體。」

屍體、鮮血與骨骸，還有所有人類相殘的方式，所有相互傷害、相互毀滅的方式，所有這些都留下自己靈魂的一點痕跡，就像她與蕭內西一樣。

她覺得這也許是這世上最迷人的事情。

「要說的話，就是我能藉此獲得足夠的發洩。」葛蕾琴承認道。

蕭內西是她認識的最精明的警察之一，儘管——或者是因為？——他相信的是她最壞的一面。「如果突然失去這個出口呢？」

「還有很多出口，」葛蕾琴說。「噢，不要緊張，警探，我是指犯罪節目之類的，你應該有注意到吧，我們生在一個黃金年代。」

「我知道，」蕭內西頑固倔強地說。「你認為這會逐步升級嗎？我是指你對……的需求。」

「當然，」葛蕾琴毫不猶豫地說。「人人都有殺人的能力。」

「你到底喜歡像薇奧拉這種精神病患身上哪一點？」蕭內西問道，「因為他們落入你最愛的相對道德灰色地帶嗎？」

「因為他們都很可怕，會燃燒一切。」葛蕾琴放低聲音說。

她在認真說話，他卻誇張大笑，笑聲中傳來一種溫暖的氛圍，感覺像是理解。

「好吧，那麼你對肯特案最可靠的推測是什麼？」蕭內西又重新回到公事公辦的語氣，「你還是認為是瑞德・肯特教唆的嗎？如果是莉娜呢？」

「賭場一直讓我摸不著頭緒，」葛蕾琴承認道，然後她停頓一下，想起她為什麼要想要申請安絲莉・肯特的逮捕令，想起那段簡短的音檔。你能相信我嗎？「但我相信安絲莉・肯特一定以某種方式參與其中，也許是她和莉娜策劃了這整件事。」

「而瑞德根本沒有牽涉其中？」他質疑的語氣清晰且明確。

「不一定，」葛蕾琴說，「我敢打賭，不管動機是什麼，如果安絲莉・肯特真的涉入其中，一定是因為她覺得自己在保護哥哥。」

「這對我們有什麼意義？」

「克萊兒・肯特聘請莉娜調查泰絲・墨菲的失蹤案，」葛蕾琴說，「有一個音檔內容是莉娜和安絲莉的對話，背著瑞德和克萊兒，不讓他們知道。」

蕭內西若有所思地哼了一聲。「如果我們提出這樣的論點，可能會有助於申請到逮捕令，帶她進警局問話，不過如果我們能提出動機一定會更有幫助。」

泰絲・墨菲。

她的失蹤讓這些人在數十年的沉寂後走向相互碰撞，但據葛蕾琴所知，目前沒有證據能證明她已遭人殺害，除了一條據說上面沾了血跡的舊手鍊。

也許……

也許這代表有個人需要被保護。

也許莉娜之前四處明查暗訪，仍沒找到那個殺人的充分理由。

也許莉娜找到了泰絲・墨菲。

第四十二章

瑞德

克萊兒死前二十年——

有一雙柔軟又溫暖的手摀住瑞德的眼睛，嘴唇擦過他的耳朵。「寶貝。」

瑞德笑著伸手抓住泰絲的手腕，拉著她坐到他腿上。「嗨。」

在老地方無需等太久，這座公園從費歐娜．墨菲家往南只有六個街區，晚上通常空無一人，只有幾個大學生在滑梯附近的假樹屋裡喝酒。

泰絲對他微笑，月光輕撫過她的臉，掠過她的髮絲，他知道她在客觀上是個美女，知道她善良可愛，但對他來說太完美了，他不想要，從來沒有想要過，但他發現的時候已經太遲了。

他想要的女人是宛如冰封的滾燙熔岩，臉上銳利的五官配上稍許惡毒的氣質，這才配得上他。

見面時的歡欣雀躍從泰絲的表情上滑落，她端詳著他時臉上換上一抹悲傷的微笑。「你的心從來都不完全屬於我對嗎，瑞德．肯特？」

他很少這樣謹慎措辭，傷害她讓他感覺內疚。「我會一直陪在你身邊。」

她單邊的嘴角上揚，她人太好，所以不會說出：最好是這樣這種話，儘管彼此都知道她在想什麼。在克萊兒出現前他們在一起其實只有兩個月，瑞德無法否認在一起的兩個月裡，因為他遲遲不敢告訴泰絲實話，所以他比正常時候更容易顯得心不在焉。

但她永遠不會逼他當壞人，有時他會希望她這麼做，這就是為什麼他們永遠不適合。

「你錢有帶夠嗎？」他這麼問她，而不是直接跟她說對不起，或者我不該讓我們之間的關係超越友誼，或者我從來不想傷害你，所以我才決定放手。

上述那些都是毫無意義的空話，目的只是緩解瑞德的羞愧感，內疚的感覺會在餘生中持續折磨他的靈魂，如果他真的是個好人，一開始就不需要講這些話。

泰絲值得遇見一個好男人，值得過美好的生活，她應該要比現在過得更好。

「有，」她說著從他腿上站起，這可能是最後一次了，他們這群朋友喜歡肢體接觸，他、莉娜和泰絲，但泰絲現在小心翼翼保持距離，把手插進身上穿的夏季外套口袋裡。「還帶了我的新身分證。」

他們在學校認識一個人，那個人認識的另一個人的朋友可以接應泰絲，他還有一張做得夠真的假駕照，能讓她暫時拿來擋一擋。

「所以你之後就會人間蒸發了？」瑞德問道，雖然他已經聽過她計畫的細節很多次，但他總覺得她有些事沒有告訴他，如果有人太快走向她，她有時會嚇一跳。

「泰絲．墨菲已經一無所有了，就讓她死在這裡吧，」泰絲聳起半邊肩膀，踢踢他腳邊軟趴的行李袋。「謝謝你帶這個來。」

他擔不起她的感激。「你需要什麼儘管說。」

此時泰絲抬起頭，只有當兩人的眼神相遇，他才發現她一直在迴避他的目光，她說話的時候聲音很緊迫，近乎絕望。「你一定要信守諾言。」

瑞德差點要站起來抓住她的肩膀，把她拉進他懷裡，讓她安心，但當他移動時她卻退縮了，他停下動作舉起手來。「我不會告訴任何人的，我發誓。」

你在躲誰？這是他想問的問題，如果她逃家只是想要展開新的人生，她一定會告訴莉娜，會叫他找個時機告訴費歐娜，讓她放心，泰絲不只是想逃離波士頓南區，她想躲起來。

他一定要知道，他有無數次逼自己問出口卻屢次嚥下，這個問題已經像是如鯁在喉。懦夫，他永遠是個懦夫。

「誰都不能說，」泰絲重複了一遍，月光對她漂亮的臉蛋不再友善，而是把輪廓凸顯，她的皮膚變得更加蒼白，眼睛變得深邃，眉頭緊皺。「警察不行，費歐娜行，莉娜不行。」她停頓一下舔舔下唇，「克萊兒不行。」

「連德克蘭也不行。」瑞德許下承諾，她點點頭的樣子彷彿未經思考。

「連德克也不行，」她低聲說，眼睛盯著地面。「好，很好。」

遠方有一輛救護車呼嘯而過，一輛汽車發出改裝噪音，籃球場盡頭有一群孩子大聲喊著什麼聽不懂的話。

「你要去哪裡？」瑞德雖然很緊張，但終於問了出口，他坐也不是站也不是，說自己是朋友也不是，前男友也不是。

泰絲聳起半邊肩膀，她抬起頭時微笑了。「這件事的妙處就在這不是嗎？我不需要知道。」

「更好的地方。」瑞德重複了這句話，幾週前她第一次提出這個想法時他也這麼說，她老早以前就計劃好了，許多年來一直在存錢。

這裡沒有什麼值得留戀，她當時是這麼說的，她把頭靠在他的肩膀上，一條腿搭在他大腿上，兩人都沒說他也許會是她留下的理由，她那句話像是在指桑罵槐，而且是她的真心話，瑞德希望他沒有害泰絲的心靈扭曲到難以挽回的地步。

這麼想可能太抬舉自己了，但他內心有一小部分希望這樣，他想在對方身上留下自己的痕跡，想要擁有影響她的權力。

他很奇她是否開始發覺了他的壞念頭，好奇她是不是眼睜睜看著他和克萊兒在一起，是不是發現自己其實適合更陽光的對象。

她彎下腰去拿行李時外套縮上去一點，他因此注意到她手腕上有一道痕跡，他想都沒想，一把抓住她的手臂湊近查看。

那道痕跡是手指形狀的瘀傷，感覺是有人用力抓住她並猛拉造成的，瘀傷正在消褪但仍然很明顯，他用拇指指腹輕輕撫過暴力留下的痕跡。「是誰？」

泰絲怯聲聲地說。「你知道是誰。」

如果瑞德還算是個好人，他會點頭，但他只是捧著她的手臂，彷彿代表一聲說不出口的道歉，直到過去很長一段沉默的片刻，她終於後退一步。

她將行李袋扛在肩上，慢慢朝他敬了個禮後轉身就走。

「嘿。」他喊道。

泰絲停步，耳朵聽著，但背對著他。

「幫我個一個忙？」他說。

她的肩膀一緊，彷彿等待他說出最可怕的話，但這能怪她嗎。

「忘了我。」他說完最後一句話。

她微微震動，他看見她的側臉，那一頭長長的金髮和淺淺的微笑。「不，永遠不會，我到了之後會寄一張明信片給你。」

她就這樣走了。

朝著更好的地方走去。

第四十三章 葛蕾琴

現在——

葛蕾琴重新撥通蕭內西的電話，但後來才意識到是她掛斷了他的電話。

「我總有一天要幫你報名禮儀課程，」蕭內西雖然這麼說，他還是接聽了，所以應該沒有太生氣。

「那你也得來當我同學。」葛蕾琴反唇相譏。

她的腦中有個想法開始形成，但她不想正視，還不到時候。她還是想和薇奧拉談談，且更重要的是萬一葛蕾琴太早把她想到的疑點告訴蕭內西，她害怕自己會被踢出調查工作。

但她很好奇自己和蕭內西是不是都困在假設和確認偏誤當中。

她一直以為泰絲．墨菲之死是莉娜一直在調查的謎團，她的死像骨牌效應一樣，最終導致克萊兒遭到謀殺。

但如果真相正好相反，萬一導致一切事件的根源是泰絲．墨菲根本就沒有死呢？

屍體不會透露祕密。

但想報復的女人呢？會。

「告訴我那天晚上的事，」葛蕾琴說，「克萊兒遭人謀殺的那晚。」

「你是要我講床邊故事給你聽嗎？」蕭內西問道，但他很快繼續說下去。「瑞德·肯特在凌晨四點十一分打九一一報案，語氣聽起來……」

「心煩意亂？」葛蕾琴猜測，她想他應該很會演戲。

「確實是，」蕭內西不太情願地同意了，「他好像是一回家馬上就打電話報案。」

「你有沒有比對他最後一次出現在賭場錄影畫面中的時間和他到家的時間？」葛蕾琴問道。

「你以為你是在跟菜鳥打交道嗎？」蕭內西說完又連忙接話，「不要回答這個問題。」

葛蕾琴笑了，這麼簡單的問題有什麼有趣。

「時間沒問題，」蕭內西說，「大概空了四十分鐘，如果算入攔計程車的時間，加起來差不多。」

「攝影機鏡頭有沒有拍到他離開之前接聽了任何電話？」這個問題可能可以看出是否有同謀。

「沒有確認這件事，」蕭內西說，「你以為我們資源無上限嗎？」

「你指的是偵辦謀殺案嗎？」葛蕾琴問道，「是的。」

「你指的是一起嫌犯額頭上印了『有罪』兩個字的謀殺案嗎？」蕭內西反駁道。「沒有。」

葛蕾琴轉換話題。「打了報案電話之後發生什麼事？」

「警察趕到現場，孩子們都在客廳，急救人員試圖搶救克萊兒·肯特，瑞德·肯特在旁邊看。」蕭內西說，「瑞德說他進房間時沒有開燈，直到摸到濕答答的床單才知道大事不妙。」

「他們是什麼時候開始懷疑薇奧拉？」

「警察問他是否有樹敵，有沒有懷疑誰可能犯案。」聽蕭內西的說法，感覺他最近才剛重新看過檔案。「瑞德說『搜一下我女兒房間。』」

「嗯，」這不是葛蕾琴第一次處理反社會人格障礙兒童的案件，當犯行升級到肯特案的暴力程度時，父母剛開始一定會先試圖粉飾太平，幾乎無一例外。有一次她問過一位同事——因為她很困惑為什麼父母不會第一個供出孩子，畢竟這孩子最好的情況是讓人頭痛，最壞的情況是一場噩夢。

同事搖搖頭。「父母愛孩子的心用邏輯解釋不通。」她只丟下了這句話，彷彿這句話就算合理的解釋。

即便葛蕾琴從來無法理解，這個事實仍然成立，如果這算典型的案例，如果表相即是真相，葛蕾琴預期瑞德．肯特應該傾盡全力來拖延警察找到兇器的時間。

但他沒有，反而讓警方不費吹灰之力就找到兇器。

當案件涉及到這樣的暴力程度，沒有什麼事情是絕對的，但看來在暗示女兒涉入妻子謀殺案的這件事上，瑞德．肯特至少扮演了推波助瀾的角色。

「我想你的看法可能正確，」蕭內西承認，彷彿需要聽見自己大聲說出這句話。「他們打從一開始就故意要陷害她，但我們仍沒辦法證實這一點。」

葛蕾琴咬著嘴裡的皮膚。「血跡呢？」

迎來的只有沉默。

「我是指薇奧拉身上的，」葛蕾琴解釋道，即便她知道他已經知道她在問什麼，她只是忍不住想指出他是在什麼時間點錯過了犯罪現場的重大線索。「有採證過她身上的實體證據嗎？」

「當然有，」不知怎的，他的語氣中並沒有顯露出防備，也許在他年輕一點的時候會怒氣沖沖地出言反擊，但現在的他聽起來很累。「你知道她習慣掩蓋自己的殺戮行為，葛蕾琴。」

「她有否認犯案嗎？」葛蕾琴沒有正面回答，而是繼續發問。一個十三歲的女孩可能知道如何藏起一隻死鳥，鳥的身體裡本來就沒有多少血，即便是一個像薇奧拉這樣年紀尚輕就經驗老到的兇手，在暴力刺殺行為中掩蓋鮮血噴射的可能性似乎是微乎其微。

「她什麼也沒說，」蕭內西說。「一個字都沒有。」

「而且沒有人想過要問她為什麼要這麼做，」葛蕾琴喃喃道，「因為人人的心中都早有定見。」

「不要告訴我你在同情那個精神變態。」蕭內西說。

「我們的司法系統很有趣，不是嗎？」葛蕾琴又用手漫不經心地翻閱著檔案。「司法系統的設置是為了防止偏見，但過程中的每一步驟卻都仰賴人類引以為傲的判斷力，還有判斷力的缺陷。」

「噢，反社會人士又要長篇大論了，」蕭內西故意說，但實際上並沒有要她住嘴，能夠任意抱怨咆哮是她為數不多的特權之一，她當然要好好利用。

「就像你，」葛蕾琴說，「你擺出一副正直好人的模樣，但是——」

「你是希望我說我不認為你殺了羅雯？」蕭內西插話，他的聲音裡有種感覺她稱之為情緒，但很可能他只是精疲力盡罷了。

「我很想知道你為什麼不在乎薇奧拉．肯特，她因為自己沒有犯下的罪行而遭到關押。」葛蕾琴反駁道，她對他提到羅雯感到憤怒，不是葛蕾琴有多在乎薇奧拉，她只是厭倦了那些有罪無罪的決定者，他們身上總有一種自以為高尚又道貌岸然的態度，這種態度毀了她一生。

「不是所有人都過著非黑即白的生活，」蕭內西毫無羞愧感，她早知道他會有那種反應，那些自命不凡的共感人沆瀣一氣，總是當局者迷。

「但是誰准你當其他人靈魂的法官和陪審團？」葛蕾琴逼問他，時間已經很晚了，她的大腦拚命想把拼不好的那塊拼圖拼好，就像在拼一整塊拼圖中的藍天，她知道自己已經找到正確的區域，卻無法讓邊緣對齊。

「我沒針對所有人，」蕭內西辯駁道，「只有針對薇奧拉．肯特。」

「還有針對我。」葛蕾琴輕聲說，她知道與其怒斥蕭內西，用這種方式表達對他造成的震撼力更大，當她聽起來很受傷時他會不知道該如何應對，因為她很少這樣表現，但這正是重點，殺手鐧不能常用；想要造成殺傷力的時候再用。

他沒有說抱歉，她也沒指望他說，他寧死也不會向她道歉。

「陳博士認為克萊兒可能遭人下藥，」葛蕾琴說，知道蕭內西會跟上談話的重點。

「意思是這兇手無需制伏她。」

莉娜的身高不高，曲線玲瓏，嬌小但不算骨感，葛蕾琴從照片和新聞報導中可以看出克萊兒一直很苗條，也許莉娜可以與她一搏，但如果葛蕾琴想要殺害一個比她更高更壯的人，她會利用所有能夠掌握到的優勢。

「對，」蕭內西用同一種居高臨下的語氣附和道。「這支持了薇奧拉是兇手的觀點。」

「你的思維根本沒有絲毫創意。」

蕭內西笑笑地吐出一口氣。「那你則是太有創意了。」

「我今天可以再和薇奧拉談談嗎？」葛蕾琴不想理會他無力的反駁。

「可以，」蕭內西說，但他的語速緩慢又猶豫不決，彷彿對她接下來要做的事情感到緊張。

「太好了，」葛蕾琴喃喃道，「我想是時候問問薇奧拉是誰殺了她的母親了。」

第四十四章

瑞德

克萊兒死前二十年——

壞心的莉娜一時興起邀請克萊兒．布倫特伍德參加派對。

他們那群朋友當中沒有一個人受得了南區貧民窟裡出現富家子弟，他們三個人都決定要討厭她，也許瑞德沒有，他仍記得她在棒球賽穿的短褲緊貼在她修長又柔軟的大腿上，他幻想她的大腿纏繞在他腰上的次數多到數不清。

儘管如此，當莉娜抱怨克萊兒是個神經兮兮、自視甚高的婊子時，他還是頻頻點頭附和，泰絲也是。

他完全不知道自己怎麼會坐在這張沾滿啤酒污漬的沙發上，這裡聞起滿滿的大麻和貓尿味，克萊兒坐得離他有點太近，她把手放在他大腿上，他盡量不去看，但從她心滿意足的笑容中，他可以看出自己沒有成功。

「你和莉娜在一起吧。」克萊兒在他耳邊喊道。此時放的是某首難聽到極點的流行樂，這幾個月來一直在收音機裡不停輪播，有人絆倒撞到他們，把大半杯酒倒在瑞德的手臂上。

兩人的視線都沒有從對方身上移開，天哪，她很漂亮，他知道吸引他的應該是那種大胸部、身材豐腴、厚唇窄腰的女孩，但他喜歡克萊兒臉龐的角度，喜歡她眼神的變化，即便她的表情沒變。

「不，不是莉娜。」他說。

「真的，」克萊兒問。「你們看起來很……親密。」

他俯身時嘴唇撫過她的耳垂，他知道自己的動作很笨拙，但他喝醉了，她的胸部壓在他前臂上讓他慾火燃燒。「她像我的親人。」

「你不覺得她愛上你嗎？」克萊兒推了推，瑞德想停止莉娜的話題，開始聊聊……該死，泰絲。

「是泰絲。」

那瞬間她向後退一步盯著他看，然後又靠了過去。「什麼？」

瑞德抓抓鼻子。「泰絲是我的女朋友。」

自從兩個月前泰絲吻了他之後，這些話說起來感覺就變得不太對勁。

克萊兒向前傾身，手肘抵在膝蓋上，下巴靠在拳頭上，一抹若有所思的微笑從她嚴肅的嘴唇中浮現。「我想你跟她正在熱戀中，」她停頓一下，「她人感覺……很好。」

瑞德看著她，然後倒在沙發上。「那你人好嗎？」

克萊兒的笑容扭曲成一抹不自然的微笑。「絕對不好。」

第四十五章——葛蕾琴

現在——

掛斷蕭內西的電話後，葛蕾琴重新埋首於散置在地毯上的案件檔案，她仔細研究完後，轉而查看克萊兒去世前後和一年前她和莉娜之間往返的簡訊和電子郵件，想要尋找隱而未見的線索。什麼都看不出來，至少找不到葛蕾琴覺得有疑慮的。

她看了一眼手機上的時間：凌晨四點十七分。

時間已經太晚，沒必要去睡，時間還太早，沒辦法工作，葛蕾琴二十出頭歲的時候很喜歡一天中的這個時刻，很喜歡夜晚過渡到白晝的這幾個小時。她跟所有優秀的反社會者一樣嘗試過一夜情，也已經試過大多數想得到的藥物——但她堅決和安非他命劃清界線，因為她想要維持好的膚況。她還會找到一條開闊的高速公路把保時捷逼到極限，讓車輪在她的手指下振動，一切都變得模糊又美妙，離粉身碎骨只有咫尺之遙。

葛蕾琴考慮要出發，但等到她出城的時候車已經太多，車多就沒有什麼好玩的了。

葛蕾琴決定不出門，她無事可做，於是把筆電拉過來旁邊開啟幾個八卦網站。

這個案子感覺就像那種包含兩張獨立圖像的畫面——可以看成一只花瓶，也可以看成兩個女人的臉互看對方；可以看成妻子，也可以看成岳母；可以看成一隻耳朵向後折的兔子，也可以看成一隻鴨嘴向上翹的鴨子，這些圖像稱之為視覺錯覺圖像。

你先看到哪個圖像並不重要，讓大腦同時識別出另一張圖像幾乎不可能做到，如果先看到一隻兔子，就無法輕易看出鴨子，反之亦然。

但如果目標是只要看出一個圖像就好，整個畫面就會像魔法一樣發生變化，接著你便能看出三秒前辨認不出的圖像。

這就是葛蕾琴現在的感受，看兔子的同時也要看出鴨子，她知道真相就在那裡，知道在整起調查背後還有一層圖像，但她的大腦卻辨認不出來，她至今仍然看不出來。

她需要的只是一條線索，能像魔法一樣改變整個畫面，一旦看清全貌，她會不敢置信自己一開始怎麼看不出來。

她第一次找到莉娜留下的音檔時，葛蕾琴認為這可能是正確的提示，音檔提供了很多線索，所以葛蕾琴還嫌棄音檔線索不夠似乎沒有道理。

她知道泰絲．墨菲的失蹤讓克萊兒和瑞德．肯特在數十年失聯之後重新回到莉娜的生活。

她知道莉娜曾試圖讓德克蘭．墨菲認定瑞德是泰絲之死的罪魁禍首，假設她真的死了。

她知道從一開始就沒有確鑿的證據證明泰絲真的死了。

她知道這起案件涉及數百萬美元，而克萊兒一直在考慮修改她的遺囑，將瑞德除名。

她知道，或者懷疑，他們倆的婚姻並不如外界看的那樣，不是完美的童話故事。

她知道莉娜和安絲莉．肯特知道一些其他人不知道的事情。

也許薇奧拉會說出關鍵供詞，無論是否有意，她的供詞能使這些獨立的線索組合成一幅整體圖像。

葛蕾琴在搜尋欄位中輸入「瑞德・肯特；泰絲・墨菲；波士頓謀殺案」，搜尋結果的第一頁要不是毫無關聯性的網頁，要不就是犯罪部落格，對舊案沒有提供任何見解。有找到一些六個月前克萊兒・肯特下葬時的條目，內容推測丈夫是否跟「泰絲墨菲懸案」中的瑞德・肯特是同一個人。

大多數人對這個推測嗤之以鼻，他們認為瑞德・肯特應該有上流社會背景，所以才能直接進哈佛，無論瑞德付了錢給誰請對方幫他埋葬過去，成果可謂相當豐碩，她猜想他取了個菜市場名應該很有幫助——光是在麻薩諸塞州就有另外三個瑞德・肯特——但她仍覺得在消除所有瑞德出身背景痕跡這件事上的成果令人激賞，這全得歸功於克萊兒的金援。

葛蕾琴漫不經心地瀏覽以下數百條搜尋結果，想知道有多少人會看這麼尾端的搜尋結果，大多數人在第二頁之前就會放棄了。

就在這時，她在Google網頁上看見一條變色顯示的留言。「**有人調查過瑞德・肯特嗎？**」

她點擊連結，這個部落格與泰絲・墨菲無關，但葛蕾琴在留言中找到剛剛那個句子。

提到瑞德・肯特的留言中附上了一篇《波士頓環球報》的文章，日期是泰絲・墨菲失蹤的那個夏天。

世界盡頭。

葛蕾琴咬著嘴唇後的肉，這暗示很明顯，這是泰絲的墓地。

根據其他留言者的說法，有人試圖在多個地方散佈流言。

葛蕾琴再次試圖拼湊整個畫面，散佈流言的人會是泰絲・墨菲嗎？從墳墓裡爬回來騷擾瑞德・肯特？但是這則指控非常無謂，所以即便關鍵詞很具體，還是到第十二頁才出現，甚至沒有指出泰絲・墨菲男友的那個瑞德・肯特和克萊兒・肯特丈夫的瑞德・肯特是同一個人。

如果留言的人是泰絲，那她的手法也太差勁了。

如果真的在文章照片中的地點附近發現泰絲的屍體，那將會非常有趣，犯罪部落格的版主自己也在評論底下留言，如果發現屍體又上了新聞，版主一定會記得這則討論。

那個留言的人看起來像是有內幕消息，一定能在網路社群中出名，足以引話題，甚至足以引起警方的注意？

因為如果泰絲死了，除了兇手，誰會知道她被埋葬在哪裡？

但泰絲死了嗎？葛蕾琴不斷回頭審視這個問題，卻沒有答案。

她決定改變策略，開啟一個熱度很高的八卦網站，這個網站的內容證實比其他網站更準確。肯特一家早已從網頁頭版消失，對這樣的網站來說過了六個月等於六年，但簡單搜尋一下就找到幾十篇文章，大部分都能快速點擊，一堆克萊兒和瑞德出席各種活動中的照片集，收集這些照片只是為了增加網站流量，還有一些較長的署名文章，葛蕾琴找到一篇關於兒子們的文章，於是先點開來看。

她在客觀上知道這是不該看的內容，她知道如果這篇文章是突然出現，她得要假裝對文章不感興趣，但她的人既然在這個上鎖的公寓裡，葛蕾琴還是看了。

有些公開的全家福照片，有些是狗仔隊在他們家出席活動時拍攝，還有更多私人照片，看起來像是從家族的朋友或管家那裡買來的。

米洛和塞巴斯汀乍看之下都很正常，當然是嬌生慣養的富家小孩樣，但很正常。

然後是克萊兒死後隔天的照片，警察蜂擁進出聯排別墅，拿長焦鏡頭的人能夠拍到男孩們的照片，他們的臉龐不再像之前的照片那樣紅潤圓胖，這些照片解析度很高，可以看出塞巴斯汀手臂上的瘀青和傷口，塞巴斯汀移開視線的畫面特別扣人心弦，太瘦的身軀蜷縮起來，薇奧拉則被兩名警察從屋內帶出來。

那張照片一定讓攝影師大賺一票，她一定要記下那個人的名字，葛蕾琴很重視蒐集那些特別厲害的專業人士，因為你永遠不知道這些人什麼時候可以派上用場。

一想到這個，葛蕾琴馬上從手機中找出一名聯絡人，現在還不到凌晨五點，但她才不管，直接按下撥號。

電話一直響到進入語音信箱，葛蕾琴也懶得留言，直接傳出一封訊息：

有個工作要找你。

等了三秒鐘就收到回覆，這代表收話人只是拒絕接聽。

如果你再這麼早打電話給我，我會封鎖你的電話號碼，不僅是為了我的電話，也為了這座城市裡每一位優秀的駭客。

葛蕾琴對這句空洞的威脅翻了個白眼，然後等待，又過了五分鐘。

什麼工作？

葛蕾琴看見克萊兒死後隔天米洛被拍下的最後一張照片，同時用手觸摸這張照片，米洛的手臂上打了石膏。葛蕾琴沒有回覆訊息，而是又撥出一通電話。「兒童保護服務記錄。」

「當然，地方政府的很容易取得。」弗瑞德的聲音中沒有訊息中那種敵意。

葛蕾琴的朋友很少，但她確實有一個人脈網路，這些人在她擔任調查顧問期間往往能提供幫助，小報記者萊恩．凱利就是其中一人，莉娜是另一人。

弗瑞德可能是最有價值的人脈，弗瑞德的全名是溫妮弗瑞德．詹姆斯，但她曾經告訴葛蕾琴，如果葛蕾琴叫她本名，她會把削尖的鉛筆刺進葛蕾琴的頸動脈中。弗瑞德在反社會類群中的指數很高，葛蕾琴知道上述威脅非常合理。

弗瑞德不僅對葛蕾琴有用處，還有能耐讓她費盡心力討好她，而且她的理性思維和道德觀方面也與葛蕾琴一致，如果弗瑞德不是那麼孤僻，葛蕾琴認為自己也許能夠跟她建立像朋友一樣的關係，或者至少可以當酒友。

「有塞巴斯汀和米洛．肯特的記錄嗎？」葛蕾琴問道。薇奧拉害弟弟必須送醫治療那麼多次，所有醫生都會通報。

「你得給我時間。」

「我今天會過去一趟，」葛蕾琴的眼睛仍然緊緊盯著米洛滿臉淚痕的小臉蛋。「晚一點。」

「這次你得付出大筆鈔票。」弗瑞德警告她。

「當然，當然。」葛蕾琴喃喃道，什麼代價她都願意付，只要能取得資訊。

「而且我剛剛不是在開玩笑。」

「不會再犯了。」葛蕾琴承諾的當下應該同時比出交叉手指的手勢，可惜她不相信這種迷信，弗瑞德不是那種在正常工作時間工作的人，如果有人吵醒她，她也不會生氣。

弗瑞德掛斷電話，嘴邊還咕噥著她不相信葛蕾琴。

葛蕾琴把手機丟到一旁繼續思考這張照片，她很好奇為什麼所有官方報導都沒有提到米洛打了石膏。

持平而論，葛蕾琴知道自己早在案件剛發生時就看過這些照片，她當時非常關切這個案子，因為兇手是精神病患者很有趣，兇手很少是女孩，很少這麼年輕，這完全是葛蕾琴的範疇，她可以假裝自己的好奇心是出於專業。

此外誰能怪她如此密切關注此案，這個案子就像過去的迴聲，彷佛能在空氣中激盪出漣漪。

儘管如此，除了男孩們的其他傷勢之外，她還是想不起來自己曾看見誰打了石膏。

她凝視那張照片時一切都改變了，就像魔法一樣。

因為她可能看出了圖像中的鴨子。

第四十六章

瑞德

克萊兒死後六個月——

有些人走進你的生命時彷彿天搖地動，但其他人就像曇花一現，就像被人行道上的裂縫絆倒，兩秒鐘後就全然忘了整件事。

泰絲走進瑞德的人生時帶著甜美的微笑，她在遊戲場說要分一半的花生醬三明治給他。

莉娜走進他的人生時雙手叉腰，正在制伏一個惡霸，那個一直取笑泰絲的小孩一屁股摔在地上哭了起來。

安絲莉走進他的人生時是個哭哭紅紅臉的小東西，爸媽不允許他抱她，但他伸出一隻顫抖的手時她的小手指圈住他的拇指，緊緊抓住，不願鬆手。

然後是克萊兒，她就像一次地震，一陣野火，一場覆蓋焦土的霜凍，以及介乎兩者間的一切。

米洛走進他的人生時嗚咽著對瑞德眨眨眼，眼裡似乎總是充滿淚水，他溫柔的靈魂不是瑞德和克萊兒遺傳給他的。

他沒預料塞巴斯汀會走進他的人生，他出生時握拳踢腳，嘴唇青紫但微張，嘴裡瘋狂啼哭，他是瑞德的小小戰士。

薇奧拉走進他的人生時悄然聲息，拒絕像嬰兒般啼哭，就像是暴風雨前的寧靜。有些人走進你的生命時彷彿天搖地動，只留下肆虐的餘波。

第四十七章　葛蕾琴

現在——

第二次與薇奧拉見面，她看起來不再令人望而生懼，她在桌子對面衝著葛蕾琴甜笑，兩人都沒有談起她手臂上那道又長又粗糙的傷口。

刀傷，蕭內西在她入內之前先告知過葛蕾琴，自殘。

他預先告訴葛蕾琴是不希望薇奧拉利用傷勢來操縱她，說得彷彿葛蕾琴一看見女孩受傷就會棄械投降。

「我父親還沒有來看過我，」薇奧拉馬上說道，「但你卻離不開我。」

「你覺得你父親為什麼還沒來看你？」葛蕾琴知道這麼問是按薇奧拉的劇本演出，知道自己在幫薇奧拉佈置一個說謊的空間，也知道銀色玻璃後方的蕭內西可能會對她糟糕的偵訊技巧大為光火，但她還是很好奇，這點被薇奧拉料中了。

那無辜的笑容閃爍動搖然後消失無蹤，接著又突然笑得異常燦爛，完美演繹了強裝勇敢的表情。「他……我覺得他有時候很討厭我。」

「因為他沒有來看你？」

薇奧拉微微弓起背，上下掃視膝蓋，然後無力地聳聳肩。

葛蕾琴很想笑。「你這齣戲是在演給誰看？」她環顧四周，彷彿真的想在空間裡找到別的人。「我……」薇奧拉眨眼的速度太快，彷彿想要忍住眼淚。「我知道……我知道他們是怎麼說我的。」

「你是謀殺親生母親的精神病態者。」葛蕾琴的語氣不帶一絲同情，她彷彿能看見蕭內西厚實的手一掌拍在額頭上。

薇奧拉的臉上出現一股戰慄的表情，她就此放棄表演。

「但你認為我是無辜的，」薇奧拉無動於衷地說，「你答應過我你不會告訴任何人的。」

「你知道最好不要相信一個……」葛蕾琴指向自己，薇奧拉僵住了，她的眼睛盯著鏡子，又看向葛蕾琴。

這個女孩正在努力克制自己的反應，但她沒有辦法完全做到。

「你希望大家都以為你殺了她，」葛蕾琴這根本不算個問題。第一次偵訊時薇奧拉表現得彷彿她只是想要獲得社會的關注，但這不可能是全部的原因，葛蕾琴點點頭若有所思，「你不是在保護某個人——你沒有那種感情。」

「這麼說很沒禮貌。」

「不然你為什麼要保持沉默？」葛蕾琴大聲問道，沒有期待她回答。「你很自戀，所以很需要獲得注意力。」

「對，絕對是這樣。」

「當然是有人收買你，」葛蕾琴若有所思，「但我無法想像一個十三歲的孩子，更別提是個精神病態者，會因為被人收買而犯下謀殺罪。」

「因為被脅迫。」薇奧拉彷彿很想參與這場遊戲，葛蕾琴沒有讓自己被嚇倒，她傾身向前參與談話，彷彿她們聊的是電視節目而不是她的人生。

「可是還有什麼比坐牢更糟糕的事？」葛蕾琴反駁道。「如果有人脅迫你，他們能拿什麼比坐牢更糟糕的事來威脅你？」

薇奧拉噘著嘴，心不在焉地抿著嘴唇，然後把手掌放在桌上。「也許我是故意放長線釣大魚？」

如果不是因為薇奧拉自己說了出來，葛蕾琴可能會對這個想法很有興趣，根據判決，薇奧拉有可能在十八歲時釋放，用真兇另有其人這個祕密來威脅某個人確實是很有力的策略。

「太多未知因素了。」葛蕾琴總結道，畢竟薇奧拉何必要告訴她這個計畫，怎麼看都像是剛剛想出來的一樣？

但然後……她的嘴角牽動一下，洩露了她的心事，她看起來很高興——很高興葛蕾琴認為這個想法不可信。薇奧拉可以操縱所有人，到目前為止還無法操縱葛蕾琴，但這個微笑顯示葛蕾琴不小心像前人一樣落入她的陷阱了。

這代表……她是故意放長線釣大魚。

薇奧拉想要控制的人是誰？足以讓她願意對冤案保持沉默。

瑞德．肯特是顯而易見的答案。

「你父親沒有來看你，你會難過嗎？」葛蕾琴並沒有想要婉轉地轉換話題。

薇奧拉似乎怔住了，彷彿舞跳到一半音樂卻嘎然而止，她瞇起眼睛，「是的，我很想他。」

她的回答很冷硬，她是故意的，薇奧拉已經完全放棄說服別人相信這一切只是誤會。

「如果可以的話，你會對他說什麼？」葛蕾琴問道。

薇奧拉盯著她看了良久，空間裡一片寂靜，葛蕾琴好奇她是正在選擇策略，還是只是讓緊張情勢加劇，剛剛的勝利可能會讓薇奧拉掉以輕心，不小心洩露一些不想洩漏的內幕，還一邊自鳴得意。

葛蕾琴真希望自己能告訴她道高一尺，魔高一丈，告訴她自己剛剛是故意讓她的，自滿畢竟是種美好的感覺，如果想讓一個精神病態者說實話，除了讓她覺得自己贏了之外，還有什麼更好的方法？

「我會說，『不客氣。』」薇奧拉逐漸露出野性的笑容，直到葛蕾琴能看到她門牙的尖端。

「因為殺了你媽的事？」葛蕾琴追根究底。

薇奧拉歪著頭。「但你不覺得我殺了她。」

「那他要感謝什麼？」

「感謝我沒有連他們一起殺掉。」薇奧拉眼睛發亮地說，她以為自己可以逃過這一局。

他們，葛蕾琴據此跳到另一個話題。「你是指你弟弟？」

「嗯——哼，」薇奧拉同意地哼了一聲，「但爸爸一直都擔錯心了，玩弄他們很有趣，殺掉太可惜了。」

「那他該擔心什麼？」葛蕾琴問出這問題的當下意識到自己已經落入薇奧拉製造出的暗流，正在被拖進海裡，如果她不小心，會完全失去對話的控制權。

「他想永遠離開我，你知道的，」薇奧拉沒有回答葛蕾琴的問題，「但媽媽絕不會讓他那樣做。」

「離開你和你弟弟們？」

薇奧拉發出一聲大笑，一種粗糙又生澀的聲音。「爸爸永遠不會離開他們，他會願意為他們做任何事。」

做任何事？比如殺害克萊兒並陷害薇奧拉嗎？這樣他所有的問題都會一併解決？

但瑞德．肯特有不在場證明，而且是實打實的不在場證明。

但這並不是肯特夫婦的關係第一次受到質疑，如果薇奧拉的供詞可信，瑞德．肯特真的打算帶著孩子們離開，留克萊兒一個人去對付薇奧拉，如果葛蕾琴的懷疑正確，克萊兒真的與德克蘭發生婚外情，對瑞德不忠，甚至連佩妮．蘭福德也提到他們打算做伴侶諮商，暗示她的婚姻快要走到盡頭。

安絲莉是否已經評估過情況，並為瑞德提供了一條出路？

如果是這樣，莉娜在這一切當中扮演了什麼角色？泰絲呢？她弟弟成為克萊兒的情夫絕非巧合。

這個想法激起葛蕾琴內心中的某種想法，她甚至沒有意識到這個想法一直在她腦海邊緣盤旋。

那條沾了血跡的手鍊。

這是泰絲．墨菲身上曾經發生過發生可怕事件的唯一證據，從莉娜錄製的音檔看來，他們認為瑞德．肯特一直把這條手鍊當成連環殺手的紀念品收在他家閣樓裡。

但是克萊兒是怎麼找到手鍊的？她一直在找的是什麼東西？竟然會意外找到如此可怕的證據？如果這真的是他逍遙法外的犯罪證據，為什麼瑞德會把謀殺紀念品放在一個那麼容易被發現的地方？

說到這一點，一條沾上二十歲少女血跡的手鍊是什麼樣子？葛蕾琴猜想手鍊是淺色的，應該像是當年青少年間非常流行的編織手繩，從莉娜和德克蘭對手鍊的反應看來血跡一定很明確，不像褪色的泥漿或什麼污漬。

也許葛蕾琴的判斷正確，也許泰絲・墨菲在她失蹤的那個夏天沒有遭到殺害。但這並不一定表示她還活著，能自己說出所有的祕密。

「你母親對你做過任何事嗎？」葛蕾琴說，這個問題自己脫口而出。這問題似乎讓薇奧拉措手不及，但女孩很快恢復鎮定問道，「你覺得呢？」她的語氣聽起來饒富興味。

此時她眼前看出某種既視感，想到她們第一次偵訊時曾談到弟弟們是怎麼被鎖在他們房間裡，只是為了遠離薇奧拉。

「有一把鑰匙，」薇奧拉說。

「上鎖才能防止你傷害他們，」葛蕾琴重複道。

薇奧拉的臉上閃過一絲笑意。「你覺得呢？」

上述兩個問題的明顯答案都是「是」。

但這難道不就是他們的問題所在嗎？他們總是太過相信表面上的明顯答案。

兇手每次都是丈夫，除非另有其人。

他想離開……媽媽絕對不會讓他那樣做。

葛蕾琴一直以來都認為這是場精心策畫的謀殺，只是被莉娜意外用藥過量而死所破壞。

但如果其實不是，萬一這是一場策劃失敗的嫁禍犯罪呢？萬一一直以來都沒有執行成功呢？

葛蕾琴站了起來踏步走出房間，無視薇奧拉的痛苦呼喊，她從褲子掏出手機，試圖回想起莉娜財務記錄中那個條目的確切日期。

馬可尼等了太久才接聽電話，她來不及趕來參加薇奧拉的偵訊，因為跟總警監的會議沒辦法改日期，但葛蕾琴已經不在乎了，當馬可尼終於接起電話，葛蕾琴沒有追問細節。「告訴我你的會開完了。」

「我的會開完了，」馬可尼乖乖重複了一遍，「我意思是真的開完了，如果你想知道的話。」

蕭內西從監看室裡探出頭來，葛蕾琴及時把手機調成靜音，才不會被發現。

「我突然有預感一件事，」她告訴他，「我要請馬可尼派一個制服員警處理，我馬上回去——很快。」

他狐疑地看著她——她一定有什麼好理由，雖然他不知道。

但隨後他板著臉孔點點頭，「快點去，你在浪費時間。」然後又走回裡面。

葛蕾琴鬆一口氣解除靜音。「你能多快調動搜查隊？」

「呃，要做什麼？」馬可尼問道。

「找泰絲．墨菲的遺體，」葛蕾琴說。

馬可尼停頓一下，驚訝的聲音太大，葛蕾琴幾乎可以想像得到她震驚的模樣。「你知道遺體在哪裡嗎？」

葛蕾琴想起《波士頓環球報》的那篇文章和照片。「沃帕塔克州立公園。」

「你要我們搜查整個區域？」

《波士頓環球報》文章中提到的是公園的特定區域。「搜查世界盡頭，特別針對這個區域。」葛蕾琴說。

「好吧，」馬可尼的語氣比平時更多了一點試探。「你會來嗎？」

「不會，我打算從薇奧拉身上挖到更多內幕。」葛蕾琴說。

馬可尼猶豫了，葛蕾琴暗自咒罵，為什麼馬可尼一定要這麼精明？為什麼負責監視葛蕾琴的人不是個笨蛋？蕭內西似乎總會吸引笨蛋。

「蕭內西跟我在一起，」葛蕾琴幫她說出腦中的想法，「你不必擔心自己疏漏了保姆的職責。」

「好吧，」馬可尼說，但聽起來並不認為這安排妥當。「我會跟你報告進度。」

「噢，馬可尼，」葛蕾琴在對方掛斷前說道，「你要找的不是二十年前的屍體。」

「有多近期？」

「你是問，如果我的判斷正確嗎？」葛蕾琴在她的腦海中思考了時間線，「我想大約一年。」

第四十八章

瑞德

克萊兒死前十七年──

克萊兒第一次打他的時候，瑞德因為太驚恐而沒有感覺到疼痛。那是一巴掌，力道大到足以讓他嚇到，卻不足以留下瘀傷。一抹紅染上他的臉頰，因為羞辱，因為激動，也因為她手印留下的痕跡。

他後來才知道她很少用手，她身形很小而他個頭很大，單憑力氣是打不過他，當時機需要她會動手打他，但克萊兒不喜歡拳頭的殘暴，甚至不喜歡一巴掌所暗示的軟弱。她喜歡使用一系列工具，點燃的香菸、剪刀、各種形式的熱金屬，一把刀，和她的威脅一樣鋒利又致命。

克萊兒熱愛控制勝過一切，面對一個身高六呎二吋的男人，長了一身精實肌肉，一雙長滿老繭的大手擁有扭斷對方脖子的能力，但這個男人在她面前卻顯得畏畏縮縮，有什麼比這更能她感覺到控制的勝利感？

他永遠無法真正下手殺了她，無論他想像過多少次。

後來他試圖告訴自己第一個耳光是開玩笑，試圖說服自己那是正常行為，他總是在說服自己，不斷說服自己。

接下來幾年讓他發瘋的是他想不起自己說過的話——就是無法，他想不起自己一開始是隨口說了什麼無關緊要的話，才會引來暴力相向。

這一切已經變得無關痛癢，就像在人行道上絆倒一樣。卻永遠改變了他們倆。

第四十九章 葛蕾琴

現在——

葛蕾琴又在薇奧拉對面坐下，女孩帶著得意的微笑注視著她，但葛蕾琴還沒來得及說什麼，薇奧拉就先向前一靠。

「你看過莉娜．布克的屍體嗎？」薇奧拉的眼神貪婪地掠過葛蕾琴的臉。

葛蕾琴考慮過要回答問題，但談判不是這樣進行的。「你知道是誰殺了你母親嗎？」

薇奧拉靠回椅背上，在胸前交叉雙臂，微微噘起嘴。「你能知道的我已經全都告訴你了。」

「你沒有回答我的問題。」

「就算我回答，你會相信嗎？」薇奧拉反擊，「我是個病態的騙子，不是嗎？」

這部分有點棘手，但就像面對薇奧拉的其他表現——事實上葛蕾琴面對大多數人時——追求的不一定是知道困難的真相，她想看的是薇奧拉會怎麼說謊。

「一答換一答，」葛蕾琴提議，「我認為這方式很公平，你覺得呢？」

薇奧拉瞇起眼睛，彷彿想看出這個提議有什麼圈套。「你先？」

「當然。」

「你為什麼覺得我會告訴你真相？」薇奧拉逼問她。

「我不覺得。」

如果葛蕾琴告訴薇奧拉她猶疑的時候有咬下嘴唇的習慣，她相信這個女孩會停止這麼做，薇奧拉無法忍受自己表現出脆弱，但葛蕾琴只是靜靜等她回答，直到薇奧拉長長嘆了口氣，故意表現出討人厭的樣子。

「成交。」薇奧拉說。

葛蕾琴揚起眉毛，無聲地請她先問。

「她的屍體是什麼樣子？」薇奧拉脫口而出的方式彷彿她早先就把這個問題藏在牙齒後面放好。

葛蕾琴想起攤開的四肢、陰影、凹陷和突出點。「很蒼白。」

薇奧拉等待葛蕾琴繼續說下去，卻完全沒下文，薇奧拉在油氈地板上跺腳。「你胡說，我想要聽更多，否則這筆交易就結束了。」

「很空洞，」葛蕾琴說。她聽到身後傳來砰的一聲，幾乎可以想像蕭內西氣急敗壞地將額頭撞在玻璃上。如果從局外的人的角度看，幫這個未來的連環殺手點燃那根火柴可能不是最好的主意，但就葛蕾琴所知，薇奧拉已經被火焰吞噬，火上加油也不會傷害到任何人。「看起來就像一個洋娃娃，姿態也很像。」

「她的眼睛是睜開的嗎？」薇奧拉著迷地問道，往葛蕾琴微微傾身。

葛蕾琴在那一刻知道自己本來要對女孩說謊，但沒有必要這麼做。「不是。」

「噢，」薇奧拉倒回椅子上，下巴垂落。「我喜歡看屍體的眼睛。」

「但你沒有看你母親的，」葛蕾琴說，儘管她們都知道葛蕾琴並不認為她是兇手。

「我有時會看弟弟們的眼睛，」薇奧拉的目光仍然投向地板，但她的表情突然間變得很凝重，這引起了葛蕾琴的注意。「塞巴斯汀和米洛。」

「你看著他們的眼睛？」葛蕾琴繼續追問。

「我喜歡找皮膚最薄的地方，」薇奧拉繼續說，彷彿葛蕾琴剛剛沒有說話。「然後我會捏起皮膚，用力捏到從兩面都能感覺到自己的指尖。」

論及震懾對方的技巧，薇奧拉以為自己就像一把精緻鋒利的劍，但實際上她卻像一台橫衝直撞的衝車，葛蕾琴毫不懷疑她很聰明，因為她犯罪有計畫性，但她似乎很依賴粗俗冒犯的想法和語言，目的是在對話中引發對方的反應，葛蕾琴猜測她缺乏技巧可能與年齡有關。

「他們的瞳孔會放大？」葛蕾琴猜測。用這種魯莽的問題問一名反社會者會有一個問題，即是他們缺乏細微的情感可以踐踏，薇奧拉可以盡情說出自己最壞的想法；葛蕾琴在生活中也曾有過許多惡毒的想法。

薇奧拉突然緊盯葛蕾琴的眼睛。「也會變小。」

「縮瞳。」葛蕾琴心不在焉地補充道，「你想念弟弟嗎？」

對不了解薇奧拉這種人的人來說，這個問題可能聽起來很奇怪。

「他們一直都被關起來。」薇奧拉嘆了口氣說，語氣中帶有某種可笑的憤怒，彷彿這是全世界最大的懲罰，因為如此一來就無法任意折磨他們。

「防止你傷害他們？」葛蕾琴問道，儘管她認為自己已經知道答案了，她只是想看看自己的判斷是否正確。

薇奧拉對這個問題微微一笑，她的目光先是望向天花板，又望向別處，她看著葛蕾琴時傲然抬起下巴，她過去從未這麼做。「隨便你怎麼想。」

此時又有種既視感了。「這是什麼意思？」

薇奧拉的目光掃過她的臉，停頓了一下。「他們說我們很邪惡，你和我。」

「是的。」

「但你有沒有覺得他們錯了？」薇奧拉問道，「也許可怕的不是我們。」

她停頓一下，但葛蕾琴並沒有急於填補沉默。

「也許我們是很邪惡，但至少我們能戴上文明的面具，」薇奧拉沉思道，葛蕾琴沒有戳破她，她們兩個可能太習慣戴著面具這件事。薇奧拉嘗試說明一個觀點，儘管此刻的表達方式有點笨拙。「我認為那些假裝自己不像我們那麼醜陋的人更糟。」

「人類是被文明的幻想凝聚在一起的可怕生物。」葛蕾琴同意道。

「人們喜歡互相傷害，」薇奧拉說，「他們只是不想承認，但你和我，我們不一樣。」

「給他們一個理由，」葛蕾琴低聲說，「他們每次都會把對方撕成碎片。」

即使是最明亮的靈魂邊緣也有黑暗，共感人只是不喜歡認為自己有那種能力，怪物不一樣。

薇奧拉突然笑了，臉上是一個年輕自在的表情，她變臉比翻書還快，但這比過去任何表情都要令人震驚。「這能回答你問我為什麼殺了我母親的問題嗎，懷特博士？」

她和你一樣。

「不行。」葛蕾琴說，因為蕭內西在監聽，她沒有告訴她：我一開始就不需要你回答。

第五十章

瑞德

克萊兒死前十一年——

「你害我很尷尬。」克萊兒和父母吃完晚飯後回到聯排別墅時說道。

瑞德幾乎沒在注意她說什麼，保姆把薇奧拉塞進他懷裡，沒跟他們說話就溜走了，瑞德嘆了口氣，想著那女人隔天會不會來上班，或者他該重新刊登徵人廣告。

薇奧拉根本不是個壞小孩，大部分的時候都很安靜，她大發脾氣時哭聲很大，淚流滿面，如果她抓到你頭髮，就能造成相當大的傷害，但不是每個孩子都這樣嗎？所謂「兩歲豬狗嫌」，這句話這麼說是有原因的。

現在薇奧拉用她漂亮的淡藍色眼睛對他眨了眨眼，微笑著露出一個小酒窩，他把嘴壓在小酒窩上吹氣，她從來沒有如他所希望的那樣發出咯咯笑聲，但她也沒有用她的小拳頭打他，所以他認為這就算是贏了。

「你根本沒在聽我說話。」克萊兒說著踢開鞋子，她連看都沒看薇奧拉一眼，瑞德嘆了口氣把女孩放下。

「這次我又怎麼讓你尷尬了，克萊兒？」他筋疲力盡地問，「我的存在就能讓你尷尬嗎？」

薇奧拉朝克萊兒走去，雙臂張開，嘴裡咿呀說著些聽不懂的話，但裡面聽得見「媽媽」這個字眼，克萊兒依舊沒有低頭看，只是從女兒身邊走了過去，她的腿卡到薇奧拉的肩膀，讓還包著尿布她一屁股跌坐在地上。

看起來不是故意的，但他的皮膚下一定隱隱燃起了憤怒，瑞德真的感覺到自己最後的控制力突然消失無蹤，薇奧拉傷心地在地板上哭叫，多的是驚嚇而不是受傷，瑞德抱起薇奧拉。

「搞什麼鬼？」瑞德一到廚房就說，克萊兒把薇奧拉撞倒後連停下檢查一下她都沒有，父女走到她身邊時她已經倒了一杯酒，手則放在她隆起的腹部上，瑞德看著她的酒。「你今晚已經喝了一杯。」

好像她需要有人提醒她。

她的動作停都沒停。「是的，現在我要喝第二杯。」

瑞德咬緊下巴，他幻想自己穿過房間，把高級水晶砸在牆上，這樣碎片就會戳進克萊兒的皮膚，然後薇奧拉抽抽鼻子，他呼出一口氣，盡量不去想像自己將瓶子砸在克萊兒的後腦勺，今晚很糟；他們只是度過一個糟糕的夜晚，通常跟克萊兒挑三揀四的父母共進晚餐之後就會有這種結果。

「你把薇奧拉撞倒了。」除了難聽又帶刺的侮辱之外，瑞德終於想到話可說。

克萊兒的目光終於落到女兒身上，她的表情冷漠。「她還活著啊。」

瑞德深呼吸轉身走出了房間，如果不離開現場，他不確定自己能否忍住用拳頭打穿牆壁的衝動。

他把怒火埋在心裡，沒有埋得很深，因為他希望之後還能重燃，但稍微忍耐一下至少能夠平心靜氣幫薇奧拉洗澡，送她上床睡覺，他用臉頰摩擦她的頭髮，洗髮精的化學草莓味讓他打了個嘖嘖。「對不起，你媽媽是個神經病。」他喃喃道，儘管他知道不該說這種話。

薇奧拉只是眨眨睡眼惺忪的眼睛。「媽媽？」

瑞德抿著嘴唇又給了她一個晚安吻，然後去找克萊兒。

她穿著一件蕾絲睡衣在臥室裡等他，緊到繃在她的孕肚上，瑞德知道她是故意挑那件，她用孩子來威脅他，這不是第一次也不會是最後一次。

「你害我很尷尬，」她又說了一遍，彷彿過去一個小時從未發生，她坐在梳妝台塗護手霜。「你為什麼不接受我父親的提議？你覺得還會有誰想僱用你？」

現在他沒有抱著女兒了，瑞德挖掘自己無力控制的憤怒。「妳明知道他給我工作是為了羞辱我。」

他不可能幫克萊兒的父親工作：克萊兒和她父親都知道，該死，連布倫特伍德家的僕人都知道，就像晚餐時經常發生爭吵一樣

「你到底在氣什麼？」瑞德很了解克萊兒，她一定是為別的事情在遷怒。

「有人看見你跟那個蕩婦出去，」克萊兒用流利優美的波士頓口音說出這句話，聽起來很奇怪。

他畏縮一下，她突然靠得太近，她的眼睛漆黑，嘴巴緊抿。

「你連否認都不願意？」

瑞德知道她變成這樣的時候怎麼解釋也沒有意義，他甚至不知道她指的是誰，但他猜是他一週前一起喝咖啡的那個女人，一個朋友的朋友，她剛搬到鎮上，希望有人可以提供購屋建議，但他怎麼解釋並不重要。

克萊兒回到梳妝台前擺弄著一罐亮橘色的處方藥瓶，藥瓶就放在她收藏的漂亮的香水當中。

「我覺得你應該接受我父親的提議。」

瑞德甩甩頭，又甩甩頭，想要釐清思緒，他的注意力轉移到藥瓶上，她故意前言不搭後語，目的大概是想讓他無法跟上這段毫無邏輯的談話。

「什麼？」他只能想到這句話。

克萊兒的手掌按在她子宮裡的嬰兒上，彷彿希望他提醒她別拿著那個藥瓶，她一邊看著處方說明，一邊開始緩慢地揉著孕肚，她又說了一次，「我認為你應該接受我父親的提議。」

他內心遭受重擊，比一記耳光要重得多。

他吞下暗示和威脅，他知道她真的幹得出來，瑞德用嘶啞顫抖的聲音說，「我會的。」

「太好了，」克萊兒帶著燦爛的笑容抬起頭來，她把藥瓶扔到梳妝台後面，彷彿拿起藥瓶只是個意外。「我會告訴他你明天會去。」

第五十一章　葛蕾琴

現在——

蕭內西在走廊等著葛蕾琴，可能是因為他知道如果不在那裡堵她，她就會從他身邊偷溜走。

「你臉上有一種表情。」他粗魯地指著她說。

她拍掉他的手。「什麼表情？」

「貓偷抓到金絲雀的表情，」蕭內西指責道，「那表情表示你剛解決了一些問題。」

「真榮幸讓你那麼了解我的表情，前提是你猜對了，」葛蕾琴輕聲說道，沿著拘留所長長的走廊走去。「我就說你對我有執念吧。」

「不要逃避我的問題。」蕭內西在她身後喊道，雖然跟不上她的步伐但還是努力追上。

葛蕾琴停下腳步回頭。「我想你真的很了解我，因為我八歲的時候你就看錯我了，還試圖逮捕我。」

「噢夠了，」她推開蕭內西，「這樣很不專業，這算什麼？內疚之旅？還是業餘時間？」

還是值得一試，只要能搪塞他一下，她甚至考慮過重提舊事假裝流個幾滴眼淚，但此舉肯定會讓蕭內西起疑。「我很焦慮。」她毫無歉意地聳了聳肩說。

「是的，我知道，」蕭內西故意強調語氣，「為什麼？」

她穿越大廳，高跟鞋踩在廉價的油氈瓷磚上。「我不認為泰絲・墨菲是在二十年前遭到謀殺。」

「好。」

「我認為她是去年遭到謀殺，」葛蕾琴說，「準確的時間點是去年春天。」

蕭內西停在原地但她繼續向前走，手裡掏著她的保時捷鑰匙。「什麼？」他說，聲音大到兩名警衛和一名訪客都轉頭看著他們。

「一定要這樣嗎？」葛蕾琴慢聲慢氣回應他的大吵大鬧，她簽退時他有點臉紅，急忙跟上她，他們完成行政程序的過程中他表現出絕佳的耐性。

直到他們走回戶外的停車場，他才抓住她的手臂。「好了，什麼？」

她盯著他的手。「你知道我有槍。」

他翻了個白眼但還是放開了手。「告訴我你在想什麼。」

「你沒聽到薇奧拉說的嗎？」

「我聽到的供詞讓我確定我們沒抓錯人。」蕭內西說。

葛蕾琴拍拍他的額頭，沒有理會他不滿的咕噥聲。

「如果這就是你從她表演中獲得的全部結論，我不得不說，我對你深感失望。」葛蕾琴說。

「好吧，」他轉過身來，「我錯過了什麼？」

「瑞德想離開克萊兒，」葛蕾琴說，「克萊兒不讓他走。」

葛蕾琴回想起錄音中克萊兒和莉娜間的對話。

「我不得不問……你為什麼要挑現在？」

「克萊兒聘請莉娜調查泰絲的失蹤，」葛蕾琴說，「她選在二十年後，每個人都認為那個女孩當年是逃家了，如果不是因為她有信心自己會找到什麼，她為什麼要這樣做？」

「等等，等等，等等。」蕭內西像個慌張的卡通人物一樣高舉雙手。「不要告訴我你認為克萊兒·肯特殺人，只是為了不讓丈夫離開她。」

但克萊兒不是一般人；她不是個共感人，她能有這等成就，是靠暴力、靠權力、靠她創造的小王國，如果有人開始向她投來質疑的目光，她可以把一切都歸咎於薇奧拉，殺人動機不只是因為她丈夫要離開她，她也需要重新確立自己是那個掌控大權的人。「是的，這就是我的意思。」

蕭內西瞇著眼睛看著天空。「或者她多年來一直為瑞德掩蓋罪行，並一直掌握著證據，直到證據能為她所用。」

那推論……似乎很合理，但既然如此，她為什麼不直接報警？如果是瑞德殺了泰絲，就沒有理由再做任何基礎調查，但如果是這樣，克萊兒就可以讓莉娜自己把所有證據拼湊在一起並說服她。

葛蕾琴想到莉娜藏起來的隨身碟，裡面還有其他音檔片段。

是莉娜讓德克蘭·墨菲相信瑞德有罪。

是莉娜編了費歐娜·墨菲和瑞德之間的劇本。

是莉娜害瑞德變得如此偏執，因此他妹妹才會打電話給莉娜，要求她坦承自己的懷疑。

我搞砸了，葛蕾琴。

「你知道嗎？你是對的，」葛蕾琴對蕭內西說，她決定不值得再花時間爭論這個問題，反正她只希望他別跟著她。「我要去世界盡頭找馬可尼，同時確認狀況。」

「如果那個神經病只是在耍你怎麼辦？」蕭內西問了這個顯而易見的問題，彷彿葛蕾琴從沒想過這一點。

「她當然是在耍我，」葛蕾琴一邊打開車門一邊說，「但我得提醒你，她才十三歲。」

只是個小女孩。

「這倒是，」蕭內西承認，「我跟你一起去。」

「不，你是對的，這可能只是白費功夫。」葛蕾琴揮手要他離開。

他瞇起眼看著她。「別這麼說。」

「如果你擔心的是保姆工作，馬可尼會在那裡，」她說，「這就是我稍早打電話給她的原因。」

蕭內西的注意力並沒有離開她的臉，他掏出手機開了擴音，她翻了個白眼卻沒有再多說什麼。

馬可尼接聽電話時蕭內西咆哮道，「你人在哪？」

「組織搜索隊尋找泰絲．墨菲的屍體，」馬可尼回答。葛蕾琴挑起半邊眉毛，這是一項她花費數年時間才學會的技能，但她從未後悔自己學過。

蕭內西掛斷電話時噘著嘴巴。「你真的認為只有一年？」

「你覺得克萊兒．肯特怎麼可能突然發現一條沾滿鮮血的手鍊，然後跑去找莉娜．布克——她已經二十年沒和她說過話了——還要求她調查莉娜過去最好的朋友？」

「克萊兒．肯特和她女兒一樣是神經病。」蕭內西終於跟上了。

她和你一樣。

「手鍊上的血跡必須和泰絲的血比對符合，」葛蕾琴說。如果克萊兒的終極計畫是將這件事交給警方，就必須有具體的證據。「我想克萊兒一定確定會符合。」

蕭內西吐出一口氣，一隻手撫過頭頂。「嗯，該死。」

「這也代表，」葛蕾琴仔細觀察著他說，「克萊兒．肯特的死還有另一個可能的動機。」

「復仇，」蕭內西說，「德克蘭．墨菲？」

沒錯。「他是明顯的嫌疑人，」葛蕾琴說，「而且他是建議瑞德去看拳賽的人，也許你應該和他談談？」

蕭內西打量著她，她討厭自己的不耐煩，她哄騙他時通常技巧更好。「你不想一起？」

「馬可尼，」葛蕾琴提醒他，為了強調這句話，她停頓了很久。「跟我已經和他談過了。」

「你認為我會把他搞得更慌亂。」蕭內西說出結論。

葛蕾琴聳起半邊肩膀，表現得彷彿怎麼樣都無所謂，自他們離開拘留所以來，這是蕭內西第一次貌似相信她的話，他開始拍拍口袋尋找鑰匙，不再用懷疑的銳利眼神看著她。

「好吧，去幫我找確鑿的證據。」蕭內西有點心不在焉地發號施令。

她匆匆敬禮，挖苦地說了聲「是的，老大」，表示達成協議。

葛蕾琴開著車呼嘯離開停車場但沒有開多遠，畢竟保時捷很顯眼——這是唯一的缺點——但最終她轉進一條能暫時躲一下的小巷，一直等到蕭內西的黑色休旅車從她身旁飛馳而過她才終於鬆了一口氣，找到莉娜的語音信箱留言。

她和你一樣。

葛蕾琴想到米洛手上的石膏，想到每個捲進這場混亂的人，想到薇奧拉的任性發言：「你能知道的我已經全都告訴你了。」。

葛蕾琴把手機扔到旁邊的座位上，莉娜的語音留言透過喇叭播放出來。

「你得……你得幫我完成，好嗎？」

「我在努力，親愛的，」葛蕾琴踩下油門，一邊喃喃道。

第五十二章——瑞德

克萊兒死前七年——

「那是什麼？」安絲莉俯身在廚房中島上抓住瑞德的手臂，她撫過燙傷的邊緣時他差點縮手。

這問題問得隨性又簡單，安絲莉說話的方式彷彿這只是標籤撕掉留下的污跡，或者是沾到一點食用色素。

她仔細觀察傷口時，彷彿關於她的一切都靜止了，她抓著他的手腕彷彿他會逃跑，然後非常緩慢繞過中島站在他面前，目光仍然緊緊盯著燙傷，他暗自咒罵自己為何要把袖子捲起來。她來他家已經三天，他太輕忽，以為孩子們會分散她的注意力，所以她不會注意到。

沒有其他人注意到。

「瑞德？」安絲莉的聲音很小，「這是什麼？」

「前幾天我煮飯的時候自己燙到的，」瑞德回答時甚至沒有一絲猶豫，「沒有看起來那麼嚴重。」

「看起來是有人拿電棒燙你的皮膚，」安絲莉說，瑞德不禁僵住一下，因為她猜得太準。「你真的打算騙我事情不是這樣嗎？」

瑞德舔舔嘴唇，羞愧在他內心燃燒，他知道，他知道這不是他的錯，但感覺起來卻又像他的錯，安絲莉現在看著他的表情也安慰不了他，她的表情看起來很受傷，她的熊熊怒火正在燃起，他知道她要爆炸了。

那一刻他沒有看見克萊兒的臉，沒有看見她將灼熱的金屬烙印到他手臂上的冷漠表情，而是看見塞巴斯汀和米洛，他們脆弱的皮膚和身體。

他知道自己必須說謊。

「被薇奧拉拿到電棒，好嗎？」瑞德聲音保持低沉，克萊兒不是唯一可以利用孩子們的人。「我們正在處理。」

安絲莉沒有放手，看起來並不相信他，但當他拒絕再吐露一個字時她卻嘆了口氣，用拇指撫摸一塊沒燙傷的皮膚，彷彿她可以提供安慰。「你得帶她去尋求幫助。」

「我正在努力。」

直到安絲莉繞著中島轉了一圈，回去翻閱她原本看的某本雜誌，瑞德才敢恢復呼吸。

這是他第一次將克萊兒的暴行嫁禍給薇奧拉，他有預感這不會是最後一次。

也許安絲莉並沒有完全相信他，但大多數人會，他們看著他，即使親眼看見瘀傷，也很難去相信有這種事，他高大、強壯又自信，如果他真的告訴誰實情，他們會一笑置之。

沒有人會認真看待受女性虐待的男性，他會成為笑柄。

但沒有人猜到真相是一件好事，如果他試圖離開她，克萊兒會立刻透過法律手段把孩子佔為己有，眼下這是最好的情況。

這並不全然是壞事，因為並不常發生；無論如何，很多時候他都是自找的，至少她還沒有蓄意對孩子們做出什麼可怕的事。

但瑞德內心有某個部分知道，雖然她現在還沒有傷害過小孩，隨著時間推移，這件事愈來愈有可能發生。

第五十三章 葛蕾琴

現在——

葛蕾琴知道弗瑞德買得起更好的房子，但她住在一個簡陋街區的邊緣地帶，一間聯排別墅樓下的潮濕地下室，只因她從不想成為那些「有錢的混蛋，用一百塊美金擦屁股只因為老子有錢」。葛蕾琴從來沒有告訴弗瑞德可以選擇舒適的中間路線，畢竟這不是她的人生。

弗瑞德開門讓葛蕾琴進來，馬上穿越屋內走回她的座位，葛蕾琴一直稱她的座位為指揮中心，這裡放了一台有十年歷史的螢幕，螢幕接著一台精美的筆電，但弗瑞德可以靠這些設備創造奇蹟，因此葛蕾琴在這間密室中總是表現出應有的尊重。

「有什麼發現嗎？」葛蕾琴知道弗瑞德和她一樣很討厭閒聊和浪費時間。

「沒有兒童保護服務記錄。」弗瑞德聳聳肩癱在電腦椅上，懶洋洋地前後搖動。

「沒有？」葛蕾琴知道不該嚇到但仍感到震驚，報告中記錄的疤痕組織足以讓每個肯特家的小孩都成立一個獨立個案，葛蕾琴猜想檔案會很厚。

「沒。」弗瑞德重複道。

葛蕾琴抿著嘴唇。「你能取得就醫記錄嗎？」

這要求更難了，醫療資料的保護嚴密，但似乎每個月（如果不是每週）都會發生資料洩漏，葛蕾琴希望弗瑞德知道怎麼走後門。

畢竟她精於此道。

「看於你想找什麼，」弗瑞德一邊說一邊嚼著口香糖。「有社會安全號碼嗎？」

「有姓名和住院大概的日期，但沒有社會安全號碼，」葛蕾琴說，「猜得到是哪個醫療系統。」

「運氣不錯的話應該拿得到，」弗瑞德露出甜美的微笑時當她甜美地微笑時，檯燈發出的微光映照在釘在她酒窩裡的金屬穿孔飾品上。「但要付出代價，高昂的代價。」

葛蕾琴擺擺手。「沒關係。」

弗瑞德旋轉過來正面看著她，用拇指撫過狐狸紋身的尾巴，葛蕾琴知道這個紋身，從她的鎖骨越過肩膀一直延伸到背部，狐狸的笑容和弗瑞德一樣犀利狡猾。「對詐騙集團說這種話很危險，懷特博士。」

弗瑞德只稱呼她為懷特博士不是出於尊重，葛蕾琴第一次自我介紹時，弗瑞德因她姓氏的諷刺性笑了整整一分鐘。「懷特？跟你的靈魂一樣缺乏特色嗎？」

「多少錢？」葛蕾琴這麼問只是因為她知道如果自己表示不在乎多少錢，弗瑞德真的會把她吃乾抹淨，當葛蕾琴執著於要找出答案，就算傾家蕩產也在所不惜，她對這點並不感到驕傲，但因為她主要合作的對象是警方，所以很少有人真的會去利用她這個弱點。

但弗瑞德會。

「六千。」弗瑞德厚臉皮開價，這個數字足以證實葛蕾琴的懷疑，但葛蕾琴很有錢，六千對她的財富來說就像九牛一毛。

葛蕾琴殺價的原因只是因為如果不這樣做，弗瑞德會看扁她。「四千。」

「六千，不要拉倒，女士，」弗瑞德說，「你有五秒鐘的時間決定。」

「你真的是個屁孩，」葛蕾琴指責道，「我買單。」

弗瑞德敲敲手機，葛蕾琴知道規矩是拿錢好辦事。「這年頭用這些應用程式付錢是如此簡單，」葛蕾琴邊說邊轉帳，弗瑞德如她預期完全不想浪費時間閒聊。

但當弗瑞德收到入帳通知時很快就問：「你要找什麼？」

「去年四月，四月前一週，」葛蕾琴說。

「麻省總醫院？」弗瑞德問。

「不，別的醫院，也許小一點的，燈塔山附近，」葛蕾琴說。「你能搜尋多個醫療系統嗎？」

「當然，」弗瑞德的口香糖發出爆破聲，「找高級區域。」

葛蕾琴哼了一聲表示確認。「應該是急診室和……」

弗瑞德在她話間停頓時停止打字，扭頭向後看，一縷紅色的捲髮彈到她臉上。

「一個孩子，」葛蕾琴說，「應該是孩子。」

弗瑞德低聲吹著口哨，又將注意力轉移到螢幕上。「名字？」

「肯特。」

弗瑞德搜尋了幾分鐘，葛蕾琴盡量不顯露出煩躁的樣子，終於有什麼東西跳出到主螢幕上。

「找到了。」

葛蕾琴俯身將一隻手擺在弗瑞德辦公桌上一小塊空的地方，她認為弗瑞德不會跟她計較，因為多虧了葛蕾琴才讓她進帳六千美元。

「塔夫茨醫療中心，」弗瑞德讀出，「米洛·肯特，手臂骨折，腳踝骨折。」

葛蕾琴心想一定是摔下樓梯。「有通報兒童保護服務？」

「就算有也沒有紀錄。」弗瑞德的語氣中帶著一絲苦澀，葛蕾琴覺得弗瑞德和她一樣清楚這傷勢的意義。

容易攻擊的獵物。

葛蕾琴的目光搜尋了日期，是克萊兒肯特被殺的前兩天。

兩天。

很久以前，葛蕾琴就知道巧合這種事真的存在，就像她告訴馬可尼大腦喜歡尋找不存在的模式。

但米洛·肯特在他母親遇害前兩天被送往急診室，絕對不是巧合。

第五十四章

瑞德

克萊兒死前兩週——

那天晚上去拍賣會後莉娜一直在傳訊息和打電話問他是否愛克萊兒，那天晚上他說謊說他愛，她看起來很沮喪。

從那時起已經過去好幾個星期，現在瑞德的手機紀錄證據確鑿，只是他從來沒有回應，也從來沒有接聽，不過他並沒有封鎖她的號碼。

當莉娜終於堵到他本人時，瑞德不知道為什麼會感到驚訝。

「如果你沒有殺了泰絲，幫我弄清楚是誰殺的。」莉娜在遊樂場上慢慢移動溜到他身邊，然後無預警說了這句話。

「天啊，」瑞德低聲說，掃視他們周圍的爸媽們，他們成群聚集在很遠的地方，無法聽見莉娜的聲音，但這並無法阻止瑞德的手中冷汗直流。

「放輕鬆一點，」莉娜笑著說。她這次的打扮還是很輕便，就像他們找費歐娜．墨菲談話的時候，現在感覺起來像是很久以前的事了。「沒有人在聽我們說話。」

她說的可能沒錯，大多數家長都與他們這家人保持謹慎的距離，即使大家並沒有明確知道薇奧拉的事，但依然嗅得到這家人就在腐爛的邊緣，就連男孩們也沒其他小孩理會，只能跟對方玩耍，瑞德不知道該如何化解這種心痛。

安絲莉穿越公園，在格子鐵架找到米洛，她似乎還沒有注意到莉娜的存在。

「你為什麼認為我沒有？」瑞德問道。

她斜睨了他一眼。「我不希望你有。」

瑞德別開視線看向站在溜滑梯頂端揮手的塞巴斯汀，瑞德也對他揮了揮手，裝出熟練的笑容。「希望與現實是兩件事。」

「這點你最清楚對吧？」莉娜問道，他沒有回應，因為不需要。

「不是偶遇，對吧？」瑞德說，「第一次在星巴克。」

「當然不是，」莉娜輕鬆地回答，「你早就知道了。」她停頓看了他一眼，「你到底想問我什麼？」

「誰雇用你？」他問道。

莉娜搖搖頭。「不，不是因為那樣。」

瑞德用腳尖跳著取暖。「你有沒有想過我是兇手？」

「夜深人靜的時候我有時會這樣想，」莉娜說，「因為很合理，」她停頓，「對不起。」

「不需要道歉，」瑞德說，「我從來沒有給過你任何理由來相信我，其實我做的恰好相反。」輪到他沉默了，當他們之間的空氣感覺愈來愈稀薄，他輕推她的肩膀。「我欠你一個道歉。」

莉娜的嘴唇抿成一條線。「離開這裡。」

她不太習慣流露感情，但瑞德不為為意，不過他確實盯著地面，沒有看著她。「我把你拋下，對不起。」

莉娜用力吞吞口水，喉嚨動了動。「是我讓你這麼做的。」

瑞德搖搖頭，但莉娜轉過頭來，這樣她就可以用炙熱的眼神看著他，讓他屈服，然後她伸出顫巍巍的一隻手耙過頭髮。「你知道沒關係，對吧？」

「什麼？」

「所有一切？」莉娜說，真正地正對上他的眼睛。「我愛你，就像血濃於水。」

瑞德移開視線，既羞愧又覺得麻木。

「泰絲還活著對嗎？」莉娜聽起來像是早就知道答案。

瑞德用舌頭舔舔牙齒，想起那個郵政信箱，想起為什麼明信片沒有繼續寄來，想起鞦韆，想起童年，還有蒼白皮膚上的瘀傷，想知道自己為什麼還要繼續保護一個怪物。「至少一年前還活著。」

「噢，感謝上帝。」莉娜在他旁邊喃喃自語。

他驚訝地轉頭，她畏縮了一下。

「不是感謝她死了，」莉娜說，「而是慶幸你承認了。」

瑞德緊咬下巴，悔恨自己為何要踏進這個陷阱，這幾個月來莉娜一直試圖要讓他承認謀殺了泰絲。「那不是認罪自白。」

「不是，我知道，」莉娜說，「我不是要你認罪。」

兩人還沒來得及說什麼，安絲莉就出現在他們面前，男孩們還在溜滑梯旁邊。

「我早跟你說了吧。」安絲莉對莉娜說，語氣很得意。

瑞德的視線在她們之間來回。「這是怎麼回事？」

「莉娜沒有把實情告訴你。」安絲莉朝他的方向看了一眼。「說句公道話，她已經學到慘痛的教訓了，因為你很容易被克萊兒——」

「安絲莉」——他打斷了她快要說出口的粗話——「這裡是遊戲場。」

「迷人的個性蒙蔽雙眼，」安絲莉故意拖長語調，「我告訴她可以相信你，但她不相信我。」而且，啊，拍賣會之夜的對話終於有意義了。「你問我愛不愛她。」

莉娜聳聳肩，看起來沒有一絲愧疚。「你說愛。」

「他說了很多廢話。」安絲莉說。

「我不想因為瑞德被克萊兒控制而失去七個月的工作，」莉娜的語氣中一點歉意都沒有，「我不想讓他向克萊兒報告我們的推測，然後打草驚蛇，她很擅長隱藏證據。」

他呼出一口霧氣然後看著霧氣消散無蹤，他想起放在衣櫃後面的那把刀，上面沾有薇奧拉的指紋。「我應該幫你的。」

「你之前的行為——」

「與此背道而馳，是的，」瑞德承認。克萊兒總會讓他變得愚蠢，一想到這，他摸摸自己的顴骨邊緣。「你說服德克蘭說你相信我殺了泰絲，因為你知道他和克萊兒上床了。」

莉娜此時看起來有罪惡感。「她不會知道我在查她的底細。」

她說這句話的方式……「你和她一起工作？」

安絲莉和莉娜交換眼神，莉娜畏縮了一下。「她僱用我去找泰絲。」

找到泰絲的屍體，這才是莉娜真正的意思，瑞德想到不見的手鍊，犯罪部落格網站上的留言，克萊兒早就幫德克蘭鋪好路了。

他會用拳頭捶牆。

他的妻子還埋下什麼其他證據？費歐娜．墨菲家的紙條？他不記得寫過這張紙條，誰能證明費歐娜真的在泰絲離家出走隔天找到紙條？

瑞德吞吞口水。「你接下了這份工作。」

「我一直很想知道為什麼泰絲後來沒有寫信給我。」莉娜低聲說，她的目光盯著男孩們，安絲莉移動一下像是要走到瑞德面前，但瑞德搖搖頭。

「她當年就很怕克萊兒。」

她倆聞言都看著他，他強迫自己看著她們的眼睛。「我以為只是……我不知道，可能只是泰絲失去理智或者嫉妒之類的。」

安絲莉惡狠狠地罵道。「你是個白痴。」

「她為什麼不告訴我？」莉娜問道，但感覺沒有期待他會回答。

「她想要過新的人生，」瑞德的臉上熱燙燙的，因為年輕時的自己而感到羞愧，他現在已經知道太多事，知道這些年來他跟克萊兒在一起不該受到譴責——因為她是一個典型的虐待狂，她孤立並操縱他，讓他覺得困在這裡，但他恨自己當年沒早點知道，沒有意識到那天晚上泰絲手腕上的瘀傷不是一件該等閒視之的事。

當泰絲問他，「你覺得她是不是有點……怪怪的？」他應該認真聽進去。

「但克萊兒最終還是沒有放過她。」安絲莉話中滿是痛苦的沮喪。

瑞德斗膽看了莉娜一眼，她看起來快要爆發，隨時都有可能因為他說錯一句話而怒罵他。

「你確定？泰絲死了。」

他懷疑過但不確定，他很少收到明信片，如果只是單純沒再寄來他不會想太多，但是莉娜六個月前開始問他問題，他又發現手鍊不見了——他想起克萊兒多年前曾問過那個箱子的事——他忍不住擔心泰絲沒有逃脫克萊兒的魔掌。

莉娜的憤怒轉為悲傷。「算確定，費歐娜．墨菲要我拿她的血比對手鍊上留下的血跡，回覆結果是高度相符，兩者可能是親人。」

「但可能是德克蘭的血。」瑞德說。

「就算血是泰絲的也不表示她已經死了，」莉娜微微聳肩說道，彷彿他們都在考慮這些可能性。「這就是為什麼我還不能用我掌握的證據做出什麼推斷，因為一切都有辦法解釋。」

「你需要的是屍體。」安絲莉說。

「正在努力。」莉娜咬牙切齒地說。

瑞德端詳著她的臉和她緊握的雙手。「你是怎麼弄清楚這些事的？」

說到這裡莉娜倒是鬆了口氣，翻了個白眼。「克萊兒沒有她自以為的那麼聰明，」她停頓一下，「德克蘭也沒有。」

「德克蘭？」

莉娜打消他的驚訝。「他沒有涉案，」她停頓一下，「至少我不認為，但他幾杯黃湯下肚，口風就變得很鬆。」

「他說溜嘴克萊兒的事？」瑞德問道。

「沒直接說，」莉娜說，「但我一發現她在討好德克蘭，洗腦他認定你是有暴力傾向還會對妻子施虐的丈夫，我就開始問他更多的問題。有一些電子郵件，還有一些有助於證據搜集的線索，以備這個案子真的成立時派上用場。」

瑞德把指甲掐進的滿是傷痕的指關節。「你怎麼知道我沒有施虐？」

「我不知道，」莉娜的答案重重沉入瑞德的心裡。「但我真的很擅長我的工作，我跟不少人聊過，所有騎自行車進出你家的保姆。」

保姆們口中的說法他只能靠想像，莉娜一定從他表情察覺到他的心事。

「他們沒有說太多——似乎很害怕，」莉娜說，「但不是怕你，我也開始調查基金會。」

「我相信佩妮．蘭福德說了很多，」瑞德說。那個女人從來沒有喜歡過他，他不怪她，但他猜想克萊兒在她面前勾勒關於他們婚姻的畫面，一定與他認知的完全不同。

「是的，她不喜歡你，」莉娜輕鬆地說，「但我沒跟老闆談，我是跟員工談，克萊兒可能很擅長操控，但當有夠多的人說法完全一致時……」

「你就開始相信他們了。」安絲莉幫她接話。

瑞德看了她一眼。「你也參與了這一切？」

安絲莉誠實地漲紅了臉。「我發現莉娜故意讓你以為她認為你殺了泰絲的時候，我就參與了。」

「克萊兒不知道我不相信她，」莉娜又說，「我顧不了你的感受，克萊兒不知道才是最重要的。」

他懂了，他完全懂了，經過二十年婚姻，他知道阻止克萊兒的唯一方法就是像她一樣使出骯髒的手段，他也很好奇如果莉娜知道那把刀的事，知道那天下午棒球比賽時他擬定的絕望計畫，她會怎麼說，那感覺就像是困獸之鬥。

瑞德猜不透的是克萊兒是否真的想拿著這些線索去報警，她是否一直設計讓莉娜出頭完成所有調查，引起警方的關注，並首當其衝承受隨後的所有提問和質疑？或者讓莉娜調查只是一種控制瑞德的方式，同時又不必讓所有人都見光死？」

「好吧，既然我們已經確立了克萊兒是個魔鬼，殺害了可憐的泰絲，那現在我們該怎麼辦？」安絲莉插話。

兩人都看著他，他搖搖頭。「我無法證明任何事情，我連一年前泰絲還活著都無法證明，她不再寄明信片給我，但我一開始就把她寄來的所有證據通通燒掉了。」

安絲莉氣惱地呼出一口氣，但莉娜打斷了她。「我正在調查這件事，我正在縮小範圍找出她定居的城鎮。」她交叉雙臂，彷彿害怕被看出她還沒取得進一步的進展。「我只是需要多點時間，至多幾星期，如果我們可以確定她還活著，就可以坐實她當年只是失蹤，之後就好辦了。」

瑞德的胸口燃起一團他幾乎辨識不出的小小火焰，那是希望，許久以來他除了沮喪之外從來沒有其他感覺，這讓他害怕，不敢奢望自己真的有可能擺脫困境。

「只是……」莉娜的聲音愈來愈小，他抬起頭來時她正盯著他看，她的眉頭緊鎖，嘴唇緊閉。「在那之前要做小伏低，好嗎？」

莉娜離開，他倒在安絲莉身上，讓她承受他的重量。「如果克萊兒又想到辦法脫身的辦法怎麼辦？」他問。即便希望是如此微妙又脆弱，懷抱希望卻比身處無盡絕望的徹底黑暗更難承受。

「你知道她是什麼樣的人。」

「不會的，」安絲莉的下巴抬高，肩膀一挺，「無論如何都要結束這一切。」

第五十五章 ——葛蕾琴——

現在——

葛蕾琴站在弗瑞德悲慘的小公寓外低頭看著手機，她已經在同一個地方待了五分鐘，她知道如果她再逗留，弗瑞德會揮舞著槍或大刀衝出來。

但葛蕾琴無法動彈，她唯一聽見的只有莉娜留下的遺言。

你得幫我完成，你什麼事情都能處理好。

葛蕾琴在無意識間發現自己在找安絲莉・肯特的電話，然後點下撥出。

「我知道事發經過了。」安絲莉一接聽電話，葛蕾琴就說道。

對方在震驚中沉默了，然後她說：「我還有多少時間？」

「一小時。」

葛蕾琴不知道通話斷線前聽到的那句輕柔的「謝謝」，是真實的還是出於她的想像。

如果有人徵調葛蕾琴的通聯記錄，她不確定自己不會被抓到法庭上解釋那通電話，但她什麼時候擔心過後果？她現在也不打算擔心。

正如她所料，手機發出愉悅的叮鈴聲。

是馬可尼。

葛蕾琴讓手機繼續響，一邊過馬路走到她停車的地方。

給安絲莉一個小時可能太大方了。

如果馬可尼聯絡不到葛蕾琴，可能會轉而打電話給蕭內西，如果蕭內西發現她不在馬可尼身邊，他就會打電話給她，如果他們發現她在單獨調查，他們就會嚴陣以待，砲口一致針對她。

她把手機關機，以防蕭內西突然變聰明，決定用手機追蹤她。

過沒多久她發現自己停在莉娜的公寓前，停在三天前的同一個車位，當時她走進去已經做好最壞的心理準備。

葛蕾琴走進公寓後開始從公寓的一頭走到另一端，最後走到莉娜的辦公桌前低頭看著那疊檔案，她昨天才傲慢地告訴馬可尼這些文件不值一看。

莉娜一直是個有備而來的人，幾個月前她告訴葛蕾琴那本書，她一定知道自己正在逐漸失控，一定是知道自己需要備用計畫，以防狀況急劇惡化。

也許她認為薇奧拉應該被關進監獄——正如她乏善可陳的辯護——她不得不服用鎮靜藥物來自我治療，為的是麻痺內疚。

我搞砸了，葛蕾琴。

莉娜很清楚這件事會如何影響一個年輕女孩的人生，她多年來一直眼睜睜看著葛蕾琴面對這個污名，莉娜也知道葛蕾琴不像共感人那樣背負討厭的良知，她留下的音檔在短短時間內暴露了人類這扭曲群體的寫照，她讓葛蕾琴知道她並不完全相信瑞德，也讓她知道她在耍德克蘭．墨菲。

不過最重要的是她讓葛蕾琴知道她信任安絲莉．肯特，硬要說的話，葛蕾琴不得不說這就是她打電話給安絲莉的原因，葛蕾琴不一定在乎這個女人之後會發生什麼事，但她認為莉娜可能在乎，如果這能夠當成葛蕾琴送給朋友的最後一份臨別禮物，她會願意這麼做。

她內心有一個小小的聲音在告訴她，她之所以會打電話給安絲莉，可能有更深一層的原因，也許不是因為相信莉娜，而是與葛蕾琴自己有關，但她無情地壓下那個聲音。

葛蕾琴突然開始檢視莉娜辦公桌上的那疊文件，尋找克萊兒．肯特的娘家姓——布倫特伍德。葛蕾琴昨晚想起自己一直不知道她的娘家姓，所以查了一下。

她在該找到的地方找到檔案，跟其他檔案一樣按字母排列。

就這樣放在光天化日之下。

葛蕾琴一邊生氣著為何沒有早點想到，一邊又敬佩莉娜的聰明，她決定完全忽略自己的感受，直接翻閱頁面。

如果有人想要蒐集克萊兒．肯特的罪證，檔案裡面包山包海，一字不漏。有一份婚前協議規定結婚二十年後，瑞德有權獲得全部財產的一半，通聯記錄顯示克萊兒在一個月內多次撥打同一個號碼，同時泰絲．墨菲——另取了新名字叫費歐娜．德克蘭——從她開啟的新人生中神祕失蹤，以及德克蘭．墨菲和克萊兒之間往來電子郵件的紙本列印，內容顯然是為了誣陷瑞德，葛蕾琴不可能找到更好的證據了。

好吧，除了一封完整的自白。

檔案最後是一只信封，上面潦草寫著葛蕾琴的名字。

內容很簡單，只有一行字，她最後的請求。

這是莉娜的真實遺言。

葛蕾琴盯著信，直到手機設定的鬧鐘響了。

她把紙塞進口袋，然後朝著樓梯走去。

給安絲莉的時間夠了。

第五十六章

──瑞德──

克萊兒死前兩天──

瑞德知道他應該閉嘴接受。

他知道自己應該扮演好自己的角色，再撐幾個星期，等莉娜拿到更多不利克萊兒的證據。

他知道懷抱希望非常危險，但他沒有發現希望會帶給他動力，讓他此生第一次反擊她。

「她不要換醫生，」瑞德第二十次說道。「無論你怎樣假裝沒這件事，問題也不會神奇地自動消失。」

克萊兒繼續梳著頭髮，幾乎沒有理會瑞德的抗議，他的聲音愈來愈大聲。「瑪麗．貝絲．謝弗也看斯隆醫師，如果她在候診室遇到我們，嗯，你就知道她會講什麼八卦了。」

「瑪麗．貝絲去死，」瑞德幾乎認不出自己的聲音，「去死吧，這是我們的生活，這是我們女兒的人生。」

「不要那麼戲劇化。」克萊兒說。

瑞德用手掌擦擦臉，告訴自己只要再忍兩週，就這樣，兩週，但他們可能沒辦法撐那麼久。

「前幾天薇奧拉和米洛在一起。」瑞德這次口氣較好，這樣也許她就會願意聽。

克萊兒停下手邊的動作，她的手臂仍然高懸，手裡拿著梳子，瑞德差點哭了出來，自這段談話開始以來，這是他從她身上看見的第一個真實反應，因為就連克萊兒也知道那有多嚴重。「在屋子裡？」

「在車庫裡。」瑞德確認。

「你為什麼不看著他們？」克萊兒又恢復動作，但她的聲音裡有一絲僵硬的拘謹，掩蓋了她無動於衷的表情。「不然你還有什麼重要的事要做。」

這是他熟悉的策略——先把責任推回給他，同時羞辱他。

「他們已經不是小嬰兒了，」瑞德筋疲力盡地說。兩週的期限在他面前無限延長，蜿蜒到他看不見盡頭，永遠也看不到盡頭。「你不能一直控制他們。」

克萊兒的手指扯著男孩房間的鑰匙，她過去也經常鎖上冰箱，直到她意識到這會引發保姆的質疑，這些保姆一直在他們家進進出出。臥室門上鎖就低調許多，這可以讓她限制兒子的自由，效果比限制他們吃什麼更好。

控制，克萊兒熱愛控制，渴望控制，需要它勝過一切。

他早該知道什麼都別說，現在不是時候，不要在這個緊要關頭，但願望在他的喉嚨裡燃燒，威脅著要吞噬他。

「他們總有一天會意識到自己可以反擊，你知道的，」瑞德現在引出的話題竟然可以得到對方的反應，這對他來說就像毒品，一直都是，即便他恨她恨到幾乎無法呼吸，即便在最黑暗的日子裡，即使面對最惡毒的羞辱性攻擊，他還是一直渴望得到她的關注。「那把鎖能撐多久？」

「住嘴。」克萊兒的聲音微微顫抖，但他還是聽見了，他聽見了。

「你認為殺死你的人會是薇奧拉嗎？」瑞德問道，「當然了，她的可能性最高。」

「閉嘴。」克萊兒再次說，她的聲音已經接近大吼大叫。

「還是你認為——」

一只花瓶往他的頭上砸過來，他早就預料到了，他閃身躲掉，精緻的水晶砸在牆上，細小的碎片如雨點般灑落在他身上，克萊兒站在原地喘氣，眼神平靜但手已握成拳頭。

他已經很久——太久——沒有這樣反擊，不花多少工夫就把她逼到了極限，她必須知道這不只是一場爭執，不只是小吵架，她必須知道有什麼事情給了她信心反擊，就像那只飛過來的水晶花瓶一樣令人措手不及。

他低頭看著地板上的碎玻璃一笑，花瓶就像她的控制一樣易碎，而後露出內在驚人的脆弱。

他可以摧毀她的脆弱。

她可能假裝沒看到他的笑容，但笑聲太大了。

瑞德一脫口而出就知道了，知道這將是他餘生都會後悔的錯誤——不管他還能活多久。

克萊兒先是僵住，然後用閃電般的速度抓住兒子房間的鑰匙，還沒等他反應過來她已奪門而出，穿越走廊。男孩們一小時前被鎖在房裡，很可能正在睡，但克萊兒沒打算善罷甘休。

他們倆一起擠在下舖，事情發生得如此之快，克萊兒一把抓住米洛的手臂把他從睡夢中拖到地板上。瑞德怒不可遏地衝向他們，但克萊兒先預料到他的動作，所以從瑞德衝過來的地方一個轉身，他的肩膀直接撞上雙層床，撞出可怕的裂縫。

她把米洛拖到身後，米洛不斷抽泣。

「我們要讓爸爸看看如果他不乖，會有什麼下場，」克萊兒告訴米洛，她的聲音甜美得令人作嘔。「別哭了，寶貝。」

瑞德還來不及抓住他們，克萊兒就把米洛推向樓梯，懵懂又害怕的米洛頓時失去平衡，小小的身體很快四肢翻滾跌落樓梯，可怕的寂靜幾乎讓瑞德跪倒在地。

安絲莉就在現場，站在二樓的樓梯平台上保護米洛，她把米洛抱在胸前，一邊唱著輕柔的搖籃曲，一邊搖晃著站了起來，男孩還在她懷裡。

瑞德三步併作兩步想去扶她，但她卻畏縮了，瑞德感覺自己內心有一小部分瞬間死亡，這是他的錯，這絕對是他的錯，安絲莉厭惡他合情合理，他點點頭說，「快去。」

「你這個變態的婊子，」安絲莉衝著克萊兒尖叫，克萊兒站在樓梯中段，靠在牆上，瑞德方才剛從她身邊擦身而過，她臉上掛著扭曲的微笑。「我不會再讓你靠近他。」

然後安絲莉走了。

再次傳來的不是他的笑聲，他抬頭發現薇奧拉就站在她房間門口，但她並沒有看著瑞德，安絲莉抱著米洛下樓的時候她也沒看她一眼。

她的注意力放在塞巴斯汀身上，他身體的每一處線條都寫滿了毀滅和憤恨。

瑞德當時就知道自己不該懷抱希望。

第五十七章

葛蕾琴

現在——

葛蕾琴走上肯特家聯排別墅戶外的階梯，好奇馬可尼打了幾通電話給她。

她把這個想法拋到一邊，試圖敲門，沒有人應門，她伸手去抓門把。

門沒鎖。

屋內是沒人在家時的那種安靜，但葛蕾琴看見三樓的窗簾在抽動，就像她每次去那裡一樣，她知道去哪裡可以找到瑞德了。

葛蕾琴開始走上三樓，考慮回保時捷車上拿她的槍。

但莉娜的信在她的口袋裡，感覺起來異常沉重，葛蕾琴已經猜到這件事會如何收場，她在自己要找的那扇門外停步。

吸氣，吐氣。

然後她走進了房間。

第五十八章 瑞德

克萊兒死亡當晚——

米洛摔倒——被推下樓——當天晚上，瑞德整晚沒睡，隔天晚上他也沒睡，他很想知道自己是否還能有安枕的一天。

第三天晚上安絲莉到他書房裡找他，她踢他躺在沙發上的腿，逼他坐起來直視她的雙眼。

「克萊兒裝得彷彿什麼事都沒發生，」安絲莉的話單刀直入，她的眼皮又紅又腫，不知為何他無法想像她會哭，但她一定是哭過。「瑞德，我得告訴你，我不知道我們等不等得及莉娜施展魔法。」

瑞德搖搖頭，儘管他知道她說得對。

「讓我帶孩子走，瑞德，」安絲莉說，「我們都離開，讓你們兩個自己解決。」

門猛然打開，砰的一聲撞在牆上。

安絲莉和瑞德都驚跳起來，瑞德移動一下，讓自己身體稍微擋在安絲莉前面。

但是站在門口的是塞巴斯汀，不是克萊兒，他的臉滿是淚痕，下唇顫抖，但他的姿勢和他們一樣，拳頭握在身側。

「不，」塞巴斯汀說，「她會逍遙法外的。」

瑞德靠近他，彷彿在接近一隻負傷的動物，那正是塞巴斯汀此刻的模樣——受傷、崩潰、掙扎，與他十一年前來到瑞德人生中的樣子一模一樣。

「不，不會的，兄弟。」瑞德低聲說，雖然這聽起來像是又一個謊言，現在塞巴斯汀已經全部看穿。

「你老是這麼說，」塞巴斯汀尖叫道，「卻一點作為也沒有。」豆大的淚水順著塞巴斯汀的臉頰滑落，他生氣地抹去淚水，下一句話還沒說出口，哭聲就潰堤了。

瑞德向前跨了兩步把他抱在懷裡，緊緊地抱住他，男孩的臉緊貼在瑞德的心臟下方，塞巴斯汀的身體在每一分悲傷、痛苦和背叛下起起伏伏，他抱著瑞德，儘管瑞德知道他兒子在此刻非常恨他，也許從此之後永遠不會原諒他。

他咽下喉嚨難過的哽咽，房裡一片寂靜，只有塞巴斯汀發出幾聲斷續的嗚咽聲，然後流下無聲的淚水。

塞巴斯汀從瑞德的懷裡掙脫，跑上樓梯朝他的房間走去，就像進來時一樣突然離開了。安絲莉盯著塞巴斯汀原本站的位置，目光顯得有些遙遠。「今晚找莉娜吃個晚餐吧。」這個提議太不合時宜，瑞德花了一點時間思考。「什麼？」

「今晚找莉娜吃晚餐吧，」安絲莉重複道，但她沒有直視他的眼睛。「了解一下她對泰絲之死的調查最新進度，我們明天再想想該怎麼辦。」

瑞德了解自己的妹妹，現在更了解她了，因為她已成為他們聯排別墅中的半長期住客，她賠上自己的生活來幫助他、保護他，在他需要的時候給他一個肩膀哭泣，在他失意時端杯酒給他。

如果他能夠只把她當個「小妹妹」而不是一個大人，也許就可以對她的計謀睜一隻眼，閉一隻眼，但那些日子早已一去不復返。

她眼底的盤算一目了然，一旦他離開家，哪怕是一小時，她也會帶兒子走，即使這代表永遠失去他的信任，即使這代表他們要父子分離，只要想擺脫克萊兒，就不能讓他找到兒子。

聽見她的提議，他知道她已經下定決心，她已經決定綁架小孩所涉及的風險是值得的，即使這樣的背叛可能會帶來潛在的痛苦。他想起她兩晚前把米洛抱在胸前的畫面，看起來就像一個即將走上戰場的復仇天使，想起她在晚餐時撫摸男孩們後頸的模樣是如此充滿愛意，彷彿用手就能將溫柔灌入他們全身，想起她念書給他們聽、和他們說話、帶他們去買冰淇淋和包紮傷口的模樣。

他和克萊兒注定要帶著薇奧拉一起燒成灰燼，但米洛和塞巴斯汀不必承受這種命運，他們有一個全心全意愛著他們的親人，如果能讓他們安全離開，她會選擇刺傷她哥哥的心。

他妹妹想在他的眼皮子底下綁架他孩子居然讓他感到安心，這或許很瘋狂，但他確實這麼想，長久以來他第一次感覺到這個空間裡有人把米洛和塞巴斯汀放在第一位，不是只關心自己，不是關心關於薇奧拉會做出什麼事來，也不是關心朋友們會怎麼議論。

但有誰真正關心他兒子。

他還沒來得及思考就直直走過房間，她差點退縮了——也許以為他會打她，搖她，或者試圖說服她不要帶走小孩，但她一定從他臉上的表情看出什麼端倪。

鬆一口氣，這就是他唯一的感受，解脫的感覺就無盡潮湧的浪潮。

瑞德把她抱進懷裡，就像他抱塞巴斯汀一樣，儘管安絲莉很高，可以把臉埋進他脖子，他緊緊抱著她，就像風暴中的港口，一座真實的避風港。

「車庫裡放了一個應急包，」瑞德的聲音小到除了她之外，沒有任何人能聽見。「我會盡快讓你能提領我的銀行帳戶。」

她抱緊他一下，讓他知道她懂了，然後她鬆開手。

瑞德沒有馬上鬆手，「謝謝。」他靠在她的太陽穴輕聲說，感覺到她點了點頭才終於後退一步。

這是無可避免的一條路，他一直都知道，但他永遠不會是那個開第一槍的人，米洛和塞巴斯汀留在這裡永遠不會安全，他們得離開，逃離這裡，他一直不夠堅強，沒辦法帶他們走，這也是他的錯。

但安絲莉一直是他們兩個當中堅強的那一個。

她有能耐做到他做不到的事。

在那一刻，他不知道自己是愛她還是恨她這一點。

第五十九章　葛蕾琴

現在——

葛蕾琴沒有看瑞德．肯特的槍，儘管她知道槍就在那裡。

他貼著牆站得直直的，槍靠在大腿上，手指扣著扳機，他背光站在窗邊，眼睛在漆黑的房裡就像池水般深不見底，但她仍然可以看見他的臉，臉上沒有恐懼，只有安靜的聽天由命。

「你為什麼這麼做？」瑞德問道。「可以告訴我嗎？」

葛蕾琴猜想他是指為什麼要先打電話知會安絲莉。「因為莉娜是我朋友。」

他點頭，沒有再說什麼。

「她留了一封信給我。」

葛蕾琴慢慢把手伸進西裝外套的口袋，這動作暗示了她的意圖。「你希望我唸給你聽嗎？」

瑞德的眼睛死死盯著紙，他又點頭，只是輕輕一點，但已經足夠。

葛蕾琴撫平那張紙，上面的字字句句她已經記在腦海。

「讓他自己說吧，」她唸出，「因為我做不到。」

他發出一個微弱的聲音，聽起來很受傷，葛蕾琴抬起頭來。

「她不讓你做什麼？」葛蕾琴問道，儘管她知道莉娜的意思。

「是我，」瑞德的聲音有力又平穩，「薇奧拉沒有殺克萊兒，是我幹的。」

「我們都知道實情並非如此。」葛蕾琴的視線沒有從瑞德臉上移開，儘管她知道她說話的時候，槍抽動了一下。

「這是認罪自白，」瑞德反駁，「反正你也無法證明不是我。」

葛蕾琴思考了一下，如果她真的想要阻止他頂罪也許做得到，但比起追求正義，她對真相的細節更加好奇，克萊兒·肯特顯然該死，即便她沒有死，葛蕾琴也不會讓自己像一般人一樣陷入傷感，只是因為感嘆純真失去的太早。

莉娜早就知道這一點。

讓他自己說吧，因為我做不到。

她要葛蕾琴逼瑞德承認是他謀殺了克萊兒，並讓認罪自白成立。

她是故意要葛蕾琴扮黑臉，陷她於不義。

「我和你談個條件，」葛蕾琴說。面對薇奧拉的偵訊過程中她產生如此強烈的既視感，因此一時之間喪失了對犯罪現場的感知能力。「你老實告訴我到底發生了什麼事，然後我們都假裝你的認罪成立。」

瑞德沒有猶豫。「一言為定。」

第六十章 ——瑞德——

克萊兒死亡當晚——

瑞德一決定讓安絲莉帶男孩們離開，就沒有在書房裡多待一秒，他轉身離開房間，照常傳訊息給莉娜。

莉娜回傳時感覺早有準備，這似乎證實了他的懷疑，安絲莉早在一開始就讓她參與了這個計畫，瑞德覺得很好。

過去他從未懷疑過她們兩個在操控他，但和克萊兒一起生活，和薇奧拉一起生活讓他成長許多，她們顯然是想支開瑞德，幫安絲莉爭取時間，這樣等到他發現兒子不在房間的時候，她早帶著孩子遠走高飛了。

儘管如此，即便他毫無心理準備，即便他回到家才發現他們已經離開，他還是無法想像自己除了解脫感之外還會有別種感覺，他早就聽天由命，決定跟薇奧拉和克萊兒一起同歸於盡；他現在想要的——他真正想要的——就是讓塞巴斯汀和米洛可以逃出生天。

瑞德在兒子的房間外停步，手掌按在門上，假裝能感覺到他們的心跳，不該跟他們道別，米洛還太小，沒辦法保守祕密，而塞巴斯汀這陣子也很不穩定，如果讓薇奧拉偷聽見的話，她不知會幹出什麼事來。他知道不該道別，但他內心有某一塊因此撕裂了，他知道在這一刻之後，他的人生再也不會完整。

這件事太重要，不能對自己心軟，於是他頭也不回離開。

克萊兒這幾天一直留在辦公室，也許這一次終於注意到家裡的緊張氣氛，也許她知道他的自我控制已經達到臨界點，只要表情一個不對就會爆發。

他換好衣服時沒有看見她，出門時也沒看見她，他要到幾個街區外的餐廳與莉娜見面。

莉娜在等他，一如既往的美麗，她笑著站起身親吻他的臉頰，跟平常沒有兩樣，彷彿他們是兩個約好共進晚餐的老朋友。

「微笑，」她咬著牙告訴他，因為服務生緊張地看了他一眼。「現在你的臉上寫著『連環殺手』四個字。」

瑞德努力想笑，試圖放鬆，但他拿菜單的時候指節發白，試圖放下菜單時手卻在發抖，抖到讓銀器都發出了碰撞聲。

「你快中風了。」莉娜點了酒之後說道。

「安絲莉要怎麼不被克萊兒發現，把孩子們偷渡出門？」瑞德知道自己雖然參與了這件事，卻缺乏共犯該有的老練圓滑，但他還是無法忍住不問她這個他始終想不透的問題。

莉娜瞪大眼睛環顧四周，但他早把聲音壓到非常低，不會有人聽見。

「天啊，瑞德，難怪你沒辦法早點把他們送走。」

他的胸口閃過一絲羞愧，但他不管，因為這種話他聽多了。「要怎麼做？」

她嘆了口氣。「她把克萊兒的安眠藥和米洛的止痛藥調包，劑量這麼高應該足以讓她至少昏睡幾個小時。」

瑞德聞言露出驚愕的表情，他絕不會考慮這麼做，一想到她明天醒來發現兩個兒子不翼而飛，這代表她的影響力和力量遭到剝奪，但知道她在整個過程都會睡著讓瑞德很放心，當下鬆了一口氣。

莉娜端詳著他良久。「如果你沒有猜到，我原本是不會告訴你的。」她承認道，彷彿她很想告訴他計畫卻一直沒講，彷彿這一直是個她很想卸下的重擔。

「我不怪你，」瑞德想到塞巴斯汀含淚的預言：她會逍遙法外的。「告訴我，你打算揭穿她嗎？為了泰絲？」

「是的。」莉娜說，但她移開視線喝了一口酒，他們都知道克萊兒娘家勢力龐大，無法保證莉娜一定可以坐實指控。

但就像瑞德每次都會向兒子們承諾一切都會沒事的，他也說服自己相信她，因為這是他今晚逼自己回到那棟房子的唯一方式。

晚餐接下來的時間莉娜繼續主導談話，瑞德在必要時咕噥一聲回應，或者用一個字回答，這似乎沒有影響到她，他也鬆了一口氣，因為他現在不需要將精力投入到呼吸以外的事情上。

莉娜簽名結帳的時候，手機突然亮起。

她的手在寫名字最後一個字母時停下，不禁疑惑地皺眉。「是安絲莉。」

他們周圍的一切都變成慢動作，瑞德能感覺到血液在耳膜上湧動，感覺到脈搏在喉嚨裡跳動，感覺到胃部猛烈翻騰了一下。

他就知道。

然後世界重新開始運轉，他發現自己手裡已經拿著手機，但沒意識到自己是何時伸手去拿。

「怎麼了？」

「你必須去一個有人會看見你的地方，」安絲莉的聲音緊繃，但幾乎可以形容為冷靜，聽起來很像過去在軍隊裡的口吻。「但不能和莉娜在一起，馬上掛斷電話，去一個有人會看見你的地方。」

「發生了什麼事？」他聽見安絲莉明確的指令，已經一邊在動作。

他的心跳漏了一拍，在當下他知道了，在她說之前他就知道了。「克萊兒死了。」

瑞德在內心咒罵，仍努力保持臉上的笑容，因為之後眼前這些人會接受盤查，警方會問這些人他現在的表現如何——服務生和其他用餐者，他們會接受問話。他放慢動作回頭看了莉娜一眼，臉上勉強擠出微笑，他希望所有不認識他的人都會覺得這笑容是真的。

莉娜的笑容同樣尷尬，但她特意繞到前台服務生那裡，感謝那個服務生讓他們度過一個美好的夜晚。

他們停在人行道上，瑞德才問安絲莉，「怎麼會？」

但他知道，他早就知道。

又傳來一樣的停頓。「我和米洛在門廳，然後……瑞德，對不起……」

瑞德閉上眼睛。「塞巴斯汀？」

「他渾身是血，」安絲莉彷彿開關被打開，鎮定的軍人口吻不見了，電話另一頭只是他的妹妹，她的聲音在顫抖，呼吸也在顫抖，她抽泣著說，「他拿刀殺了她，天啊，瑞德。」

他拿刀殺了她，他拿刀殺了她，他拿刀殺了她。

「瑞德，你得離開了。」安絲莉現在的話幾乎像用喊的，「你會被列為主要嫌疑人，我會處理現場。」

「他不可能……」他的話哽在喉嚨，「他不可能……」

莉娜搶過他的電話。「我這就過去。」

然後她掛斷電話抓住他的肩膀。「瑞德，你不能揹黑鍋。」

瑞德對她眨眨眼，搖晃著想要倒在她懷裡，儘管她其實撐不住他。「塞巴斯汀。」

「我們會想到辦法的，」莉娜說，但她卻像在餐廳裡一樣別開目光，這是個謊言。「我們會處理掉作案的衣服，煙滅證據，會沒事的。」

處理掉他的衣服，因為他渾身是血，因為他拿刀殺了自己的親生母親。

在那一刻他知道這齣戲該怎麼演下去，他還來不及想清楚就脫口而出，「我的衣櫃後面有一把刀，在鞋盒裡。」

他感覺皮膚在骨頭上貼得太緊，感覺肌肉緊繃到彷彿要把他身體的每一寸都扯裂，他真的要這麼做嗎？他真的是那種人嗎？

是的，他是，如果為了拯救塞巴斯汀，他會毫不猶豫將自己的靈魂賣給魔鬼，他會很樂意在地獄中永生，這是他的錯，他的失敗，他的責任，塞巴斯汀不該餘生都在為瑞德的錯付出代價。

「鞋盒裡有一把刀，」他緩慢清晰地重複說了一遍，「上面有薇奧拉的指紋，把刀放在她房間，把塞巴斯汀用過的刀埋起來，兩把刀很像，警方不會注意到差異。」

莉娜像是被他扇了一巴掌般後退一步，他不在乎；他需要她承認她有聽見他說的話，他抓著她的手臂，手指用力掐住。「莉娜。」

他再也讀不懂她的表情，但她抬起肩膀掙脫他的掌控。「快走。」

「走去哪？」

「畫面中，你需要出現在監視畫面中，」莉娜說，「這是不在場證明的標準。」

瑞德深吸一口氣。「賭場，今晚有拳擊比賽，德克蘭說我可以隨時用他的票。」

莉娜搖晃他，把他推向街區的盡頭。「攔一輛計程車，快去。」

他踉蹌後退，準備逃走，但隨後他停了下來。「你會照我說的話做嗎？」

莉娜舔舔嘴唇。「快走。」

再問她沒有意義，試圖說服她也沒有意義。

瑞德跑向一輛剛經過的計程車，不確定自己希望她怎麼做。

因為他不只把自己的靈魂賣給魔鬼，也把她的賣了。

第六十一章 ─葛蕾琴─

現在──

「莉娜是怎麼把刀藏進薇奧拉的抽屜？」葛蕾琴問道。聽完他娓娓道來，她想這問題不該是她的第一反應，但就是。

「安絲莉在晚餐時給她吃了半片止痛藥。」瑞德承認道，這表示給孩子下藥並不是這個故事中最糟糕的部分。

「他們離開了嗎？男孩們和安絲莉。」葛蕾琴問道。她想他們應該走了──她已經給足安絲莉警告──但有些人太無能或太情緒化，無法做好該做的事。

瑞德點點頭。「一切都安排好了，我們只是覺得……」

克萊兒走了就沒必要了。

「塞巴斯汀，他不像薇奧拉。」瑞德睜大眼睛露出懇求的眼神，彷彿希望她同意。

葛蕾琴左右歪著頭，「嗯，他有點像她。」

「不，」瑞德沒有衝向她，只是向前走了幾步。「他這樣做是為了保護弟弟。」

「捅了一個昏迷不醒的女人十三刀？」葛蕾琴不知道自己為什麼要激怒他，槍現在舉到一半，但某種程度上這似乎表示他已經忘記自己拿著槍，也沒打算使用它。

「他不像她。」瑞德搖搖頭，「他們沒有一個像她。」

葛蕾琴不想就這一點與他爭論，並非所有殺手都是精神病態者，她猜想在一個母親和姊姊都不正常的家裡長大，會帶來一種扭曲的道德觀，身為一個受虐而造成心理創傷的十一歲孩子，拿刀殺了自己母親似乎是個可行的選擇。

「我想電視報導中的那些傷應該不全是薇奧拉造成的？」葛蕾琴猜測。

「有些是，」瑞德承認，「但很多不是。」

人們看見的是過濾過的真實，還有他們期望看到的真實。

他吞吞口水，房間裡太安靜，說話聲音顯得聲音很大。「你知道的。」

「我只是懷疑，」葛蕾琴糾正他，雖然她一直很篤定，所以才打電話給安絲莉，從與薇奧拉第一次面談開始，葛蕾琴的腦中就一直有個想法揮之不去，只是被這個案子所有其他混亂的細節所掩蓋，但它就在那裡，停留在她腦海的某個角落。

「塞巴斯汀，我早該活活把他的內臟慢慢掏出來。」

「你大弟？」葛蕾琴問，「為什麼是塞巴斯汀？不是米洛？」

薇奧拉一直沒有回答，但在第二次談話中她說：

「你能知道的我已經全都告訴你了。」

葛蕾琴已將嫌疑人的範圍縮小到安絲莉或塞巴斯汀．肯特，她相信薇奧拉的話，這個女孩一次都沒有提到過安絲莉。

葛蕾琴沒有再說什麼，瑞德移動一下。「現在怎麼辦？」

「既然一言為定，」葛蕾琴把莉娜的信塞回口袋，「我就會信守諾言。」

瑞德的肩膀放鬆下來，但隨後他的目光越過她肩膀，把槍抬得更高了一些。

「也許吧，」馬可尼說著走進房間，她把槍口對準瑞德，「但我可沒有跟你一言為定。」

第六十二章

瑞德

現在——

蘿倫．馬可尼警探。

瑞德記得現在拿槍指著他的女人叫這個名字，她很漂亮，臉上是義大利人的典型五官，看起來短小精幹。她拿著的這把槍的姿態彷彿她開過槍，而且會毫不猶豫開槍。

葛蕾琴．懷特博士的搭檔走進房間時，她驚訝地退到一旁，臉上的表情寫滿震驚和惱怒，這讓瑞德覺得這不是一開始就設計好的演出，但仍然無法阻止恐慌像無情的波浪一樣向他湧去。

「你聽到了什麼？」瑞德努力吐出這句話，他的手指不由自主掐緊自己的槍，他可能不該有這把槍。

「聽到夠多了，」馬可尼證實，「你兒子塞巴斯汀殺了你的妻子，你還嫁禍給自己的女兒。」

「不。」

但葛蕾琴已經在點頭。「總結得很好。」

馬可尼警探雖然怒氣沖沖瞪了她一眼，卻感覺她倆感情很好，一時氣氛有些格格不入。

他有幾顆子彈？

「不，事情不是這樣的。」瑞德再次試圖解釋。他們找不到安絲莉，她老早就離開了，但如果警方找到他們呢？

不，不可能發生。

他不會坐視這種事發生。

他疲軟的否認讓葛蕾琴輕蔑地看了他一眼。「噢，你說的話自己也不會相信吧。」她話中的不屑和克萊兒跟他說話的語氣太像了，他努力穩住自己的手，他不該有槍。「我們剛剛說好了。」

馬可尼走到葛蕾琴面前，用身體擋住她的搭檔，瑞德才意識到自己方才對著她晃槍，彷彿在威脅她。

他不該有這個，他不該有這個，多麼致命的誘惑。

輕鬆解脫。

「肯特先生，請你放下武器，」馬可尼的語氣和瑞德與塞巴斯汀和米洛說話的方式一模一樣，就像安撫受傷動物的語氣。「我們可以談一談，什麼都可以談，但首先需要你表現出誠意。」

葛蕾琴故意繞著馬可尼走了一步，拍拍自己外套的袖子。

「如果我能成功說服共感人照我的意思去做，就不會浪費力氣堅守我們剛剛講好的條件。」她如此回應瑞德方才的懇求，彷彿馬可尼不在場。

用一句輕蔑明確的話來打發他，正好戳中他的痛處，傷口才剛結痂又被挖開，他的肺有種奇怪的空洞感，頭感覺起來沉甸甸的，他知道自己不該有槍。「你跟克萊兒半斤八兩，」他說，「跟薇奧拉也沒什麼差別。」

馬可尼向前走了半步，他很好奇自己剛剛說話的語氣，怎麼會本來還在大吼，剛剛那句話卻顯得如此安靜自制。

他發現那正是克萊兒在把一支點燃香菸燙在他大腿上之前的語氣，也是薇奧拉告訴他她如何活剝一隻兔子的語氣。

那是精神異常的聲音，竟從他嘴裡說出口。

但葛蕾琴很快恢復鎮定對著他揮揮手，彷彿料定他不會冷血殺害她。「你會把槍放下嗎？馬可尼要爆氣了。」

馬可尼憤怒地噴出一口氣，但目光仍鎖定在瑞德身上，她的姿態已經做好戰鬥準備，他放低槍但沒有放下，無論如何，槍不止能讓他輕鬆解脫，也是他唯一的出口。

「接下來會怎麼樣？」他問。

「在你不小心射到自己的腳並讓所有人難堪之前，你會放下那把槍，」葛蕾琴說，「而且我打算說服馬可尼，要她供稱自己進屋的時間比實際晚了五分鐘。」

瑞德眼都沒眨，沒有反應，但他的肺裡充滿了空氣，他的頭不再陣陣抽痛，在他胸口深處有小小的火花開始燃燒，他知道火花很危險但依然存在，在他的內心等待著星火燎原。

「不，」馬可尼糾正她，「肯特先生會放下槍，然後我們一起去警局看看接下來要怎麼處理。」

這就是為什麼希望很危險，他的手指收緊板機。

葛蕾琴的手抽動了一下，動作非常幽微，但瑞德發現她某些漫不經心的動作可能是一種表演。

他們在房裡對視對方的眼睛，他們都知道瑞德不會進警局，葛蕾琴的嘴唇在動，瑞德猜她可能是在小聲咒罵。

「你真的想浪費資源去找一個終於崩潰的受虐兒嗎？」葛蕾琴將注意力轉移到馬可尼身上，她的目光仍然沒有從瑞德身上移開。「你認為這就是正義？」

馬可尼聞言動也沒動，但臉上有一絲猶豫。

那火花一閃，再一閃，彷彿低聲對他承諾，他還無法相信。

「沒有人知道你在這裡，」葛蕾琴說，她的注意力仍然集中在馬可尼身上，「他們不知道你聽見了真相。」

她不該這麼說的，因為當馬可尼再次開口時，她的語氣比方才更加堅定。「我知道自己聽見了什麼。」

「神啊，求祢讓我遠離這些共感人吧，」葛蕾琴喃喃道，她把頭一仰看著天花板，彷彿真的在祈求什麼超然的力量。「我的意思不是要讓薇奧拉陷入冤獄，」她停頓一下，「但我在此強調，我認為我們應該把她關在監獄。」

瑞德知道自己最好別表示同意，薇奧拉抽屜裡的那把刀不證自明——他精心安排好要警方在那裡找到的那把刀——他根本無需多解釋些什麼。

「我的意思是也許我們不該毀了一個小男孩的人生，」葛蕾琴說，「他畢竟被折磨了好幾個月。」葛蕾琴猶豫地看向他。

瑞德糾正她，「是好幾年，他這一生大部分的時間。」

「克萊兒害弟弟送醫時，他終於爆發了，」葛蕾琴點頭表示認可，然後繼續說，「這其實算是自衛行為，只是……慢了幾拍。」

馬可尼的目光掃向葛蕾琴，又迅速回到瑞德身上。「你真的在乎什麼嗎？」

葛蕾琴的手伸向放著莉娜遺言的口袋，瑞德知道那封信放在那裡。「在乎莉娜的遺願。」

「莉娜，」馬可尼故意強調，「她用藥過量就是因為這爛攤子害她的腦袋一片混亂。」

這句話來得像一記重拳，莉娜，他那勇敢又神奇的莉娜，她唯一想要的就是為泰絲伸張正義，卻被瑞德拖進這個扭曲又無可救藥的爛攤子裡無法自拔，就像他生命中的其他所有人一樣。

當薇奧拉服從逮捕，當警察結案，當莉娜宣布她會負責打官司，以免出了任何意外——他們以為可以逍遙法外。

這段日子塞巴斯汀顯得比較安靜，大部分時間都待在自己的房間裡，逃避他或安絲莉的目光，瑞德愈挫愈勇，一點一點慢慢哄他，讓他從麻木不仁的狀態走出來，而米洛終於擺脫了殘酷的恐懼，在短短六個月內長成為一個可愛有趣的小孩。

瑞德小心翼翼，他知道那段日子很脆弱，知道這個家不堪一擊，但那六個月是他一生中最快樂的六個月，即便他現在明白了，那是偷來的六個月。

至少全世界都知道薇奧拉是什麼樣的人，這不再是個見不得光的祕密，也不再是她老師和其他家長之間不可告人的祕密，當有一天她被釋放，就算找不到她的第一個受害者，但可能會找到第二個受害者，或者至少是第三個受害者。

瑞德相信葛蕾琴．懷特不會坐視她持續殺戮下去，現在可以安心走了。

「這也是莉娜的選擇，」葛蕾琴聳聳肩說，「在我看來，她其實可以不必把瑞德用刀嫁禍的指令轉告安絲莉。」

如果這冷酷的判斷嚇到了馬可尼，她也沒有表現出來。「擬定計畫和執行計畫是兩件事。」

葛蕾琴向馬可尼走近了一步。「你揭發這件事有什麼好處？」

馬可尼搖搖頭。「你不懂。」

「解釋給我聽。」葛蕾琴靠近了半步，有趣的是，她擔心的是馬可尼而不是瑞德。他不該有這把槍，他不該有。

「你不能決定誰有罪，誰沒有，」馬可尼說，「你不能只是講講好聽的故事，然後就說這叫正義。」

「我不會稱這是個『好聽的故事』。」葛蕾琴反駁道。

「如果我、你或他，任何一人」——她用槍口指指瑞德——「決定誰該為他人犯下的謀殺罪擔下責任，就是把自己當成宇宙的道德中心。」

從葛蕾琴瞇起眼睛的樣子，瑞德猜到馬可尼是想用葛蕾琴自己的論點來反駁她。

「你比誰都更能看出這方面的問題，」馬可尼說，「你這樣是在感情用事，即便那不是你自己的感情。」

葛蕾琴咬著下唇。「而你是太苛刻理性了，我們的立場怎麼會這樣轉換？」

「我們顯然相處了太長的時間，」馬可尼說，「我才沒有苛刻。」

「你有，」葛蕾琴輕鬆地反駁道，「問題是，為什麼。」

「因為我宣誓維護法律。」馬可尼回擊。

「不……」葛蕾琴拉長語調思索，「你不介意違反規則，這就是我喜歡你的原因之一。」

馬可尼驚訝地揚起眉毛。「原來你也會喜歡人？」

「當然，」葛蕾琴揮手離開。「其中一個原因是你不會極端情緒化，也不會極端理性，但你現在卻表現得像個極端分子，為什麼？」

瑞德不認識她們中的任何一人，但他在腦海中回想那段對話，這一次馬可尼厲聲說他嫁禍給自己女兒的方式讓他備受打擊。

「你不喜歡我陷害薇奧拉。」瑞德一說話，才發現整段你來我往的過程中自己有多麼安靜，兩個女人都轉向他。

「什麼？」

但葛蕾琴的表情發生了變化，變得若有所思。「噢，我錯了。」

「真是個大新聞。」馬可尼喃喃道，但她的槍又重新指向瑞德的胸膛。

「你太情緒化了，」葛蕾琴的聲音中帶著幾分得意。「你把薇奧拉和我混為一談，搞不清誰是誰。」

「我知道誰是誰。」馬可尼厲聲說。

葛蕾琴笑了，奇怪的是她笑得太刻意。「你不知道，但讓我告訴你，薇奧拉不是我，她很危險，她會殺人。」

「你說不準，」馬可尼反駁道，「你在確定事實前就先認定她有罪了。」

「她會的，」瑞德冒險這麼說。這裡有兩個選擇，他可以在開槍自盡前先殺了她們兩個，警方發現他們三人都死亡之後會自行做出假設，最終仍然能保護塞巴斯汀，他不想要那種結局，他的靈魂或許只剩下碎片，他不想玷污靈魂到永劫不復的地步。

馬可尼不得不同意讓他的自白成立。「薇奧拉以傷害他人為樂，用暴力、緩慢、折磨的方式傷害他人，她會殺人，我唯一慶幸的是，她的弟弟不是她的第一個受害者。」

馬可尼轉換身體的重心。「蕭內西也是這麼看你的，葛蕾琴，你總有一天會殺人。」

瑞德不知道蕭內西是誰，但葛蕾琴翻白眼顯得不合時宜，彷彿現在並不處於一個對峙僵局。「蕭內西在薇奧拉的抽屜裡看到一把刀，就不疑有他，」葛蕾琴評論，「你千萬別像他一樣，上帝保佑他，但他面對所有他認定是兇手的小女孩時判斷是如此盲目，他一定是因為看了太多恐怖片而產生恐懼症。」

馬可尼沒有說話，葛蕾琴朝瑞德的方向看了一眼。「馬可尼，瑞德這麼做是幫了社會一個大忙，只可惜天不從人願。」

全因為莉娜。瑞德恨自己這麼想，但如果她沒有自殺，這件明明已經破案的案子還會有人深入調查嗎？

然而他真的能夠自處嗎？當一年一年過去，薇奧拉在戒備森嚴的監獄裡腐朽，他有辦法照鏡子面對自己的臉，不用拳頭打碎它嗎？

莉娜和馬可尼都發現了，從他決定陷害薇奧拉的那一刻起也注定了自己的命運。

「所以……假設我五分鐘後才進來，」馬可尼緩慢地說，這讓瑞德鬆了一口氣差點癱軟在地，但他沒有，只是向後靠到牆上，目光落在米洛一直隨身帶著的絨毛熊身上。

收拾行李太匆忙來不及帶。

他知道他們全家會永遠感激葛蕾琴・懷特博士提前打電話警告他們，他知道他們全家會永遠感激莉娜，讓他有機會擔下謀殺案的全部責任。

一個小時並不長，如果不是他們早就計畫好一切，一個小時可能不夠，安絲莉衝去拿應急包的時候，瑞德把兒子抓過來抱在懷裡，不敢相信自己還有機會好好告別，如果是六個月以前根本做不到。

輪到塞巴斯汀時，瑞德跪在兒子身邊，克萊兒死後的六個月裡，他臉上殘留的溫柔已經融解，他的目光比過去任何時刻都顯得更加冷硬，倒在瑞德的懷裡不再只是為了尋求安慰。瑞德直視著他的目光，強迫他看著自己。

「做到這樣已經很好了，兄弟，」瑞德告訴他，「但現在該休息一下了。」

「我們已經有供詞，」葛蕾琴說，馬可尼還沒理解這件事的發展方向，或者也許她知道了只是不想承認。「而且你承諾過瑞德，你會兌現承諾的對嗎？」

隨後是一陣很長的停頓，一直延伸到地平線又向後延伸，他在當中看見自己的一生在眼前上演。

每個錯誤。

每次愛。

每一個悲劇、每一處傷痕、每一聲笑、每一次猶豫、每一個選擇。

在安絲莉的新家的地板上喝酒，跟莉娜和泰絲去芬威球場坐在便宜的位置看球，他與克萊兒的初吻，還有最後一個吻。

米洛溫暖的重量壓在他身旁，塞巴斯汀緊咬小小的下巴忍住不哭出來。

薇奧拉安靜警惕的眼神，看起來很很像他。

最後馬可尼沒有放下槍，安靜地嘆了口氣表示默許。

瑞德身上的最後一絲緊繃從身體裡流淌出去，點燃的希望像野火一般蜂擁而入，他對上葛蕾琴的目光，她微微點頭。

他對她們倆笑了笑。

「現在，」瑞德平靜地說，「現在該休息了。」

然後他把槍拿到自己的嘴邊，在扣動扳機前的那一瞬間，他彷彿看見塞巴斯汀滿是淚水的臉，他點點頭答應他，爸爸會做到的。

第六十三章——葛蕾琴

現在——

馬可尼滑進葛蕾琴對面的隔間座位，她的大腿拖過座椅破裂的紅色塑膠發出嘎吱聲響，葛蕾琴忍住不笑。

「你也吃披薩？」馬可尼的表情難以置信，她盯著葛蕾琴大塊油膩的義式臘腸披薩，她一定不會分給她吃。

「對，如果你敢碰，我就用叉子插你。」葛蕾琴警告她。破案後她才會允許自己吃披薩放縱一下；這是一場神聖的儀式，馬可尼膽敢來這裡算是冒險之舉，但她帶著冰涼的啤酒來，所以葛蕾琴允許她看著她吃。

馬可尼翻了個白眼，也去幫自己點幾片披薩，她回來的時候很安靜，只是默默喝著啤酒盯著葛蕾琴看。

「幹嘛毛骨悚然看著我。」葛蕾琴滿嘴醬汁和起司。

「你認為我們做了對的決定嗎？」馬可尼終於問道，這個問題不知何以像是不可承受之重，彷彿疊加了全宇宙共感人所感受到的每一種感情的重量。

葛蕾琴把頭向後一仰，笑到眼淚都流出來。「噢，我們在短短幾天內就有長足的進步了。」

「你是指我找一個反社會者來確認我的道德指南針嗎？」馬可尼一本正經地回答卻很有幽默感。「是的，我可能在過程中的某個地方落入了平行時空。」

「歡迎加入黑暗面，親愛的，我們會玩得更開心。」葛蕾琴咕噥道。

馬可尼把一張沾滿油污的餐巾紙丟向她，葛蕾琴把餐巾紙拍掉，臉上厭惡地撇撇嘴。

「不要得意忘形，」葛蕾琴說，在警告的基礎加上一點斥責，所以聽起來不是隨口說說，而是帶有威脅性。「只是因為我們一起做出某些有道德瑕疵的決定，並不代表我不會——」

「用叉子插我，是的，我知道，」馬可尼直接沒禮貌地翻了個白眼。「你在看莉娜的信之前就先打電話給安絲莉了。」

葛蕾琴哼了一聲表示同意，但沒有正面回答，因為她一直希望馬可尼沒注意到這一點。

「這是否代表你其實不是反社會者？」馬可尼問道，一片披薩還掛在嘴邊。

「不要幫我洗白，」葛蕾琴罵道，「你們這些共感人老是喜歡自作多情，看到一點跡象就自己編出一個痛改前非的劇本。」

「你的人生就是痛改前非的寫照啊，」馬可尼指出，「動機也許不是對與錯，但你幫助的人仍多於你傷害的人，你對肯特一家的情況看得比我更清楚，最後作出法律不外乎人情的決定，這不就是感情嗎？」

「你們這種人的問題是被感情束縛，無法理解做決定還有其他理由，」葛蕾琴說，「這次調查我只想得到一個東西，而我得到了。」

「噢，說吧，」馬可尼的聲音裡帶有些許戲謔。

「答案，」葛蕾琴笑著說，「你很快就會知道我最關心的是這個。」

「好吧，我還是認為你這個人比自己想像中還要好，」馬可尼揮著手中那邊披薩，一片義式臘腸滑落，落在她薄薄的紙盤上。

「好，你這麼相信，總有一天會害你死得很慘，」葛蕾琴反駁道，但話中還是忍不住微微得意。「所以你真的沒打算揭發塞巴斯汀．肯特的事嗎？」

「我說過我不會，」馬可尼說，靠在塑膠隔板上。

「是的，但你可能一直在說謊，只是想讓他放下槍。」

馬可尼搖搖頭。「我走進來時就發現他沒打算向我開槍，他是在計畫自殺。」

「這給你更多動機說謊。」葛蕾琴指出。

「我能說什麼，我是一個信守承諾的女人。」

葛蕾琴端詳著她。「沒有道德上的痛苦嗎？」

馬可尼聞言笑了。「有一點吧，我經常會這樣，我想這就是身為一個共感人的詛咒，但我們在公園裡找到泰絲的屍體，再加上莉娜收集的證據，足以為泰絲伸張正義了。」馬可尼聳聳肩，「所有大人都已為他們的罪行付出代價，莉娜和瑞德都死了，克萊兒也死得其所，德克蘭看起來不是什麼好人，但他也沒有真正在案件中扮演任何角色。」

馬可尼舉起手，從她的表情可以清楚看出葛蕾琴的下一個問題。「我不打算追捕塞巴斯汀．肯特，他是這件事的受害者。」

「安絲莉呢？」葛蕾琴真的很好奇。

馬可尼斜眼看著她。「我得用共感人的角度回答。」

「我還能期待什麼。」葛蕾琴拖長聲音說。

「她所做的一切都是為了保護那些孩子，」馬可尼說，「她同意陷害薇奧拉的計畫只是為了保護塞巴斯汀，一開始也不是她預先把那把刀先藏起來的，最重要的是她放棄自己的人生，帶著男孩們浪跡天涯。」

「瑞德是對的，不是嗎？這就是你無法接受的事？」葛蕾琴抓住了這個小地方。「那把刀。」

「預謀，是的，」馬可尼說，「莉娜和安絲莉，他們是在一時衝動下行事，瑞德則是早就計畫好了。」

「他把那把留有薇奧拉指紋的刀收起來時，誰知道他在想什麼。」葛蕾琴同意道，如果要她猜的話，她會說他一直在暗暗策畫類似的事情，而那場謀殺正好是天上掉下來的禮物。

「他也受虐了。」馬可尼說。葛蕾琴笑了，因為馬可尼覺得自己的評論必須保持公正，即便談的是一個她根本不喜歡的男人。

「再過六個月，他可能會親手殺死克萊兒。」葛蕾琴沉思道，馬可尼苦著臉點點頭。

她倆又吃了一片，馬可尼的盤子空了時，她盯著葛蕾琴的披薩，葛蕾琴擺弄著那把刀，刀映照出光線，馬可尼後退舉起雙手投降。

「那麼薇奧拉會怎麼樣？」馬可尼問道。

「她會被釋放，」葛蕾琴傷心地配著少許啤酒嚥下最後一口。「她會進入收養系統，除非安絲莉回來認養她，我相信換個環境對她發展中的精神病一定會產生驚人的影響。」

馬可尼揚起眉毛表示同意，葛蕾琴好奇這女人會採取什麼措施來監控薇奧拉，他們無法辯稱此舉合法，但蕭內西已經監控了葛蕾琴三十年，所以她猜警方一定也會想辦法監視薇奧拉。

葛蕾琴也很好奇薇奧拉需要多長時間才能隱姓埋名、徹底消失，有一個新名字，搬去一座新城市，一年？兩年？當然，到她滿十八歲的時候。

馬可尼盯著她看了很長時間。「老實說。」

「我會盡量不要說實話。」葛蕾琴反駁道。

「如果我不在那裡，你會幫瑞德編一個故事嗎？」馬可尼繼續說，好像剛剛葛蕾琴沒有打斷她說話。「說他沒有認罪，只是單純舉槍自盡？」

「然後讓薇奧拉在監獄裡腐爛？」葛蕾琴猜測道。答案當然是肯定的，但葛蕾琴不想傷害馬可尼那顆小小的同情心。「我想我們永遠不會知道了。」

馬可尼似乎還是看穿了她。「即使你也是被人冤枉的受害者？」

葛蕾琴移開視線，但她與馬可尼的看法相反，葛蕾琴並沒有在薇奧拉身上看見自己的影子。而是在塞巴斯汀身上看到自己。

「你又不知道。」葛蕾琴說。

「你說得對，」馬可尼同意道，接著有一疊厚重的檔案落在層板桌面上。「但你不認為是時候找出答案了嗎？」

葛蕾琴的心臟怦怦直跳，手心突然冒汗，她忍住不去看那疊文件，沉默持續延伸，她發現馬可尼沒死心，她的視線慢慢、慢慢地從牆上滑過，落到她半空的披薩盤，再到吃完的盤子，最後落在檔案夾上。

她伸出顫抖的手將檔案轉向正面。

標籤上是一個名字。

葛蕾琴・安妮・懷特。

致謝

非常、非常感謝我的編輯梅加・帕瑞克（Megha Parekh）沒有當場掛斷我電話，因為我告訴她，「我下一本書的主角將是個反社會者。」感謝你對我們的寫作計畫始終保持頭腦清醒、深思熟慮和聰明睿智，支持我的奇怪點子，也知道適時讓我遠離災難性的想法。

永遠、永遠、永遠謝謝你——夏洛特・赫歇爾（Charlotte Herscher），自我的第一部驚悚小說以來，她一直幫助我把書做到最好，非常感謝你的指導和精準的編輯。

一本書需要很多人才能出版，從出色的文案編輯（每位作家都欠他們太多！）到製作編輯、校對人員和行銷團隊，非常感謝大家辛勤工作並奉獻心力，很高興能與這麼優秀的團隊一起共事。

感謝我的第一位優秀的讀者艾比・麥金太爾（Abby McIntyre），謝謝她的溫柔鼓勵，還有對我的傾力相助。

感謝多年支持我的家人和朋友——還有他們所有的朋友——多年來一直支持我，我對你們感激不盡，你們所有人對我的愛和鼓勵，讓我驚喜萬分。

還要感謝幾位反社會及情緒智商領域的專家，在寫這本書時我借助他們的幫助，包括羅伯特・D・黑爾（Robert D. Hare CM）、M・E・湯瑪斯（M. E. Thomas）、瑪莎・斯托特博士（Dr.

Martha Stout）和丹尼爾・戈爾曼博士（Dr. Daniel Goleman）等。

一如既往感謝你們，親愛的讀者，感謝你們付出時間和精神信任我——這年頭時間和精神都非常寶貴，這是賦予我的榮譽和殊榮，我絕不視為理所當然。

臉譜小說選

似曾相弒

A Familiar Sight

原著作者 布莉安娜．拉布奇斯（Brianna Labuskes）
譯　　者 李雅玲
書封設計 朱陳毅
責任編輯 廖培穎
行銷企畫 陳彩玉、林詩玟
業　　務 李再星、李振東、林佩瑜

城邦讀書花園
www.cite.com.tw

副總編輯 陳雨柔
編輯總監 劉麗真
事業群總經理 謝至平
發 行 人 何飛鵬

出　　版 臉譜出版
台北市南港區昆陽街16號4樓
電話：886-2-25007696　傳真：886-2-25001952
發　　行 英屬蓋曼群島商家庭傳媒股份有限公司城邦分公司
台北市南港區昆陽街16號8樓
客服專線：02-25007718；25007719
24小時傳真專線：02-25001990；25001991
服務時間：週一至週五上午09:30-12:00；下午13:30-17:00
劃撥帳號：19863813　戶名：書虫股份有限公司
讀者服務信箱：service@readingclub.com.tw
城邦網址：http://www.cite.com.tw
香港發行所 城邦（香港）出版集團有限公司
香港九龍土瓜灣土瓜灣道86號順聯工業大廈6樓A室
電話：852-25086231　傳真：852-25789337
馬新發行所 城邦（馬新）出版集團
Cite（M）Sdn. Bhd.（458372U）
41, Jalan Radin Anum, Bandar Baru Sri Petaling,
57000 Kuala Lumpur, Malaysia.
電話：603-90563833　傳真：603-90576622
電子信箱：services@cite.my

初版一刷 2024年7月
I S B N 978-626-315-512-1

定價：450元（本書如有缺頁、破損、倒裝，請寄回更換）

國家圖書館出版品預行編目資料

似曾相弒／布莉安娜．拉布奇斯（Brianna Labuskes）著；李雅玲譯. -- 初版. -- 臺北市：臉譜出版：英屬蓋曼群島商家庭傳媒股份有限公司城邦分公司發行, 2024.07
面；　公分. --（臉譜小說選）
譯自：A familiar sight.
ISBN 978-626-315-512-1（平裝）

874.57　　113007352